Maschsee-Mord

Marion Griffiths-Karger verbrachte ihre Kindheit auf einem ost-westfälischen Bauernhof. Nach Kaufmannslehre und Studium der Literatur- und Sprachwissenschaft wurde sie Werbetexterin in München, später Autorin und Teilzeitlehrerin. Die Deutsch-Britin ist Mutter von zwei erwachsenen Töchtern und lebt mit ihrem Mann bei Hannover.

MARION GRIFFITHS-KARGER

Maschsee-Mord

NIEDERSACHSEN KRIMI

emons:

Bibliografische Information der Deutschen Nationalbibliothek
Die Deutsche Nationalbibliothek verzeichnet diese Publikation
in der Deutschen Nationalbibliografie; detaillierte bibliografische
Daten sind im Internet über http://dnb.d-nb.de abrufbar.

© Emons Verlag GmbH
Cäcilienstraße 48, 50667 Köln
info@emons-verlag.de
Alle Rechte vorbehalten
Umschlagmotiv: Torsten Andreas Hoffmann/Lookphotos
Umschlaggestaltung: Tobias Doetsch
Gestaltung Innenteil: César Satz & Grafik GmbH, Köln
Lektorat: Dr. Marion Heister
Druck und Bindung: Books on Demand GmbH, Norderstedt
Printed in Germany
Erstausgabe 2017
ISBN 978-3-7408-0057-4
Niedersachsen Krimi
Originalausgabe
3. Auflage

Unser Newsletter informiert Sie
regelmäßig über Neues von emons:
Kostenlos bestellen unter
www.emons-verlag.de

Der Maschsee lag still inmitten des Trubels. Einige wenige Segelboote trotzten der Flaute und schipperten träge über die glatte Wasserfläche. Die Sonne schien immer noch heiß aus einem mattblauen Himmel auf die Köpfe der feiernden Menge hinab.

Charlotte Wiegand und das Team der Kriminalfachinspektion 1 der Kripo Hannover hatten sich auf Betreiben der Chefin Gesine Meyer-Bast an der Temple Bar am Maschsee eingefunden. Sie hatten einen Tisch direkt am Wasser ergattert, vielmehr hatte Martin Hohstedt ihn ergattert und sich dafür mindestens eine halbe Stunde lang selbst auf die Schulter geklopft.

Charlotte nahm einen Schluck von ihrem Kilkenny, schloss für einen Moment die Augen und hielt ihr Gesicht in die Sonne. Die Stimmen der zahlreichen Besucher an der Temple Bar verschmolzen zu einem monotonen Brummen. Auf der Bühne schlug eine irische Band die ersten Klänge von Amy Macdonalds »This Is The Life« an.

»Oh Mann, nicht schon wieder, ich kann's nicht mehr hören«, beschwerte sich Thorsten Bremer, der neben Charlotte saß und an seiner Portion Fish and Chips arbeitete. Charlotte klaute sich noch eine von seinen Fritten.

»Ich find's geil.«

Bremer verfolgte missmutig, wie die Fritte in Charlottes Mund verschwand. »Jetzt ist aber genug, hol dir doch selbst welche«, knurrte er.

»Viel zu voll, da verhungere ich ja, während ich anstehe«, antwortete Charlotte kauend.

Bremer drehte sich zur Seite und hielt seine Hand schützend über seine Mahlzeit. Genau wie ein kleiner Streber, der seine Mitschüler nicht abschreiben lassen will.

Auch gut, dachte Charlotte und sah auf die Uhr. Sie war müde, hatte den Tag bei ihren Eltern in Bielefeld verbracht. Ihr Vater hatte sich nach seinem Oberschenkelbruch zu einem wahren Tyrannen entwickelt. Charlotte hatte Mühe gehabt, ihre

Mutter daran zu hindern, ihre Koffer zu packen und irgendwohin zu verschwinden. Was sollte dann aus Vater Wiegand werden? Charlotte konnte sich nicht um ihn kümmern. Als Erste Hauptkommissarin im Zentralen Kriminaldienst war sie mehr als ausgelastet.

Bis vor zwei Wochen war noch alles in Ordnung gewesen, mehr oder weniger. Aber dann war ihr Vater aus der Klinik zurückgekehrt und verfluchte seither alle Welt dafür, dass er nur noch ein Krüppel war. Das war natürlich völlig übertrieben, er konnte zwar nur an Krücken gehen, aber daran konnte man arbeiten. Das hatte der Arzt gesagt. Leider gehörte Werner Wiegand nicht zu den geduldigsten Menschen. Wie auch immer, ihr Vater würde in der nächsten Woche seine Reha in Hannover beginnen. Ihre Mutter war froh, ihren Mann eine Weile loszuwerden. Und Charlotte graute davor, sich und ihren Vater in derselben Stadt zu wissen.

Sie warf Rüdiger Bergheim, ihrem Partner und Kollegen, einen Blick zu. Er beobachtete mit Hohstedt die Segelboote, die still auf dem See lagen.

»Packt mal die Paddel aus!«, rief Hohstedt einer Bootsbesatzung zu, deren Jolle langsam am Ufer der Temple Bar vorbeidümpelte.

Bergheim fand das lustig, doch Charlotte ärgerte sich. Rüdiger verbrachte seit Längerem mehr Zeit mit dem blöden Hohstedt auf ihrem noch blöderen Boot als mit ihr, seiner Lebensgefährtin. Immer wenn es sich einrichten ließ, machte er sich auf und schipperte mit Hohstedt auf dem Maschsee oder dem Steinhuder Meer herum. Im Frühjahr hatten sie sogar einen Segeltörn auf der Ostsee gemacht. Was fanden Männer bloß daran, auf einem engen Boot zu sitzen und darauf zu warten, dass einen der Wind irgendwohin trieb? Sonst passierte doch beim Segeln nichts.

Okay, ab und zu wurden die Segler aktiv, immer dann, wenn eine Wende anstand. Dann gab es wirklich etwas zu tun. Einer musste das Ruder herumreißen und ein anderer das Focksegel von der einen Seite auf die andere legen. Charlotte argwöhnte, dass Segler so oft wendeten, damit sie überhaupt etwas zu tun hatten. Ständig nur auf das Wasser zu starren und sich zu fragen, woher der Wind wehte, war auf die Dauer ja auch nicht abendfüllend.

»Hey!« Ihre Kollegin Maren Vogt, die bisher tapfer die Unterhaltung mit der Chefin Gesine Meyer-Bast bestritten hatte, legte die Hand auf Charlottes Schulter. »Willst du noch was trinken?«

»Äh, nein«, antwortete Charlotte. »Ich geh gleich, meine Mutter wollte noch anrufen.« Das war zwar gelogen, aber Charlotte hatte keine Lust, auch noch ihren Samstagabend mit ihren Kollegen und ihrer Chefin zu verbringen. Die durfte sie ja während der Woche schon genug genießen. Sie fixierte Bergheim, der sich blendend mit Hohstedt zu unterhalten schien. Er sah sie an und prostete ihr mit seinem Bierglas zu. Na, der fühlt sich ja hier offensichtlich pudelwohl, dachte Charlotte und stand auf. »Ich geh dann mal. Hab leider noch Verpflichtungen.«

Sie quetschte sich an einem übergewichtigen Mittfünfziger und seiner übergewichtigen Begleitung vorbei aus der Bank heraus und winkte den anderen zum Abschied. Die schienen sie aber schon vergessen zu haben, nur Bergheim sah ihr verblüfft nach. Na gut, dachte Charlotte, ihr kommt ja wohl alle ohne mich klar. Sie wandte sich ab und bahnte sich einen Weg durch die gut gelaunte Menge. Ein Spaziergang am See war genau das, was sie jetzt brauchte.

Sie ging Richtung Löwenbastion. Oder besser, sie manövrierte sich durch die Massen hindurch. Am Wochenende war das Maschseefest natürlich besonders gut besucht.

Die Sonne senkte sich langsam über den Wipfeln der Bäume am gegenüberliegenden Westufer und warf ein breites rotes Band auf den See. Auch vom Westufer schallte Musik herüber, wohl von der Maschseequelle. Nach wenigen hundert Metern erreichte sie die Löwenbastion, auf deren großer Bühne eine sechsköpfige Band rockte. »Heaven Is in the Back Seat of My Cadillac«.

Das war vielversprechend, fand Charlotte. Sie beschloss, der Band noch eine Weile zuzuhören, und ging die wenigen Stufen hinauf, die zur Tanzfläche führten, um einen genaueren Blick auf die Bühne zu werfen. Die Löwenbastion, die ihren Namen zwei bronzenen Löwenskulpturen verdankte, war ein idyllischer Aussichtspunkt am See und während des Maschseefestes ein beliebter Treffpunkt. Unter den ausladenden Zweigen der mächtigen Kastanien wurden dann Tische und Bänke aufgestellt, von denen aus man einen herrlichen Blick auf den See genießen konnte. Vorausgesetzt, man hatte einen der begehrten Plätze nahe am Ufer ergattert.

Charlotte wühlte sich durch die Menge. Wie ein schützendes Dach spannten die Kastanien unter einem wolkenlosen violettblauen Himmel ihre Zweige aus, Lichterketten schufen eine fröhliche Atmosphäre. Die Bretter unter Charlottes Füßen bebten, und ihr Brustkorb vibrierte vom Wummern der Bässe. Sie schob tanzende Körper beiseite, zwängte sich durch die Menschenmassen hindurch und versuchte, etwas vom Geschehen auf der Bühne zu erhaschen, aber das war Utopie. Nein, der Weg über die Löwenbastion war keine gute Idee gewesen. Hier war einfach kein Durchkommen. Sie wurde angerempelt, stieß gegen den Nächststehenden, der daraufhin den Inhalt seines Bierglases auf dem T-Shirt seines Nachbarn verteilte. Der folgende Wortwechsel war kein Beispiel für ein höfliches Gespräch.

»Kacke, Mann, bist du bescheuert?«, rief der Bekleckerte.

»Nee, das war die Trulla hinter mir«, antwortete der Beschimpfte und warf Charlotte einen bösen Blick zu.

»'tschuldigung, aber das war die Dumpfbacke auf der Tanzfläche«, sagte Charlotte und wies mit dem Daumen auf den männlichen Teil eines angetrunkenen Pärchens, das sich ebenso unsicher wie ausladend inmitten der Menge an einem Discofox zu den Klängen von Queens »Radio Gaga« versuchte. Charlotte wollte sich schon abwenden, als der Kleckerer sie erneut ansprach.

»Wir kennen uns doch.«

Sie sah etwas genauer hin und schluckte. Auch das noch. Dr. Flentek. Sie sprach mit dem Arzt der Rehaklinik, die demnächst das Vergnügen haben würde, ihren Vater für drei Wochen zu beherbergen.

»Äh, ja, ich war vor ein paar Tagen mit meinem Vater in Ihrer Sprechstunde.«

Der Mann nickte. »Jaaa, ich erinnere mich.«

»Kann ich mir vorstellen«, sagte Charlotte und wandte sich an den Bekleckerten, dessen Begleiterin ihn liebevoll trocken tupfte. »Tut mir leid.« Sie hob entschuldigend die Hand und wandte sich ab.

»Sie schulden mir ein Bier«, hörte sie Dr. Flentek sagen. Charlotte wandte sich um. »Wenden Sie sich an die Dumpfbacke.« Sie deutete mit dem Kinn auf das Pärchen, das von der Diskussion offensichtlich nichts mitbekommen hatte und ohne Rücksicht auf den Protest der Umstehenden weiter herumrempelte.

Dr. Flentek grinste. »Die Dumpfbacke ist aber nicht so hübsch wie Sie.«

Hui, was war das denn? Der Mann flirtete mit ihr. Das war ihr schon lange nicht mehr passiert.

»Darf ich Ihr Schweigen als Einladung interpretieren?«

»Äh.« Charlotte zuckte mit den Schultern. »Okay.« Meine Güte, das konnte ich auch schon mal besser, dachte sie und starrte in das lachende, attraktive Gesicht des Mannes.

»Dann los«, sagte Dr. Flentek, und die beiden kämpften sich zur Theke vor, wo Charlotte zwei Bier bestellte. Was sprach dagegen, mal mit einem gut aussehenden Arzt ein Bier zu trinken, überlegte sie. Rüdiger würde nichts dagegen haben, außerdem war der ja mit seinem Busenfreund Hohstedt glücklich.

Wenig später zwängten sie sich, jeder ein Glas Härke Bräu in der Hand, an einen der Stehtische und prosteten sich zu.

»Ich heiße Burkhard.«

»Charlotte.«

Sie tranken, und er leckte sich über die Lippen. »Ihr Vater ist ... na, sagen wir ein Charakterkopf.«

»Wenn Sie meinen«, murmelte Charlotte und stellte ihr Bierglas hin.

Er betrachtete sie lächelnd. »Sie sind bei der Kripo?«

»Stimmt.«

»Das ist ja spannend.« Dr. Flentek sah sich um. »Und? Gerade auf Mörderjagd?« Er blickte auf ihr Bier. »Wohl nicht, wenn Sie Alkohol trinken.«

»Genau.« Charlotte hatte nicht die geringste Lust, über ihre Arbeit zu sprechen.

»Sagen Sie, ist das wirklich so wie im Fernsehen? Ich sehe ja selten Krimis, aber den ›Tatort‹ kenn ich.«

»Und bei Ihnen? Ist das auch so wie im Fernsehen? Ich kenne nur ›Emergency Room‹ …«

»Dachte ich mir«, er hob grinsend sein Glas, »wegen George Clooney, was?«

»Natürlich.« Charlotte musterte ihn, und was sie sah, gefiel ihr ausnehmend gut. Er war nicht mehr ganz jung, sie schätzte ihn auf Mitte vierzig. Bestimmt war er verheiratet, so wie er aussah. Oder zumindest in einer festen Beziehung. Genau wie sie. Auch wenn sie sich manchmal wie ein Single fühlte.

Er berührte ihre Hand. »Sie sind nicht verheiratet, jedenfalls tragen Sie keinen Ring.«

Der geht ja ganz schön ran, dachte Charlotte. Was tat sie hier eigentlich? Wo sollte das hinführen? Sie sollte sich verabschieden und heimgehen, anstatt hier mit dem Feuer zu spielen. Aber die Neugier siegte.

»Und Sie?«

»Geschieden.«

»Aha.« Und jetzt?, fragte sie sich. Der Mann war gut aussehend, geschieden und wollte sie abschleppen. Das war zwar schmeichelhaft, aber sie war nicht interessiert. Oder? Die Band spielte »I Was Made for Lovin' You«. Dr. Flentek hielt immer noch ihre Hand und sah sie erwartungsvoll an. Das wurde ihr jetzt aber langsam unheimlich.

Sie entzog ihm ihre Hand und trank ihr Bier aus. »Ich muss jetzt gehen.«

»Wirklich?«

Sie nickte. »Wir sehen uns im Henriettenstift.«

»Immer wieder gern«, sagte er strahlend.

Charlotte machte sich aus dem Staub.

Es war kurz nach sieben Uhr, als sie am nächsten Morgen von Bergheims Schnarchen geweckt wurde. Sie war erst am frühen Morgen eingeschlafen, hatte auf Bergheim gewartet, aber sie hatte ihn nicht heimkommen hören. Er musste noch lange unterwegs gewesen sein, konnte sich offensichtlich sehr gut ohne sie amüsieren.

Die Sonne war schon längst aufgegangen und warf ihr weißes Licht durch die Ritzen der Jalousien. Das Wetter in den letzten Tagen hatte sich mit beständiger Trockenheit und Temperaturen über fünfundzwanzig Grad an die günstigen Vorhersagen gehalten. Vielleicht war es das milde Klima, das ihnen in der KFI 1 die wenigen ruhigen Tage der letzten Woche beschert hatte. Und dafür war Charlotte mehr als dankbar, denn ihre Mutter hatte unmissverständlich erklärt, ihren Vater zu erwürgen, wenn Charlotte ihn nicht zur Vernunft bringen würde. Und das war nicht die einfachste Aufgabe. Andrea, Charlottes Schwester, hatte sich für die nächsten drei Wochen nach Dänemark verabschiedet und damit einmal mehr ein Beispiel für ihr perfektes Timing geliefert. Aber vielleicht hatte sie auch einfach nur Glück.

Charlotte warf die Bettdecke zurück und schlüpfte in ihre Flipflops. Sie hatte seit ihrer Jugend keine mehr getragen, bis sie in ihrem letzten Urlaub in Italien festgestellt hatte, wie gut man in diesen Dingern laufen konnte. Sie ging über die knarzenden Dielen ins Bad, duschte und zog ihre Schlabberhosen und ein T-Shirt an. Dann machte sie Kaffee und setzte sich auf den kleinen Balkon, auf dem gerade ein Bistrotisch und zwei Korbstühle Platz hatten.

Es war noch recht frisch, und die meisten der Mitbewohner, deren Balkone in den Innenhof gingen, lagen wohl noch in ihren warmen Betten. Jedenfalls war sie allein. Sie nahm einen Schluck Kaffee und widmete sich der Hannoverschen Allgemeinen Zeitung vom Samstag. Sie hatte noch keine Zeit gehabt, sie zu lesen. Kaum zwei Minuten später klingelte das Telefon. Charlotte warf die Zeitung auf den Tisch, sprang auf und stapfte wütend ins Wohnzimmer zur Basisstation.

Leer. Wo war das verdammte Telefon?

»Charlotte, Telefon«, kam es dumpf aus den Kissen vom Schlafzimmer her.

»Ach nee«, brummte Charlotte und warf die Kissen vom Sofa.

Nichts. Das Telefon verstummte, der Anrufbeantworter sprang an. Ihre Mutter antwortete.

»Charlotte, wir machen uns auf den Weg nach Hannover. Vater fühlt sich nicht wohl.«

»Wie? Jetzt?«, entfuhr es Charlotte, obwohl sie immer noch nach dem Hörer suchte. Unter einer halb vollen Tüte Chips fand sie ihn endlich.

»Mama!«, rief sie in die Leitung, aber ihre Mutter hatte schon aufgelegt. Hastig suchte sie im Menü nach der Rückruftaste, vertippte sich aber und musste von vorn anfangen. Als sie endlich eine Verbindung zum Anschluss ihrer Eltern hatte, meldete sich niemand mehr. Klar, ihre Mutter hatte sich schnellstmöglich aus dem Staub gemacht. Charlotte hatte keine Chance zum Widerspruch.

»Was ist eigentlich los?« Bergheim stand blinzelnd im Türrahmen und raufte sich die Haare. »Kann man nicht *ein Mal* am Sonntag ausschlafen?«

Charlotte sah ihn missmutig an, überlegte, ob sie ihm noch eine Gnadenfrist gewähren sollte, entschied sich aber dagegen. »Meine Eltern sind im Anmarsch.«

Bergheim riss die Augen auf. »Wie? Im Anmarsch? Jetzt?«

»So ungefähr. Zwei Stunden hast du noch. Kannst dich in Ruhe anziehen und frühstücken.«

Bergheim blickte zu Boden und kratzte sich am Kopf. »Eigentlich müsste ich noch mal in den ZK.«

Na klar. »Ich dachte, du wolltest *ein Mal* ausschlafen«, äffte sie ihm nach.

»Ja, aber wenn ich schon mal wach bin …« Er drehte sich um und ging ins Bad. Seine karierten Boxershorts hingen ihm in den Kniekehlen.

Ihre Mutter musste mit Bleifuß von Bielefeld nach Hannover gefahren sein, denn es dauerte nur etwa eineinhalb Stunden, bis es klingelte. Das hatte bisher nicht mal Charlotte geschafft, nicht mal, wenn sie es eilig hatte. Sie drückte auf den Türöffner und fragte sich, wie ihre Mutter in so kurzer Zeit einen Parkplatz hier in der Oststadt gefunden hatte. Wahrscheinlich parkte sie in zweiter Reihe. Die Tür unten im Treppenhaus wurde geöffnet, und Charlotte hörte ein Rumoren und dann eine männliche Stimme.

»Himmelherrgott, nun halt doch die Tür auf, oder willst du, dass sie mich zerquetscht? Den blöden Koffer kannst du auch hinterher noch raufbringen.«

Offensichtlich kämpfte ihre Mutter an drei Fronten: mit der Fahrstuhltür, ihrem Mann und einem Koffer. Letzteres beunruhigte Charlotte. Was wollten die beiden mit dem Koffer? Ihre Mutter hatte hoffentlich nicht vor, ihren Vater hier unterzubringen, bis man im Henriettenstift bereit für ihn war.

Der Fahrstuhl setzte sich in Bewegung, und Charlotte wartete mit einem Stein im Magen an der Wohnungstür. Der Fahrstuhl stoppte, die Tür öffnete sich, und das Erste, was Charlotte sah, war das Ende einer Krücke, die suchend aus der Tür fuhr und wieder verschwand. Dann kam ihr Vater zum Vorschein.

»Charlotte, steh da nicht so rum, hilf deiner Mutter mit dem Koffer.«

»Hallo, Papa, schön, dich zu sehen«, log Charlotte, nahm ihren Wohnungsschlüssel von der Kommode und ging ihren Eltern entgegen. Ihr Vater sah noch genauso aus wie gestern, als sie die beiden in Bielefeld zurückgelassen hatte. Die Krücken waren das Einzige, was auf seine angeschlagene Gesundheit hinwies. Sein Pony fiel ihm über die wachen grauen Augen. Auf den vollen Wangen sprießten graue Bartstoppeln, die Mundwinkel hingen herab.

Über das Aussehen ihrer Mutter erschrak sie. Die letzte Nacht musste besonders schlimm gewesen sein. Unter einem wirren Haarschopf blitzten ihr zwei Augen aus einem grauen Gesicht wütend an.

»Der bringt mich um«, flüsterte sie mit zusammengepressten Lippen.

Charlotte war versucht, ihr zu glauben. Wenn ihr Vater so weitermachte, würde er nicht mehr lange brauchen, um seine Frau loszuwerden.

»Kommt erst mal rein.«

Sie drückte ihrer Mutter einen Kuss auf die Wange und

nahm ihr den Koffer ab, während ihr Vater mit seinen Krücken kämpfte und wüste Flüche ausstieß. Charlotte sah ihre Mutter an.

»Morgen«, raunte die, »morgen bin ich ihn los!« Ein Lächeln flog über ihr Gesicht.

»Ich dachte, erst am Mittwoch.«

»Nein, ich habe angerufen und gedroht, mich umzubringen, wenn sie ihn nicht morgen schon nehmen. Hat geklappt.«

»Na bestens«, raunte Charlotte erleichtert. Bis morgen würde sie noch durchhalten.

»Wo kann man sich denn hier mal hinsetzen?«, meckerte ihr Vater und stampfte mit der Krücke auf den Fußboden.

»Im Wohnzimmer, du kennst dich doch aus.«

»Und wie komm ich dahin? Die Tür ist zu.«

Charlotte verdrehte die Augen, ging voraus und öffnete ihrem Vater die Tür. Der stapfte schwerfällig hinter ihr her und ließ sich dann erschöpft aufs Sofa fallen.

»Wo ist Rüdiger?«, fragte er und sah sich um.

»Musste noch mal ins Büro«, log Charlotte wieder.

»Natürlich, hat sich aus dem Staub gemacht. Wer will schon was mit einem Krüppel zu tun haben, wenn man selbst jung und gesund ist.«

»Er kann nichts dafür, dass er jung und gesund ist«, wies Charlotte ihren Vater zurecht. »Na ja, jedenfalls jünger und gesünder als du.« Sie zwinkerte ihrer Mutter zu, die den Kopf schüttelte.

»Sag doch so was nicht«, raunte sie, »das macht ihn nur wild.«

»Kann man hier mal was zu trinken haben, oder ist das zu viel verlangt?«

Charlotte warf ihrem Vater einen finsteren Blick zu und ging in die Küche, um ein Glas Apfelschorle zu holen. Bis vor Kurzem mochte ihr Vater Apfelschorle, aber in seinem derzeitigen Zustand konnte sie ihm wahrscheinlich anbieten, was sie wollte. Er würde sie auf jeden Fall zur Schnecke machen. Sie streichelte ihrer Mutter, die sich erschöpft an den Küchentisch setzte, über die Wange.

»Du hast es ja bald geschafft«, sagte sie liebevoll.

»Du kannst mir glauben«, stöhnte die. »Es gibt Zeiten, da

fängt man an zu verstehen, warum es Frauen gibt, die ihre Männer ins Jenseits befördern. Sie haben bestimmt immer einen guten Grund.«

»Mörder haben immer einen guten Grund«, sagte Charlotte.

»Zumindest glauben sie das.«

***

Rüdiger Bergheim musterte die junge Frau, die vor seinem Schreibtisch saß. Eigentlich hatte er gar keinen Dienst, aber wahrscheinlich war das die Strafe dafür, dass er Charlotte mit ihrem quengeligen Vater allein gelassen hatte. Der Mann war wirklich nur noch schwer zu ertragen. Früher hatten er und Vater Wiegand sich bestens verstanden, aber seit seinem Treppensturz vor sechs Wochen hatte sein Schwiegervater sich zu einer Heimsuchung entwickelt.

Bergheim seufzte und beschloss, das Beste aus diesem verkaterten Tag zu machen. Hätte er bloß gestern nicht so viel getrunken. Er vertrug das einfach nicht mehr. Und Charlotte wurde auch immer seltsamer. Was konnte er dafür, dass sie Martin Hohstedt nicht leiden konnte? Er kam eigentlich wunderbar mit ihm aus.

Okay, Hohstedt war nicht gerade besonders ehrgeizig, und besonders fleißig war er auch nicht, aber zum Segeln ganz gut zu gebrauchen. Er überließ Bergheim immer das Ruder und tat, was man ihm sagte. Wahrscheinlich war er einfach nur froh, den Tag nicht bei seiner schwangeren Frau und seinem Kleinkind verbringen zu müssen. Aber es war nicht Bergheims Sache, das Privatleben seiner Kollegen zu beurteilen. Charlotte sah das anders.

Natürlich solidarisierte sie sich mit Christine, Martins Frau. Obwohl sie sich immer wieder lauthals darüber wunderte, wie eine kluge Frau wie Christine einen Deppen wie Martin Hohstedt hatte heiraten können. Manchmal fand Bergheim Charlotte ungerecht. Sie ließ sich zu sehr von persönlichen Sympathien leiten.

Wie auch immer, die junge Frau, die ihm gegenübersaß, hieß

Katja Schauer und vermisste offensichtlich ihre Arbeitskollegin. So jedenfalls hatte sie sich ausgedrückt, von Freundin hatte sie nichts gesagt. Katja Schauer war durchaus hübsch. Nicht gerade so, dass einem bei ihrem Anblick der Atem wegblieb, aber annehmbar. Natürlich war er auch verwöhnt.

Charlotte, mit ihren vollen dunklen Haaren, den stahlblauen Augen und der schlanken Figur, war immer noch ein echter Hingucker, obwohl sie die vierzig bereits überschritten hatte. Vielleicht sollte er sich mehr um sie kümmern, damit sie ihm nicht abhandenkam.

Als er sie neulich vom Henriettenstift abgeholt hatte, wo sie ein Gespräch wegen der Aufnahme ihres Vaters geführt hatte, war da dieser Arzt gewesen. Der hatte Charlotte angesehen wie ein hungriges Frettchen. Seine Charlotte. Aber sie hatte es nicht bemerkt, da war er ziemlich sicher. Er nahm sich vor, ihr mal wieder Blumen zu kaufen, bevor sie es merkte.

»Schildern Sie doch noch mal genau, worum es geht«, bat Bergheim sein Gegenüber lustlos.

Katja Schauer sah auf die Uhr und räusperte sich. »Das hab ich Ihren Kollegen doch schon erzählt. Gibt's denn da bei Ihnen keine Akte drüber? Ich bin eigentlich nur vorbeigekommen, um zu erfahren, ob es was Neues gibt.«

Natürlich gab es einen Bericht, wenn es einen Einsatz gegeben hatte, aber Bergheim zog es vor, sich die Vorkommnisse aus erster Hand schildern zu lassen.

»Vielleicht erklären Sie mir, *worüber* genau es hier geht«, haben sollten.«

»Also«, die junge Frau tat so, als müsse sie ihm eine wissenschaftliche Arbeit über die Produktivität von Regenwürmern im Radieschenbeet erklären. »Es war vorgestern Abend, da waren wir alle auf dem Maschseefest.«

»Sie und Ihre Kollegen vom Fitness-Studio?«, warf Bergheim dazwischen.

»Genau, wir haben an der Löwenbastion gesessen und gefeiert. Lukas, das ist unser Chef, hatte uns alle eingeladen, weil im Studio nichts los war. Klar, wenn Maschseefest ist und dann auch noch so gutes Wetter, dann hat keiner Bock, Gewichte zu stemmen. Jedenfalls hatten wir eine Menge Spaß. Dann ist Verena irgendwann zur Toilette gegangen und nicht wiedergekommen.«

»Wann war das ungefähr?«

»Weiß ich nicht mehr so genau, ich guck ja nicht immer auf die Uhr, wenn eine Kollegin mal muss. Außerdem hatten wir alle schon ziemlich viel getrunken.«

»Ist sie allein gegangen?«

»Ja, ich bin jedenfalls nicht mitgegangen und von unserer Gruppe auch keiner. Ob sie unterwegs jemanden getroffen hat, weiß ich nicht. Jedenfalls hätte sie gestern Mittag wieder im Studio sein müssen. Sie ist aber nicht aufgetaucht. Und das passt irgendwie nicht zu Verena. Sie ist zwar nicht besonders fleißig, aber bisher immer aufgekreuzt. Ich hab versucht, sie telefonisch zu erreichen, sie ist aber nicht an ihr Handy gegangen. Und Lukas, unser Chef, hat auch keine Ahnung, wo sie ist. Er ist gestern Morgen nach Oldenburg gefahren, zur Taufe seines Neffen.«

Katja Schauer verzog ein wenig den Mund, und Bergheim fragte sich, was es wohl mit diesem Lukas auf sich hatte. Aber das würde er später herausfinden, falls es überhaupt nötig war.

»Gestern Abend hab ich dann die Polizei angerufen«, fuhr Katja Schauer fort, »weil sie sich den ganzen Tag nicht gemeldet hat und von den Kollegen auch keiner wusste, wo sie war. Da hab ich gedacht, könnte ja sein, dass sie hilflos zu Hause liegt und krank ist oder verunglückt ist oder was weiß ich. Na ja, die Bu... also Ihre Kollegen haben dann einen Streifenwagen zu ihrer Wohnung geschickt und sich vom Vermieter den Schlüssel geholt. Sie war aber nicht da, und ihr Bett war unberührt.«

»Und weiter?«

Schauer zuckte mit den Schultern. »Nichts weiter, Ihre Leute sind abgezogen und haben mich dann angerufen und gesagt, sie werden erst mal ihre Verwandten ausfindig machen.«

Bergheim musterte die junge Frau. Sie wirkte nicht übermäßig besorgt, schien sich eher in der Rolle der Besorgten zu gefallen. Er überlegte, ob sie ihre Kollegin überhaupt mochte. »Kennen Sie denn ihre Freunde und die Familie nicht?«

»Nein. Das ist es ja gerade, ich kenne weder ihre Familie noch ihre Freunde. Verena spricht nicht viel über sich.«

»Und Ihr Chef?«

»Ich glaube, der auch nicht.«

Das war in der Tat seltsam. »Aber Sie haben ihre Handynummer«, sagte er. »Damit können wir ja schon mal was anfangen.«

Bergheim verabschiedete Katja Schauer und machte sich auf, um das Foto, das sie ihm aufs Handy geschickt hatte, auszudrucken und sich das Einsatzprotokoll durchzulesen. Es stellte sich heraus, dass Kommissarin Marie Sellin von Polizeioberkommissar Elmar Ramersdorf den Auftrag erhalten hatte, die Unfallmeldungen seit Freitagabend zu überprüfen und die nächsten Verwandten von Verena Becker ausfindig zu machen. Letzteres hatte sich als unerwartet schwierig erwiesen. Das jedenfalls erklärte Kommissarin Sellin, die heute glücklicherweise Dienst hatte, Bergheim, als er mit ihr telefonierte. Sie habe aber dann die Pflegefamilie von Verena Becker in einem Dorf in der Nähe von Wilhelmshaven ausfindig gemacht. Die hatten aber seit mehr als zehn Jahren nichts mehr von Verena gehört und sich über ihr Verschwinden nicht sonderlich gewundert. Sie sei schon als Teenager öfter abgehauen, und als sie volljährig wurde, habe sie die Schule abgebrochen, ihre Koffer gepackt und sei gegangen. Ohne Dank, hatte die Pflegemutter betont. Seitdem hätten sie nichts mehr von ihr gehört. Kommissarin Sellin sei im Moment noch damit beschäftigt, einige Schulkolleginnen von Verena anzurufen, bisher aber ebenfalls ohne Erfolg. Niemand habe in den letzten zehn Jahren etwas von Verena Becker gehört oder wisse, wo sie sich aufhalte.

Bergheim bedankte sich bei der Kommissarin und gab die Ortung von Verena Beckers Handy in Auftrag. Die richterliche Erlaubnis würde er nachträglich besorgen. Die Ortung blieb jedoch ergebnislos. Dann rief er ihren Vermieter an. Sie würden sich in einer Stunde vor Verena Beckers Wohnung treffen. Vorher wollte sich Bergheim noch mit einem Kollegen austauschen.

Er ging in das kleine Büro, das Thorsten Bremer sich mit dem Kollegen Leo Kramer von der Spurensicherung teilte. Bremer, der, den Kopf schwer auf die Faust gestützt, halb auf seinem Schreibtisch lag, nahm den Blick von seinem Computerbildschirm und klickte hastig das Kartenspiel weg, das seine Aufmerksamkeit gefördert hatte.

»Was machst du denn hier? Ich denke, du hast frei und wolltest dich heute mal um unsere Teamleitung kümmern«, sagte Bremer säuerlich.

»Charlotte hat Besuch von ihren Eltern«, antwortete Bergheim.

»Ach daher.« Bremer grinste.

»Weiß nicht, was daran so witzig ist. Außerdem glaube ich, wir haben ein Problem.«

Bremer stöhnte. »Was soll das heißen? Doch wohl kein Mord, es war so schön ruhig in den letzten Tagen.«

»Von Mord wollen wir mal nicht gleich ausgehen, aber wir haben eine Vermisstenanzeige. Es geht um eine junge Frau. Sie ist am Freitagabend auf dem Maschseefest verschwunden.«

Bremer atmete erleichtert aus. »Na, das heißt ja nichts. Da versacken viele, die taucht schon wieder auf. Weiß die Familie nichts?«

»Nein, anscheinend hat sie keine Familie. Sie ist vor zehn Jahren von ihrer Pflegefamilie abgehauen und hat die Schule geschmissen, da war sie gerade achtzehn geworden.«

»Na siehst du. Es gibt eben solche Typen, die kommen und gehen, wie und wann sie wollen. Was ist mit Freunden und so weiter?«

»Keine Ahnung, die von früher wissen nichts, haben sie ebenfalls seit Jahren nicht gesehen, und ihren derzeitigen Freundeskreis müssen wir noch eruieren.«

»Warum ortest du ihr Handy nicht?«

»Das ist es ja gerade. Es lässt sich nicht orten.«

»Ach.«

»Eben. Und jetzt nenn du mir ein paar harmlose Gründe, wieso wir ihr Handy nicht orten können.«

»Hm.« Bremer klappte sein Notebook zu und lehnte sich zurück. »Sie könnte es verloren haben, vielleicht liegt es im See.«

»Ja, und vielleicht liegt *sie* auch im See. Ist doch merkwürdig, dass das Mädchen verschwunden ist und ihr Handy auch.«

»Vielleicht wollte sie einfach mal ihre Ruhe haben und hat den Akku rausgenommen.«

Bergheim verzog den Mund. »Zwei Tage lang? Das glaubst du doch selbst nicht. Und wenn sie ihre Ruhe haben wollte, würde es reichen, es einfach auszumachen. Dann könnten wir es aber immer noch orten. Außerdem, wieso meldet sie sich zwischendurch nicht? Wenigstens bei ihrem Arbeitgeber? Diese Katja, ihre Kollegin, sagt, dass sie bisher noch nie gefehlt hat.«

Bremer seufzte. »Was willst du machen? Taucher den See durchkämmen lassen? Und das während des Maschseefestes? Bloß weil eine junge Frau mal versackt ist? Meine Güte, die kann sonst wo sein. Wahrscheinlich hat sie jemand abgeschleppt, und die beiden haben ihre große Liebe zueinander entdeckt oder sich total zugekifft, und sie hat ihr Handy im Klo verloren. Die werden dich für bekloppt erklären.«

»Wahrscheinlich«, sagte Bergheim und rieb sich übers Kinn.

»Hast du ein Foto?«

»Oh ja.« Bergheim kramte sein Handy hervor. »Das ist das einzige Foto, das die Kollegin von ihr hat.« Er zeigte Bremer ein Bild, das offensichtlich an der Löwenbastion aufgenommen war. Unter dem dichten Dach der Kastanienzweige saßen an einem Tisch fünf Leute zusammen. Im Hintergrund glitzerte der Maschsee in der untergehenden Sonne. »Das hier ist Katja Schauer, die Kollegin, die die Vermisstenanzeige aufgegeben hat.« Bergheim zeigte auf eine vollbusige, kräftige junge Frau mit weizenblonden Haaren, die sie offen trug. »Das ist ihr Chef und neben ihm die Vermisste: Verena Becker.«

Bremer pfiff leise. »Donnerwetter«, flüsterte er, »das ist mal eine Wucht!«

»Kann man sagen«, bestätigte Bergheim und betrachtete Verena Beckers Gesicht mit den großen dunklen Augen und den vollen Lippen.

»Sieht aus wie eine indische Prinzessin.«

»Vielleicht hat sie ja indische Vorfahren. Über die Familie wusste die Kollegin nichts und seltsamerweise auch nichts über ihren Freundeskreis.«

»Vermisst sie denn außer dieser Kollegin niemand?«, fragte Bremer irritiert.

»Nein, bisher jedenfalls nicht.«

»Hm, wer sind die beiden anderen Typen?«

»Der eine ist Physiotherapeut und der andere auch so was Ähnliches. Der mit dem Tunnelohrring heißt Lukas Blischke. Er ist der Betreiber von diesem Fitnessclub.«

»Mit denen solltest du dich unterhalten, bevor du die Tauchersachen losschickst.« Bremer kicherte und klappte sein Notebook wieder auf.

»Danke für den Tipp«, murmelte Bergheim und versetzte Bremer einen Klaps auf den Hinterkopf. »Zuerst werde ich mir mal in ihrer Wohnung umsehen.«

Willi Pressler, der Vermieter, ein gut gekleideter älterer Herr mit vollem grauen Haar und neugierigen kleinen Augen, erwartete Bergheim bereits. Er stand auf dem Bürgersteig der Kriegerstraße und spielte mit seinem Schlüsselbund.

»Sagen Sie, was ist denn eigentlich los mit der Frau Becker? Wird sie vermisst, oder was?«

Bergheim antwortete mit einem knappen »Ja«.

Er wollte sich nicht vorstellen, was Pressler mit »oder was« meinte, und fragte auch nicht nach.

Verena Beckers Wohnung lag im zweiten Stock eines vierstöckigen grauen Gebäudes. Pressler öffnete, und Bergheim trat mit einem dumpfen Gefühl in der Magengegend ein. Er bat Pressler zu warten, was der als Einladung interpretierte, die Wohnung zu betreten, doch Bergheim forderte ihn auf, vor der Tür zu bleiben.

Das Apartment bestand aus einem etwa fünfundzwanzig Quadratmeter großen, weiß gestrichenen Raum mit einer weißen Küchenzeile. Der Fußboden war mit dunklem Laminat ausgelegt. Es gab keine Diele, und neben der Eingangstür führte eine weitere Tür in ein kleines, hellblau gekacheltes Bad, in dem sich eine Dusche, ein Waschbecken und das Toilettenbecken den Platz streitig machten. Es war so eng, dass Bergheim sich kaum umdrehen konnte. Wenn jemand auf der Toilette saß, war für ein zweites Paar Füße kein Platz mehr.

Es war das typische Bad einer jungen Frau. Auf der Spiegelablage stand eine Tasse mit zwei bis drei schon etwas abgenutzten Zahnbürsten, daneben drängten sich eine Nagelfeile, mehrere Probefläschchen Parfüm und ein Flakon Obsession, Mundwasser, diverse Haarspangen und -gummis, dunkelroter Nagellack und eine Packung Augen-Make-up-Entferner-Pads. In einem Hängekorb fanden Shampoo und etliche Haarpflegeprodukte Platz.

Bergheim schüttelte den Kopf und wunderte sich wie immer darüber, dass Frauen bei all den Pflegemitteln und Kosmetika nicht den Überblick verloren. Allerdings war es erstaunlich, dass eine junge Schönheit wie Verena Becker solchen Aufwand mit ihrem Aussehen trieb, Charlotte benötigte erheblich weniger Hilfsmittel und war bestimmt nicht unscheinbar.

Er verließ das Bad und sah sich in dem schmucklosen Wohn–Schlafraum um. Ein französisches Bett, ein Kleiderschrank mit Spiegeltüren, auf dem ein Koffer lag, ein runder Rattan-Esstisch mit vier dazu passenden Stühlen und eine Anrichte aus weißem Furnierholz, auf der ein Fernsehbildschirm stand. Das war die gesamte Einrichtung.

Bergheim hielt Ausschau nach einem Foto, fand aber keins. Er öffnete den Kleiderschrank, der aufgeräumt und erstaunlich gut gefüllt war. Auf dem Boden stapelten sich Bettwäsche, Bade- und Handtücher, daneben lag halb in einer Reisenthel-Reisetasche ein Schlafsack. In einer Schublade standen aufgereiht verschiedene Paar Schuhe, Pumps, Riemchensandalen, Chucks, Flipflops und Fellpantoffeln. Neben dem Schrank fanden Schneestiefel und ein Paar Lederstiefel mit Pfennigabsätzen Platz. Verena Beckers Garderobe war, soweit er das beurteilen konnte, alles andere als billig. Markenjeans, einige Seidenblusen und eine lammfellgefütterte Winterjacke aus rotem Leder.

Bergheim fragte sich unwillkürlich, wie viel man wohl in einem Fitness-Studio verdiente. Er schloss den Schrank und suchte nach einem Notebook. Einen Schreibtisch gab es nicht, also vielleicht in der Anrichte. Er öffnete nacheinander die drei Schubladen und fand Reizwäsche, einen alten Schuhkarton,

der randvoll mit Papieren gefüllt war, ein Kästchen mit Mo-
deschmuck, mehrere DVDs, ein paar Liebesromane und drei
Harry-Potter-Bände. Kein Fotoalbum und kein Notebook.
Aber vielleicht erledigte sie alles mit ihrem Handy, überlegte
Bergheim. Er warf noch einen Blick in die Küchenschränke,
entdeckte aber nichts, was ihn weiterbrachte. Er hatte auf jeden
Fall nicht den Eindruck, dass die Bewohnerin verreist war.

Pressler, der die ganze Zeit in der Tür gestanden und Bergheim nicht aus den Augen gelassen hatte, sah ihn neugierig an.
»Was ist denn nun?«, fragte er. »Hat Ihnen das jetzt weitergeholfen? Was suchen Sie denn überhaupt?«

»Gibt es jemanden im Haus, mit dem Frau Becker näher
bekannt war?« Bergheim ignorierte Presslers Fragen.
»Nein, wirklich nicht, das hab ich ja gestern schon gesagt. Da
müssen Sie bei den Bewohnern nachfragen.«

Allerdings, dachte Bergheim seufzend. Und er fing am besten
gleich damit an.

Auf jedem Stockwerk gab es drei Apartments. Nachdem
Pressler, der seine Neugier kaum verbergen konnte, sich wider-
willig verabschiedet hatte, klingelte Bergheim bei Maja Kladic,
Verena Beckers Nachbarin. Niemand öffnete, er versuchte es
weiter, ohne Erfolg. Klar, dachte Bergheim, wer hält sich bei
solch einem Wetter schon in seinen vier Wänden auf? Bestimmt
waren alle unterwegs, suchten Pokémons oder machten ein
Picknick im Georgengarten.

Im dritten Stock öffnete ein älterer Mann im Jogginganzug,
der ihn musterte, als sei er ein Alien, und als Bergheim seinen
Ausweis zeigte und das Wort »Kripo« fiel, warf er ihm die Tür
vor der Nase zu. Nebenan öffnete eine junge Frau, die kein
Wort Deutsch verstand und nur mit den Schultern zuckte, als
Bergheim ihr das Foto von Verena Becker hinhielt. Sie tippte
mit dem Zeigefinger gegen ihre Brust, hielt drei Finger in die
Höhe und zeigte dann mit dem Finger auf die Fußmatte.

»Ich neu – drei Wochen hier«, sagte sie mit einem schweren
osteuropäischen Akzent.

Aha, das sollte wohl heißen, dass sie erst seit drei Wochen
hier wohnte. Hier war für ihn nichts zu holen. Im vierten

Stock wohnte eine sehr hilfsbereite ältere Frau, die ihm zwar nichts über Verena Becker sagen konnte, Bergheim aber sehr ausdauernd zu einer guten Tasse Kaffee überreden wollte. Er versuchte, sich loszueisen, ohne unhöflich zu werden. Aber die Dame, sie hieß von Dorleben, ließ sich nicht entmutigen und versuchte, ein Treffen für den Abend zu arrangieren, was Bergheim ebenfalls mit unehrlichem Bedauern, aber bestimmt ablehnte. Er ging wieder hinunter, würde es später noch einmal versuchen.

Er hatte gerade den zweiten Stock erreicht, als sich die Tür der Nachbarwohnung von Verena Becker öffnete und eine junge Frau mit einem Turban auf dem Kopf ihn ansprach.

»Haben Sie vorhin geklingelt? Ich war in der Dusche und konnte nicht öffnen.«

Das erklärte den Turban, dachte Bergheim und zückte seinen Ausweis.

»Bergheim, Kripo Hannover, es geht um Ihre Nachbarin, Verena Becker, sie wird vermisst. Wissen Sie vielleicht, wo sie sein könnte, oder haben Sie sie in den letzten vierundzwanzig Stunden gesehen oder mit ihr gesprochen?«

Maja Kladic zog die Stirn kraus.

»Verena? Vermisst? Aber wieso denn? Ich hab sie doch vorletzte Nacht noch gehört.«

»Wann war das genau?«

Maja Kladic griff sich an den Turban. »Na ja, die Uhrzeit weiß ich nicht mehr so genau, aber es war am Freitagabend oder eher Freitagnacht, vielleicht ein Uhr oder auch später. Ich war gerade heimgekommen, war mit einer Freundin im Capitol gewesen. Sie muss kurz nach mir gekommen sein, jedenfalls hab ich gehört, wie sie ihre Tür aufgeschlossen hat.« Kladic kicherte. »Oder besser, sie hat versucht, die Tür aufzuschließen, hatte damit Probleme. Ich glaube, sie hatte einen im Tee und konnte das Schlüsselloch nicht finden. Hab sie 'ne Weile rumoren gehört.«

»Und danach haben Sie sie nicht mehr gesehen und gehört? Ist sie vielleicht noch weggegangen, oder hat sie gesagt, dass sie wegwollte?«

Maja Kladic riss die Augen auf. »Verena?« Sie schüttelte vehement den Kopf. »So gut kenn ich sie noch nicht, bin ja erst vor einem Monat hier eingezogen. Hab in Hannover einen Studienplatz gekriegt. Und Verena sagt nicht viel. Jedenfalls nichts über sich selbst. Ich weiß nur, dass sie in einem Fitness-Studio arbeitet, das hat sie mir erzählt, als wir uns neulich zufällig in der Glocksee getroffen haben.«

»Hatte sie öfter Besuch? Vielleicht einen Freund? Wissen Sie darüber etwas?«

»Ich glaub schon, aber gesehen hab ich niemanden.«

Bergheim bedankte sich, gab der jungen Frau seine Karte und versuchte sein Glück im ersten Stock, wo ihm allerdings außer einem verschlafenen jungen Paar, das Verena Becker zwar erkannte, aber rein gar nichts von ihr wusste, niemand öffnete. Er würde wiederkommen. Jetzt machte er sich auf, um das Fitness-Studio am Lister Kirchweg aufzusuchen.

Knapp fünfzehn Minuten später bog er von der Wöhlerstraße in den Lister Kirchweg ein und steuerte die Podbielskistraße an, wo er – es geschahen noch Wunder – tatsächlich eine Parklücke fand. Es war früher Nachmittag, und Bergheim war der Meinung, dass er sich ein Mittagessen verdient hatte.

Eigentlich müsste er Charlotte anrufen, aber das eilte nicht, dachte er. Die war mit Sicherheit noch ausreichend mit ihren Eltern beschäftigt. Natürlich war er sich im Klaren darüber, dass er es bewusst vermied, sie anzurufen. Er hatte heute einfach keine Lust, den Tag en famille zu verbringen und sich zum x-ten Mal die Krankengeschichte ihres Vaters anzuhören.

Er betrat das Restaurant Finesse und bestellte sich eine Portion Spaghetti bolognese und eine Cola. Danach fühlte er sich gestärkt und ging die wenigen Schritte bis zur Ecke Franklinstraße zum »fit & power«, wie das Fitness-Center sich nannte. Hinter Glasscheiben schwitzten gestählte und wohlmodellierte Körper an einer Reihe von Crosstrainern.

Ob die bezahlt sind?, fragte sich Bergheim, als er das Studio betrat und einen der beiden Männer vom Foto hinter dem Tresen erkannte. Er zückte seinen Ausweis.

»Bergheim, Kripo Hannover, können wir uns kurz unterhalten?«

»Oh Mann, geht's etwa um Verena?« Der Mann schüttelte den Kopf. »Ist die immer noch nicht wieder aufgetaucht?«

»Das wollte ich Sie gerade fragen«, gab Bergheim zurück.

»Äh, woher soll ich denn das wissen?«

»Wie heißen Sie?«

»Ich?«

Der Mann sah sich um, was Bergheim ziemlich albern fand, denn hinter ihm gab es nichts außer einem Regal mit einem üppigen Angebot an Eiweißdrinks verschiedenster Geschmacksrichtungen.

Bergheim wartete geduldig, bis der Mann sich gesammelt hatte. Entweder war er ein nervöser Typ, oder er hatte generell etwas gegen Gespräche mit der Kripo. Er hatte die Angewohnheit, sich über die raspelkurzen, etwas lichten Haare zu fahren.

»Also, ich heiße Andreas, Andreas Klimt. Wir duzen uns hier alle.«

»Okay.« Bergheim steckte seinen Ausweis weg. Das Studio war gut besucht, zum größten Teil von Männern jeglichen Alters. Er entdeckte nur zwei Frauen.

»Wann haben Sie Verena Becker zuletzt gesehen?« Bergheim widerstrebte das vertrauliche Du.

Klimt zuckte mit den ausladenden Schultern, die in einem engen roten T-Shirt mit gelbem »fit-&-power«-Logo steckten.

»Na, vorgestern Abend, auf dem Maschseefest. Wir haben alle an der Löwenbastion zusammen gefeiert. Und soweit ich weiß, ist Verena etwas früher gegangen. Aber wann genau, weiß ich auch nicht.« Klimt schluckte und fuhr sich über den Schädel. Bergheim fragte sich, wieso der Typ so nervös war.

»Haben Sie eine Ahnung, wo sie sein könnte?«

»Natürlich nicht, ich kenne sie ja kaum. Verena … redet nicht mit jedem.«

»Und mit Ihnen redet sie nicht?«

Wieder Schulterzucken. »Jedenfalls nichts Privates.«

»Seit wann arbeiten Sie hier?«

»Seit der Eröffnung vor zweieinhalb Jahren. Verena hat erst

vor einem halben Jahr angefangen, nachdem Laura in den Mutterschutz gegangen ist. Laura hat immer Spinningkurse gegeben.« Klimt schaute wehmütig zu einem leeren Gruppenraum hinüber, in dem mehrere Spinningräder parkten.

Bergheim folgte seinem Blick. »Und jetzt macht das Verena?«

Klimt schnaubte abschätzig. »Nee, Verena doch nicht, die steht hinterm Tresen.« Und etwas leiser fügte er hinzu: »Keine Ahnung, was sie hier sonst noch macht.«

Bergheim musterte Klimt neugierig. Er hatte offensichtlich keine besonders gute Meinung von der Verschwundenen. Wieso nicht?

»Mögen Sie Frau Becker?« Bergheim beobachtete Klimt genau.

Der riss die Augen auf. »Pf, was ist das denn für 'ne Frage? Natürlich mag ich sie, wie man eine Kollegin halt mag.«

»Sie ist ausgesprochen attraktiv. Hat sie keinen Freund?«

»Oh ja, gut aussehen tut sie«, antwortete Klimt verächtlich, »ob sie einen Freund hat, weiß ich nicht.«

Bergheim nickte und registrierte, dass Klimt seinem Blick auswich.

»Kennen Sie jemanden, der etwas über ihren Verbleib wissen könnte?«

Klimt schüttelte den Kopf. »Nee, wirklich nicht. Ich sag ja, ich kenn Verena kaum. Fragen Sie doch den Chef, der kommt gegen Abend wieder.«

Klimt trat von einem Fuß auf den anderen. Bergheim war kurz davor, ihn zu fragen, ob er mal Pipi musste. Doch in diesem Moment eilte Klimt ein Krieger zu Hilfe. Der Mann trat aus einer Tür neben dem Spinningrad-Parkhaus und glich einem römischen Gladiator, fehlten nur Schild und Speer. Bergheim musste zu ihm aufsehen und reckte unwillkürlich das Kinn. Der Kerl maß mindestens zwei Meter. So viel Mann auf einen Haufen war Bergheim selten begegnet.

Klimt stieß erleichtert die Luft aus.

»Ah, Boris, gut, dass du kommst.« Klimts Selbstvertrauen stieg rapide in der Gegenwart seines Kollegen, denn er hörte auf zu tänzeln, steckte die linke Hand in die Jeanstasche und wies mit der anderen auf den Gladiator.

»Das ist Boris«, wiederholte er überflüssigerweise, und der ergriff mit heiserer, dunkler Stimme das Wort.

»Gibt's Probleme?« Dabei warf er Klimt aus zusammengekniffenen Augen einen Blick zu, den Bergheim nur als warnend interpretieren konnte. Klimts freie Hand wies auf Bergheims Brust.

»Die Kripo«, sagte Bergheim nur und gab einen vielsagenden Blick zurück.

Der Gladiator musterte ihn daraufhin, als wäre er ein übel riechender französischer Käse. Bergheim hielt ihm seinen Ausweis unter die Nase.

»Bergheim«, sagte er und räusperte sich, weil er in Gegenwart dieses Kolosses seine Stimme irgendwie piepsig fand. Aber das bildete er sich wohl nur ein. »Und Sie heißen?«

»Boris«, antwortete der Koloss, »Boris Tofall. Worum geht's?«

»Um Verena Becker.«

Tofall reagierte zunächst nicht. Bergheim hatte den Eindruck, sein Gegenüber wollte die Lage sondieren.

»Was ist mit Verena?«, fragte er dann in neutralem Ton, während sich Klimt davonschlich.

»Sie ist verschwunden.«

»Ach.«

»Ist Ihnen das neu?«

»Ich dachte, sie wäre wieder aufgetaucht.«

»Wann haben Sie sie das letzte Mal gesehen?«

»Ich?« Tofall sah sich ebenfalls um.

Das schien hier irgendwie zum guten Ton zu gehören, dachte Bergheim. Sich umzusehen, während man mit jemandem sprach. Hier hielt niemand gern Blickkontakt. Das war auffällig. Und »Na, am Freitag, als wir auf dem Maschseefest waren. Und gestern ist sie nicht gekommen, wir hatten hier echt 'nen Engpass.« Tofalls dunkle Stimme klang ungnädig.

»Haben Sie eine Ahnung, wo sie sich aufhalten könnte?«

Tofall stieß einen Laut aus, der sich anhörte wie das Meckern einer Ziege, nur eine Oktave tiefer.

»Nein«, antwortete er dann wieder neutral, »hab ich nicht.«

28

Bergheim verabschiedete sich und ging mit dem sicheren Gefühl, dass mit diesem Fitness-Studio irgendetwas ganz und gar nicht stimmte, hinaus. Er würde jeden einzelnen Angestellten überprüfen. Und er würde wiederkommen.

Als Bergheim wieder auf der Straße stand, warf er einen Blick auf seine Armbanduhr. Kurz vor vier. Vielleicht erwischte er Thorsten noch im ZK. Er hatte Glück.

»Was willst du?«, meldete sich Bremers müde Stimme.

»Dir auch einen schönen Nachmittag«, sagte Bergheim. »Ich hätte ein paar Namen, könntest du die überprüfen?«

»Ich hab gleich Feierabend«, antwortete Bremer mürrisch.

»Weiß ich, aber wir wissen doch beide, dass du am Computer der Schnellere bist«, schmeichelte Bergheim.

»Wenn's sein muss«, murmelte Bremer schon halb besänftigt.

Bergheim grinste über die Eitelkeit seines Kollegen und gab ihm die betreffenden Namen durch.

»Haben die was mit deiner vermissten Schönheit zu tun?«

»Ja, sind ihre Kollegen, und wenn du schon mal dabei bist, kannst du auch gleich mal sehen, ob du was zur Vermissten findest. Kommissarin Sellin hat sich daran schon weitgehend ohne Erfolg versucht. Ich weiß nicht, ob sie noch im Dienst ist.«

»Sonst noch was? Ich sagte doch, ich hab gleich Feierabend«, murrte Bremer, der so eitel, dass er seinen Feierabend opferte, nun auch wieder nicht war.

»Nein, sonst hab ich für dich nichts weiter zu tun, vorerst.«

Bergheim legte auf und seufzte. Er hatte keinen Grund mehr, nicht nach Hause zu gehen. Wahrscheinlich war Charlotte sowieso schon wütend auf ihn. Er beschloss, tapfer zu sein und sich in die Höhe des Löwen zu begeben.

***

»Meinst du, er hat was gemerkt?« Andreas Klimt ging nervös hinter der Theke auf und ab.

Boris Tofall warf seinem Kollegen einen geringschätzigen Blick zu. »Wenn du nicht so ein erbärmlicher Schisser wärst, bräuchten wir uns darüber keine Gedanken zu machen. Man riecht ja förmlich, dass du Angst hast. Wollen hoffen, dass der Bulle blöd genug ist, das nicht zu bemerken, aber so sah er mir nicht aus.«

Klimt schluckte. »Du musst gerade reden. Wenn du nicht so hastig gewesen wärst, hätten wir das Problem anders lösen können. Besser. So was muss man sich genau überlegen.«

»Klugscheißer«, sagte Tofall ebenso leise wie drohend. »Du hältst dich an das, was ich dir gesagt habe. Du weißt, was passiert, wenn du umkippst.«

Klimt nickte langsam, ohne seinen Kollegen anzusehen.

»Und jetzt kümmere dich um unsere Kunden.« Tofall klopfte Klimt freundschaftlich auf die Schulter.

Klimt setzte sich langsam in Bewegung. Tofall sah ihm misstrauisch nach.

***

Bergheim hatte kaum die Wohnungstür aufgeschlossen, als ihm Charlottes wütende Stimme empfing. Er brauchte ein paar Sekunden, um zu realisieren, dass sie nicht mit ihm, sondern mit ihrem Vater stritt.

»Wenn du nicht aufhörst, mit deiner Krücke um dich zu hauen, nehm ich sie dir weg!«, schallte es vom Wohnzimmer herüber.

Sekunden später erschien Charlotte auf dem Flur und erwischte ihn dabei, wie er unschlüssig vor der Wohnungstür stand. Sie stemmte wütend die Hände in die Hüften.

»Ach, ein seltener Gast, hattest wohl viel zu tun, was?«

Bergheim warf hastig seinen Schlüssel auf die Garderobe und zog seine Jacke aus. Das war zwar unnötig, denn draußen war es kaum kälter als in der Wohnung, aber wenigstens vertuschte es die Tatsache, dass er mit dem Gedanken gespielt hatte, wieder abzuhauen. Charlottes Miene verriet aber, dass sie ihn sowieso durchschaut hatte.

Na gut, eine erfolgreiche Hauptkommissarin führte man eben nicht einfach so hinters Licht. Damit musste er leben. Er ging auf sie zu und küsste sie auf den Mund. Sie reagierte nicht. Oha, dachte er, die Sache war ernster als gedacht. Er verzog sich ins Wohnzimmer, um die Gäste zu begrüßen.

»Ach, sieh mal an, der Schwiegersohn lässt sich auch mal wieder blicken«, blaffte ihm Vater Wiegand entgegen. »Aber ich sollte nicht ›Schwiegersohn‹ sagen, denn ihr kriegt es ja nicht hin, mal zu heiraten.«

Werner Wiegand, der es sich auf dem Sofa gemütlich gemacht hatte, hielt ihm statt seiner Hand den Fuß einer Krücke entgegen, sodass Bergheim zur Begrüßung nur die Hand hob. Mutter Wiegand war nicht zu sehen.

»Äh, hallo«, sagte er. »Wie geht's denn?«

»Ja, was glaubst du wohl? Beschissen«, schmetterte der alte Wiegand und spießte zur Bekräftigung mit der Krücke eines der Sofakissen auf.

Bergheim stellte erschrocken fest, dass er mit dem alten Mann allein war.

»Oh, das tut mir leid. Ich ... muss mal«, sagte er, verschwand hastig aus dem Wohnzimmer und suchte Charlotte in der Küche, wo sie an dem großen Holztisch stand und Butterbrote schmierte.

»Kann mir mal jemand den Fernseher einschalten?«, blökte es vom Wohnzimmer her.

Charlotte verdrehte die Augen, legte das Messer weg und ging zu ihrem Vater.

Bergheim nahm sich ein Gilde-Bräu aus dem Kühlschrank. Was sollte er sonst tun? Er öffnete die Flasche und nahm einen Schluck. Das kühle, wohlschmeckende Getränk besänftigte ihn etwas. Er würde den Abend schon überstehen, dachte er und nahm noch einen Schluck.

»Was ist denn das für ein Scheißprogramm?«, wetterte Vater Wiegand. »Sport will ich nicht sehen, gibt's keine Quizsendung?«

Er hörte, wie Charlotte dem Mann die Fernbedienung erklärte. Kurz danach tauchte sie wieder auf, nahm das Messer in die Hand und stach heftig in die Butter.

»Wo warst du?«

»Hab mich um einen Vermisstenfall gekümmert. Wo ist denn deine Mutter?«

»Abgehauen«, sagte Charlotte und klatschte eine Scheibe Kochschinken auf das Gersterbrot.

»Aha.« Bergheim nahm noch einen Schluck.

»Was für ein Vermisstenfall?« Charlotte viertelte die Scheibe Brot.

Bergheim schilderte, was sich am Tag ereignet hatte, und Charlotte schien sich zu beruhigen. Jedenfalls behandelte sie den Edamer Käse, mit dem sie eine weitere Scheibe Brot belegte, sanfter als den gekochten Schinken, und ihr Vater schien im Moment auch nichts zu meckern zu haben.

»Und? Was, glaubst du, ist passiert?« Sie legte die Brotscheiben auf einen Teller.

»Ich habe keine Ahnung, aber irgendwas geht nicht mit rechten Dingen zu. Erstens dass wir ihr Handy nicht orten können, zweitens finde ich den Lebenslauf der Vermissten ungewöhnlich, und drittens ist mir dieser Fitnessladen suspekt. Ich habe Thorsten drauf angesetzt. Er war zwar nicht begeistert, hatte wohl noch einen Kater von gestern, aber wenn der keine Schweinereien findet, gibt's entweder keine, oder diese Typen haben ihre Schweinereien extrem gut versteckt. Der eine von den beiden Muskelmännern war jedenfalls ziemlich nervös.«

»Wann gibt's denn hier mal was zu essen?«, beschwerte sich der alte Wiegand vom Wohnzimmer her.

Charlotte schloss die Augen und wiederholte ihr Mantra: »Nur bis morgen. Nur bis morgen.«

Dann nahm sie den Teller und brachte ihrem Vater sein Abendbrot.

Es war eine unruhige Nacht, die Vater Wiegand auf dem Sofa verbrachte. Leider versuchte er, aufzustehen und die Toilette aufzusuchen. Charlotte hatte ihm eine kleine Nachttischlampe auf den Wohnzimmertisch gestellt und eine Glocke, was ihr Vater als Affront empfunden hatte. Er sei schließlich kein Baby und ebenso wenig ein seniler alter Sack, der die Hilfe anderer benötige, um sein Geschäft zu erledigen. Was natürlich ein Irrtum war.

Charlotte und Bergheim wurden am Morgen gegen halb vier Uhr durch lautes Geschepper aus dem Schlaf gerissen. Es folgten ein derber Fluch und ein Poltern. Charlotte sprang aus dem Bett und fitzte ins Wohnzimmer, Bergheim folgte auf dem Fuß. Als das Licht im Wohnzimmer aufflammte, sahen sie Werner Wiegand auf dem Boden vor dem Sofa liegen. Die kleine Lampe mit dem Glasschirm war auf dem Tisch umgefallen und zerbrochen.

»Papa, was machst du denn!«, rief Charlotte und eilte ihrem Vater zu Hilfe.

Gemeinsam hievten sie den Mann zurück aufs Sofa. Gott sei Dank hat er abgenommen, fuhr es Bergheim durch den Kopf, während ihr Vater in die Polster plumpste.

»Ist dir was passiert, hast du dir wehgetan?«

»Nein!«, bellte Wiegand, aber sein schmerzverzerrtes Gesicht strafte ihn Lügen. »Ich muss nur mal, macht doch nicht so ein Theater.«

»Wer macht hier Theater?«, brummte Bergheim vor sich hin und rieb sich über die Augen.

»Du kannst doch nicht allein aufstehen«, schimpfte Charlotte besorgt, »das weißt du. Wenn du dir nun noch mal was brichst.«

»Ach papperlapapp.« Wiegand wischte unwirsch den Einwand seiner Tochter beiseite. »Gib mir nur diese blöde Krücke, dann geh ich aufs Klo, und ihr geht wieder ins Bett.«

»Kommt nicht in Frage. Rüdiger, du gehst am besten mit.« Bergheim stutzte. »Wie? Aufs Klo?«

»Das fehlte ja noch.« Wiegand hatte sich mit Charlottes Hilfe wieder aufgerappelt und ließ sich die Krücke reichen. »Ich gehe allein, basta.«

Er nahm sein Vorhaben gleich in Angriff, wäre aber beinahe wieder gestürzt, sodass Charlotte nicht mehr verhandelte und Bergheim an die Seite ihres Vaters beorderte. Der verzog den Mund, gehorchte aber.

Fünfzehn Minuten später lag Wiegand wieder auf dem Sofa und schnaufte.

33

»Himmelherrgott, was ist bloß aus mir geworden.« Seine Stimme zitterte, und Charlotte streichelte sanft seinen Arm.

»Ab morgen geht's wieder bergauf«, versuchte sie ihn zu trösten.

»Wollen's hoffen«, murmelte Wiegand und fügte unwirsch hinzu: »Nun geht schon wieder ins Bett.«

ZWEI

Am nächsten Morgen brachte Charlotte ihren Vater nach Kirchrode ins Henriettenstift, während Bergheim in die Polizeidirektion fuhr, wo er erfuhr, dass es im Fall Verena Becker keine Neuigkeiten gab. Sie war noch nicht wieder aufgetaucht. Kaum hatte er sein Büro betreten, klingelte sein Telefon. Es war Kriminalrätin Gesine Meyer-Bast, die ihn sprechen wollte.

Als er das Büro seiner Chefin betrat, in dem es wie immer leicht nach Jasmin roch, begrüßte sie ihn lächelnd und bat ihn, Platz zu nehmen.

»Ich höre, Sie haben gestern bereits im Fall dieser vermissten jungen Frau ermittelt. Haben Sie irgendeine Spur?«

Bergheim setzte sich und umriss kurz, was er in der Sache bisher unternommen hatte. Die Kriminalrätin hörte aufmerksam zu und übertrug ihm dann die Leitung der weiteren Ermittlungen. Bergheim verließ ihr Büro, um sich mit Martin Hohstedt zu besprechen und Bremer anzurufen. Maren Vogt war am Sonntag für zwei Wochen in ihren langersehnten Urlaub nach Portugal geflogen.

Hohstedt saß an seinem Schreibtisch, ihm gegenüber eine junge platinblonde Frau mit langen Beinen und ausladendem Dekolleté. Sie schien direkt einem Barbieheft entsprungen zu sein. Es war zwar politisch unkorrekt, aber Bergheim fand die Ähnlichkeit dermaßen stark, dass sich ihm das Klischee einfach aufdrängte. Hinter ihr stand ein etwa fünfundzwanzigjähriger Mann in Motorradkluft.

»Ah«, begrüßte ihn Hohstedt, der seinen Waffengürtel trug, was Bergheim reichlich übertrieben fand, aber wahrscheinlich wollte sein Kollege Eindruck schinden.

»Das ist mein Kollege Rüdiger Bergheim«, stellte Hohstedt ihn vor. »Wir sind hier gleich fertig«, sagte er zu Bergheim und wandte sich wieder der jungen Frau zu. Offensichtlich wollte er Bergheim loswerden, aber der war zu neugierig. Vielleicht wusste die Frau ja etwas über Verena Becker.

»Worum geht's denn?«, fragte er, und Hohstedt antwortete leicht genervt: »Die Dame hier vermisst ihren Freund.«

Bergheim betrat nun ganz das Büro und schloss die Tür.

»Tatsächlich?« Er wandte sich an die Blondine, die ihm sofort ihre volle Aufmerksamkeit schenkte. Bergheim registrierte, dass sie nicht besonders besorgt schien.

»Wie heißen Sie bitte, und wie heißt Ihr Freund?«

»Mein Name ist Janina Grauhöfer, und das ist mein Bruder Marcel.« Sie wies mit dem Daumen über ihre Schulter auf den Mann, der hinter ihr stand. »Ich wollte nicht allein zur Polizei gehen und hab ihn gebeten mitzukommen.«

Der junge Mann nickte schweigend. Er war ebenso blond und gut aussehend wie seine Schwester, dachte Bergheim, der sich wunderte, dass eine Frau wie Janina Grauhöfer sich nicht allein zur Polizei traute. Sie trug Shorts und Flipflops und ein T-Shirt mit einem Ausschnitt, der nicht zu einem Montagmorgen auf dem Polizeirevier passte, sondern eher in einen Nachtclub.

»Mein Freund heißt Alex, Alexander Küttner«, sagte sie.

»Seit wann vermissen Sie Ihren Freund denn?«, fragte Bergheim.

»Seit gestern, da bin ich nämlich von Rhodos zurückgekommen, war da mit meiner Mutter.« Sie lächelte Bergheim entschuldigend an. »Meine Eltern sind geschieden, und meine Mutter fährt nicht gern allein in Urlaub, deswegen …«

Marcel, der bis jetzt nur durch das Knarzen seiner Motorradmontur akustisch aufgefallen war, grunzte leise, was ihm einen mahnenden Zeigefinger seiner Schwester eintrug.

»Aha«, sagte Bergheim, und Hohstedt, der unwillig von Janina zu Bergheim blickte, stand auf.

»Ja, dann kannst du ja hier weitermachen«, sagte er ein bisschen pikiert.

»Bleib hier«, kommandierte Bergheim, und Hohstedt ließ sich wieder auf seinen Stuhl plumpsen.

»Hatten Sie während des Urlaubs Kontakt miteinander?«

»Am Mittwoch zuletzt, da haben wir uns für gestern Abend im Brauhaus verabredet. Aber er ist nicht gekommen, und ich habe seitdem nichts mehr von ihm gehört. Er geht auch nicht mehr ans Handy.«

»Haben Sie es bei seinen Freunden versucht? Seiner Familie?« Janina holte tief Luft, sodass ihr üppiger Busen fast aus dem T-Shirt sprang. »Ich habe wirklich überall angerufen. Keiner hat in den letzten Tagen mit ihm gesprochen oder ihn gesehen. Seine Mutter wohnt irgendwo im Saarland, bei der ist er nicht. Hätte mich auch gewundert, die beiden verstehen sich nicht besonders, und seinen Vater kennt er gar nicht.«

Bergheim wandte sich an Marcel Grauhöfer, der einigermaßen dezent auf einem Kaugummi kaute. »Kennen Sie Alexander Küttner?«

»Flüchtig«, antwortete Grauhöfer. »Ich bin nur hier, weil Janina meinte, Sie würden ihr nicht glauben.«

Bergheim wandte sich wieder an Janina. »Was ist mit seinem Arbeitgeber?«

»Nichts, Alex studiert, Geschichte und Biologie auf Lehramt. Aber im Moment sind ja Semesterferien.«

Bergheim nickte gedankenverloren. »Kennen Sie eine Verena Becker?«, fragte er dann ins Blaue.

Janina schürzte die Lippen und schüttelte dann den Kopf. »Nö, nicht dass ich wüsste. Wer soll das sein?« Sie zog plötzlich die Stirn kraus. »Meinen Sie, er hat was mit der?«

»Keine Ahnung«, antwortete Bergheim wahrheitsgemäß.

»Was ist mit seiner Wohnung?«

»Für die hab ich einen Schlüssel, ich war gestern da und heute Morgen. Da ist alles unverändert. Sieht aus, als wäre er länger nicht da gewesen.«

»Vielleicht ist er ja ein paar Tage verreist?«

»Ohne seinen Laptop?« Janina warf Bergheim einen ungläubigen Bick zu. »Und ohne sein Insulin? Nie im Leben!«

»Heißt das, Ihr Freund ist Diabetiker?«

»Ja klar, er muss regelmäßig spritzen. Sagte ich das nicht?«

»Nein.« Bergheim fluchte innerlich. »Und Sie meinen, er ist seit Tagen ohne sein Medikament verschwunden?«

»Ja«, sagte Janina beklommen. Sie schien erst jetzt zu realisieren, wie ernst die Lage war.

Bergheim wandte sich an Hohstedt, der der Unterhaltung nicht mehr gefolgt war und lustlos auf seiner Tastatur herumtippte.

»Hast du alles aufgenommen?«

»Ja«, antwortete der und warf Bergheim einen bösen Blick zu.

»Bestens«, sagte Bergheim, »ich darf Sie dann bitten, das zu unterschreiben, und dann gehen Sie in den Wartebereich. Wir werden versuchen, das Handy von Herrn Küttner zu orten. Wenn das nichts bringt, sehen wir uns seine Wohnung an und geben eine Suchmeldung raus.«

»Muss ich denn mit in die Wohnung?«, fragte Janina. »Ich muss um elf im Paulaner sein, bediene da.«

»Wenn möglich, ja«, sagte Bergheim. »Wir rufen Ihren Chef an.«

»Bloß nicht«, wehrte Janina ab. »Das mach ich lieber selbst. Wer weiß, was der sich denkt, wenn die Bullen bei ihm anrufen und sagen, dass ich später komme, tz.« Sie schüttelte den Kopf über die Dummheit der Polizei.

»Du kommst dann bitte kurz in den Besprechungsraum, wenn du hier fertig bist«, sagte Bergheim zu Hohstedt, der sich widerstrebend fügte.

»Äh, brauchen Sie mich noch?«, fragte Marcel Grauhöfer und warf seiner Schwester einen Blick zu. »Sonst würde ich nämlich gehen.«

»Von mir aus können Sie gehen, wenn Ihre Schwester ohne Sie klarkommt«, sagte Bergheim.

Janina nickte nur, und Grauhöfer verschwand mit knarzendem Gewand.

Die Ortung von Alexander Küttners Handy verlief ergebnislos, und eine halbe Stunde später waren Bergheim und Hohstedt mit Janina Grauhöfer unterwegs zur Hebbelstraße in der List, wo Küttner ein kleines Apartment bewohnte.

Bergheim betrat einen etwa fünfzehn Quadratmeter großen Raum mit Küchenzeile und Nasszelle. Das Zimmer war so unordentlich, wie man es von einem zweiundzwanzigjährigen

Studenten erwarten würde. Das schmale Bett war ungemacht, das Laken zerknittert, überall lagen Klamotten herum. Wäsche, T-Shirts, Handtücher, Socken. Auf dem improvisierten Schreibtisch – vier Beine unter einer weißen Furnierplatte – stand ein zugeklappter Laptop, daneben lagen Papiere und Zeitschriften. Ein weißes Ikea-Regal beherbergte mehrere Ordner und Lehrbücher. Der Bewohner schien tatsächlich längere Zeit nicht in der Wohnung gewesen zu sein, denn in einer Plastiktüte auf der Spüle schimmelte geschnittenes Gersterbrot vor sich hin. Bergheim wandte sich an Janina, die mit Hohstedt in der Tür stehen geblieben war.

»Können Sie mal nachschauen, ob bestimmte Klamotten fehlen?«

Janina drückte sich an Hohstedt vorbei, öffnete den kleinen Ikea-Kleiderschrank und wühlte darin herum. Nach einer Minute schloss sie naserümpfend die Tür.

»Mann, da drin stinkt's vielleicht.« Sie fügte hinzu, dass sie seine Joggingschuhe nicht finden könne.

»Sonst noch was?«, fragte Bergheim ungeduldig.

Janina zuckte mit den Schultern. »Keine Ahnung, so genau weiß ich das auch nicht, wir sind ja auch noch nicht lange zusammen, mal gerade zwei Monate.«

»Wo läuft er? Hat er immer dieselbe Strecke?«

»Was weiß ich, ich glaub aber, er läuft durch die Eilenriede.«

»Wo bewahrt er seine Medikamente auf?«

»Im Kühlschrank.«

Bergheim inspizierte den Kühlschrank, wo sich eine Packung fettarmer Milch bedrohlich aufblähte. Neben dem Milchtüten-ballon standen zwei Dosen Red Bull. An fester Nahrung fand er nur vegetarischen Brotaufstrich und Halbfettmargarine.

»Wovon lebt denn der Mann bloß?«, murmelte Bergheim und fand eine Packung Insulin in einer hohen Tupperdose.

»Das sieht mir nach einer Vorratspackung aus«, sagte er, »vielleicht hat er ja noch genügend dabei.«

Janina verneinte energisch. »Nee, nee, wenn Alex verreist, nimmt er immer seinen Pen und den Insulinvorrat in einer Kühlbox mit, da ist er echt panisch.«

»Aber im Notfall bekommt man doch überall was, oder nicht?«, überlegte Bergheim. »Wozu dann alles mitnehmen, vor allem, wenn es gekühlt werden muss?«

Janina machte eine Geste, die wohl sagen sollte, dass sie das genauso sah. »Fragen Sie mich was Leichteres, aber Alex hat sowieso 'nen leichten Schaden. Ist ein totaler Gesundheitsfanatiker, trinkt auch keinen Alkohol, echt nervig.«

Bergheim ließ sich ein brauchbares Foto von Küttner und die Namen seiner Studienkollegen geben.

»Von denen ist aber im Moment keiner da, sind alle unterwegs oder zu Mama und Papa nach Hause gefahren.« Janina rümpfte die Nase.

Bergheim seufzte. Wenn Küttner an Diabetes litt, war er womöglich irgendwo ins Koma gefallen, und sie kamen sowieso schon zu spät. Er hatte kein gutes Gefühl.

✳✳✳

Charlotte hatte ihren Vater glücklich im Henriettenstift untergebracht. Es war eine Tortur gewesen. Zuerst wollte man die Aufnahme auf den ursprünglich geplanten Mittwoch verschieben, und Vater Wiegand hatte mit heftigem Protest auf diesen »willkürlichen Akt der Medizinmafia« reagiert und sich nicht gerade gut eingeführt.

Glücklicherweise hatte der nette Dr. Flentek ein gutes Wort eingelegt, sodass man Werner Wiegand für die zwei Nächte zur Überbrückung einen Platz in einem Vier-Bett-Zimmer anbieten konnte, was dieser allerdings nur unter Protest akzeptierte. Charlotte hatte ihren Vater auf sein Zimmer begleitet, wo ihn zwei ältere Herren und ein Teenager erwarteten. Als Charlotte mit ihrem Vater das Zimmer betrat, hatte Letzterer die Hand an die Stirn geworfen und gestöhnt.

»Ach du Scheiße, noch so 'n Grufti.«

Vater Wiegand hatte daraufhin mit der Krücke gedroht und kundgetan, dass er mit diesem »Kindergarten« immer noch fertigwerde. Was immer er damit meinte.

Charlotte hatte höflich gegrüßt und ihre Ohren auf Durch–

zug gestellt. Sie hatte die Sachen ihres Vaters in den Schrank geräumt, seine Handtücher und die Waschlappen an ihren Platz gehängt und es der resoluten Schwester Marika überlassen, ihren Vater mit den Hausregeln vertraut zu machen.

Sie hatte ihm einen Kuss auf die Stirn gegeben und fluchtartig das enge Zimmer verlassen.

Jetzt ging sie erleichtert den Flur entlang, auf dem ihr Dr. Flentek entgegenkam.

»Wir kriegen Ihren Vater schon wieder hin, keine Bange«, schmunzelte er.

»Wenn Sie das sagen«, erwiderte Charlotte zweifelnd. »Er war früher nicht so, ich meine, vor dem Sturz.«

»Das macht die Hilflosigkeit, die muss man durch Frechheit wettmachen.« Dr. Flentek lächelte. »Schade, dass Sie am Samstag so schnell verschwunden waren.«

»Ach ja«, sagte Charlotte und blickte abwesend auf ihre Füße.

»Wollen wir das nicht ein bisschen vertiefen?«, fragte Dr. Flentek leise, denn eine Schwester ging mit einem Blutdruckmessgerät an ihnen vorbei und grinste vielsagend. »Ich meine, statt Bier trinken mal schön essen gehen.« Er fuhr sich mit allen Fingern durch die vollen braunen Haare. Seine dunklen Augen funkelten.

»Ich melde mich, wenn ich Hunger habe«, sagte Charlotte, zwinkerte ihm zu und eilte zum Ausgang. Ihre Schritte hallten durch den kahlen Gang.

Wenig später entstieg sie erschöpft ihrem Golf und schlurfte lustlos auf den Eingang zum Zentralen Kriminaldienst zu.

Bergheim und Hohstedt, die gerade aus der List zurückgekommen waren, saßen zusammen im Besprechungsraum. Charlotte gesellte sich dazu.

»Geht's um die Vermisste?«, fragte sie und ließ sich auf einen Stuhl fallen.

»Ja, mittlerweile haben wir zwei. Ob die beiden Fälle etwas miteinander zu tun haben, wissen wir noch nicht.« Bergheim umriss kurz die Fakten. »Ich hab bereits einen Hundeführer in die Eilenriede geschickt und eine Suchmeldung durchgegeben«, schloss er. »Bei Diabetikern ist das ja immer so eine Sache, vielleicht hat er sich übernommen oder sich beim Spritzen mit der Dosis vertan und ist zusammengebrochen.«

»Dann werdet ihr nur noch seine Leiche finden«, sagte Charlotte mitleidlos.

Hohstedt sah Charlotte pikiert an und öffnete den Mund, aber er kam nicht dazu, eine Bemerkung zu machen, denn es klopfte, und Kriminalrätin Meyer-Bast öffnete die Tür. »Herrschaften, es gibt Arbeit. Ein Leichenfund.«

»Siehst du«, sagte Charlotte und verschränkte die Arme. Meyer-Bast warf Charlotte einen fragenden Blick zu, aber die winkte nur ab.

»Also«, fuhr Meyer-Bast fort, »weibliche Leiche am Maschsee. In einem der Müllcontainer.«

Diesen Worten folgte sekundenlanges Schweigen.

»Im Müllcontainer?«, fragte Bergheim ungläubig.

»Genau, an der Löwenbastion, ich nehme an, es handelt sich um die Vermisste, und schlage vor, Sie fahren hin.«

Dabei sah sie Bergheim an, was Charlotte einen leichten Stich versetzte. Hohstedt dagegen frohlockte offensichtlich und stand gleichzeitig mit Bergheim auf. Charlotte blieb sitzen.

»Kommst du?«, forderte Bergheim sie auf.

Sie erhob sich langsam und folgte den beiden Männern hinaus.

»Wie geht's Ihrem Vater?«, fragte die Chefin, als Charlotte an ihr vorbeiging.

»Beschissen. Sagt er«, antwortete Charlotte, blieb aber einen Moment stehen und sah die Chefin, die sie aus erstaunten Augen musterte, entschuldigend an. Immerhin erkundigte sie sich nach ihm. Ihrem Ex-Chef Ostermann wäre das nie eingefallen. »Es geht schon«, sagte sie, »er ist nur chronisch schlecht gelaunt.« Meyer-Bast lächelte leicht und ließ ihr Team ziehen.

∗∗∗

Hohstedt steuerte den Wagen am Rudolf-von-Bennigsen-Ufer entlang Richtung Löwenbastion. Das Ufer des Maschsees war von exklusiven und rustikalen Imbiss-Ständen und Theken gesäumt, die großzügigen Abstände ließen aber immer noch einen offenen Blick auf den See zu. Sie brauchten nur wenige Minuten von der Waterloostraße bis zur Löwenbastion. Zwei Streifenwagen waren vor Ort, ein Polizist regelte den Verkehr einspurig am Fundort der Leiche vorbei. Hohstedt blieb auf der Fahrbahn stehen, denn die Parkplätze am Seeufer waren während des Festes abgesperrt. Die Müllcontainer befanden sich hinter Sichtschutzwänden.

Jenseits der Polizeiabsperrung warteten Jogger, Inliner- und Radfahrer, Spaziergänger, Mütter mit Kinderwagen und die unvermeidlichen Pressefotografen auf Informationen. Bergheim, Charlotte und Hohstedt schlüpften unter dem Absperrband hindurch zu einer halb geöffneten Sichtschutzwand, die von zwei Polizisten bewacht wurde. Der Polizeifotograf und die Spurensicherung waren bereits bei der Arbeit. Auf den Treppen zur Löwenbastion saßen zwei junge Frauen, die eine schluchzte, die andere versuchte, die Schluchzende zu beruhigen.

Bergheim sah Charlotte an.

»Kümmerst du dich darum?«

»Ja, aber ich will zuerst einen Blick auf die Leiche werfen.«

Sie gingen zu einem der etwa einen Meter fünfzig hohen Container. Zwischen blauen Müllsäcken lag halb verborgen die Leiche einer jungen Frau. Ihre Beine lehnten hochgestreckt an der Innenwand. Offensichtlich hatte jemand bereits Mülltüten von dem toten Körper entfernt, sodass der Kopf der Toten sichtbar war. Zwei weit aufgerissene Augen starrten aus einem von dunklen Haaren umrahmten, aufgeschwemmten Gesicht ins Leere.

Bergheim wusste sofort, dass es sich um Verena Becker handelte, obwohl das schöne Gesicht kaum wiederzuerkennen war. Fliegen schwirrten umher. Der Geruch reizte zum Würgen. Er schluckte.

»Wo ist Dr. Schneider? Und holt sie da raus. Habt ihr hierum alles abgesucht?« Die Frage war an Björn Petersen von der Spusi gerichtet.

»Schon«, antwortete Kramer, »aber gefunden haben wir

nichts. Möchte nicht wissen, wie viele Leute hier rumgetrampelt sind, seit sie tot ist. Und das sind bestimmt mehrere Stunden, soweit ich das von hier aus beurteilen kann, oder sogar Tage.«

»Aber wie kann sie tagelang da drin liegen, ohne entdeckt zu werden?«

»Na ja, wer guckt schon rein in einen Müllcontainer. Da werden die Säcke reingeworfen, und das war's. Und …«, Petersen rümpfte die Nase, »über den Geruch wundert sich auch niemand, bei der Wärme. Wenn man sich nicht direkt an den Rand stellt, sieht man nicht, was da sonst noch drin liegt. Will man ja auch normalerweise nicht wissen.« Petersen wies mit dem Kinn auf die junge Frau, die auf den Stufen saß und mit der Charlotte sich gerade unterhielt. »Die Frau, die sie entdeckt hat, hat zuerst gedacht, es wäre 'ne Art Schaufensterpuppe, hat die Säcke, die über dem Körper lagen, weggeschoben und … tja, dann ist ihr wohl klar geworden, dass das mit der Schaufensterpuppe Wunschdenken war. Sie hat angefangen zu zittern und zu jammern, dann ist ihre Kollegin gekommen, und die hat die Polizei angerufen.«

Am späten Nachmittag hatte Bergheim seine Truppe im Besprechungsraum zusammengerufen. Hohstedt, Bremer – den man aus dem Bett geklingelt hatte, dementsprechend war seine Laune – sowie Björn Petersen waren dabei und Charlotte natürlich. Sie alle saßen einigermaßen ratlos am Tisch, nahmen hin und wieder einen Schluck Kaffee und konnten es im Grunde nicht fassen.

Hohstedt sprach als Erster. »Mannomann, mir ist ja schon einiges untergekommen, aber ein Mord während des Maschseefestes … das muss man auch erst mal hinkriegen.«

Charlotte wusste nicht, ob das Bewunderung war, was da in Hohstedts Stimme mitschwang, aber sie hatte sich vorgenommen, es Bergheim zu überlassen, für Ordnung im Team zu sorgen. Es war zwar nicht das erste Mal, dass er die Leitung einer Mordermittlung übernahm, aber das erste Mal, dass sie zu seinem Team gehörte. Bisher war das immer umgekehrt gewesen. Sie wusste noch nicht so recht, wie sie das finden sollte, und musterte Bergheim schweigend. Er schien damit kein Problem zu haben. Wohl aber mit dem toten Mädchen, das ließ jedenfalls die steile Stirnfalte vermuten, die sich immer in seine Stirn grub, wenn er zornig war.

»Tja, Leute«, sagte er, »wie auch immer, der Fundort ist auch der Tatort. Jedenfalls ist die Leiche nicht bewegt worden, und sie hat mindestens zwei Tage dort gelegen. So viel hat die Schneider schon sagen können ...« Er schüttelte ungläubig den Kopf. »Immerhin haben wir schon einen Namen.« Er stand auf und pinnte einen vergrößerten Ausdruck des Fotos, das Katja Schauer ihm geschickt hatte, an die Schautafel, kennzeichnete die abgebildeten Personen mit Zahlen und schrieb die Namen unter das Foto.

»Die Tote heißt Verena Becker und ist laut ihrer Kollegin Katja Schauer seit einem gemeinsamen Besuch des Maschsee-festes am Freitagabend verschwunden.« Er setzte sich wieder hin. »Die Kollegin war stutzig geworden, weil sie am Samstag nicht zur Arbeit erschienen war und auch auf dem Handy nicht erreichbar war. Die Kollegen vom Fitness-Studio sagen überein-stimmend, dass sie auf dem Fest kurz vor Mitternacht zuletzt gesehen haben. Sie haben alle zusammen an der Löwenbastion gesessen, und so gegen elf – das ist eine ungefähre Schätzung, die Herrschaften wissen die Uhrzeit nämlich nicht mehr ge-nau – wollte sie zur Toilette und ist nicht wieder aufgetaucht. Danach hat sie niemand mehr gesehen oder gesprochen. Nur die Nachbarin von Verena Becker hat ausgesagt, sie hätte das Opfer Freitagnacht heimkommen hören. Die genaue Uhrzeit wusste auch sie nicht mehr. Ein Uhr oder später.« Er schwieg einen Moment. »Das ist möglich, aber unwahrscheinlich. Das hieße, dass Becker vom Maschsee in ihre Wohnung gefahren sein müsste und anschließend wieder zurück zum Fest. Wieso sollte sie das tun?«

»Da gibt's ja nun mehrere Möglichkeiten«, sagte Charlotte. »Vielleicht wollte sie irgendwas holen, oder sie ist nach Hause, hat es sich dann schlicht anders überlegt und ist noch mal los.«

»Jedenfalls haben wir bis jetzt keinen Schlüssel bei ihr ge-funden. Aber ...«, Bergheim seufzte, »was nicht ist, kann ja noch werden. Dauert noch, bis die Spusi mit dem Inhalt des Containers fertig ist.«

Dieser Aussage folgte kollektives Naserümpfen. Keiner der Anwesenden beneidete die Beamten der Spurensicherung um diese Aufgabe.

»Kann aber auch sein, sie hat jemanden getroffen, ist mit dem noch am See spazieren gegangen, und auf dem Rückweg sind die beiden in Streit geraten oder wollten hinter der Absperrung ein bisschen kuscheln. Dann ging es zur Sache, sie hat sich gewehrt und …«

Charlotte verdrehte die Augen bei dieser Ansprache. Hohstedt wollte mal wieder die einfache Lösung.

»Und was ist dann mit der Aussage der Nachbarin?«, fragte sie unwirsch.

»Vielleicht ist der Typ ja hinterher in ihre Wohnung gegangen, oder die Nachbarin hat sich einfach verhört. Gesehen hat sie ja wohl nichts, wenn ich das richtig verstanden habe«, sagte Hohstedt triumphierend.

»Ja klar, wenn die Zeugenaussagen nicht zu deiner Theorie passen, dann haben sich eben die Zeugen geirrt. Das ist einfach.«

»Alles ist möglich«, wiegelte Bergheim ab und warf Charlotte einen warnenden Blick zu. Dann wandte er sich an Hohstedt. »Aber ignorieren können wir die Aussage nicht, und bisher deutet nichts auf ein Sexualdelikt hin.«

»Und außerdem«, mischte sich Charlotte wieder ein, »welche Frau geht denn zu den Müllcontainern zum Kuscheln, ich bitte euch.«

Bergheim räusperte sich. Die anderen guckten betreten. Charlotte wusste, dass sie sich ein bisschen zusammennehmen sollte. Sie reagierte zu heftig und wenig konstruktiv, aber sie kochte innerlich, wieso auch immer.

»Also«, fuhr Bergheim etwas lauter fort, »ich habe zwei von Beckers Kollegen bereits befragt. Die hatten beide keine Ahnung, wo Verena abgeblieben war, und wussten auch sonst nichts von ihr. Ebenso übrigens wie Katja Schauer, die sie als vermisst gemeldet hat. Das ist schon auffällig. Diese Verena Becker ist irgendwie nicht greifbar. Alles, was wir bisher wissen, ist, dass sie bei einer Pflegefamilie in einem Nest an der Nordsee aufgewachsen ist, die Schule mit achtzehn geschmissen hat und auf und davon ist. Die Familie hat seit zehn Jahren nichts mehr von ihr gehört und wollte auch nichts von ihr hören. Ich habe mit der Pflegemutter gesprochen, und die war nicht besonders gut auf Verena zu sprechen. Sie hätte sich nicht am Familienleben beteiligt, sei stur gewesen und sowieso eine Einzelgängerin. Von einer richtigen Freundin wusste die Pflegemutter nichts. Sie hätte aber auch nicht nachgefragt, weil Verena sowieso nur pampig geantwortet hätte.«

»Was ist mit dem Pflegevater?«, wollte Charlotte wissen.

»Immerhin sah Verena gut aus. Vielleicht hat er sich an ihr vergriffen, und sie ist deswegen weg.«

»Wenn es so war, werden wir's wohl nie erfahren. Er selbst wird nicht reden, seine Frau ebenso wenig, und Verena kann es uns nicht mehr erzählen. Gegen den Vater liegt jedenfalls nichts vor, sonst hätten sie ja kein Pflegekind bekommen, und sie haben immer noch zwei, einen Jungen und ein Mädchen, beides Teenager. Und mit denen gibt's keine Probleme, das sagt jedenfalls die Pflegemutter.«

»Vielleicht wissen ihre Pflegegeschwister etwas«, sagte Charlotte.

»Mit denen hatte sie auch so gut wie keinen Kontakt. Aber die anderen Pflegekinder haben immer noch ein gutes Verhältnis zu den Pflegeeltern ...«

»Sagt die Mutter«, unterbrach Charlotte Bergheim.

»Ja, aber das kann man ja gut nachprüfen, glaube nicht, dass sie lügt. Also wenn die Geschwister wirklich etwas wissen sollten, kann ich mir nicht vorstellen, dass sie ihren Pflegevater in die Pfanne hauen würden.«

»Ja hat denn das Mädchen überhaupt mit jemandem Kontakt gehabt?«, wollte Petersen wissen.

»Schon möglich, aber wir wissen es nicht. Sie hat auch diverse Hilfen, die ihr bei der Volljährigkeit rechtlich zugestanden hätten, nicht in Anspruch genommen.« Bergheim warf Bremer einen Blick zu. »Was hast du über das Studio rausbekommen?«

Bremer, der still auf seinem Stuhl vor sich hin gedöst hatte, ruckte hoch. Er hatte seine Schwiegermutter in der Nacht vom Bahnhof abholen müssen und auf dem Rückweg eine Reifenpanne gehabt, was ihm seine Schwiegermutter sehr übel genommen hatte.

»Das Studio und die Mitarbeiter sind sauber. Jedenfalls gibt's nichts in unserer Datei. Mit dem Opfer habe ich mich aber noch nicht intensiv beschäftigt … beschäftigen können …«, korrigierte er mit einem vorwurfsvollen Blick auf Bergheim. »Irgendwann muss man auch mal schlafen, wenn man sich die Nächte wegen der bl… wegen der Verwandtschaft um die Ohren hauen muss und obendrein Bereitschaft hat.«

»Okay.« Bergheim grinste leicht.

Charlotte wippte ungeduldig auf ihrem Stuhl hin und her. »Jetzt mal ehrlich, Leute, wie kann denn so was passieren? Auf dem Maschseefest wird bis in die Morgenstunden gefeiert. Da sind ständig Massen unterwegs. Vor allem an der Löwenbastion. Und da will keiner was gesehen oder gehört haben? Das will mir nicht in den Kopf.«

»Oder vielleicht gerade da«, meldete sich Petersen und blickte Charlotte fast entschuldigend an. »Ich meine, wenn da die Band spielt und sich die Massen entlangwälzen. Ich kann mir schon vorstellen, dass man nichts davon mitkriegt, wenn sich hinter den Sichtschutzwänden … was auch immer abspielt, die sind immerhin zwei Meter hoch, und man kann sie ganz leicht öffnen und dahinterschlüpfen. Das sind ja nur Plakate zwischen zwei Rohrstangen auf Ständern.«

Alle sahen Petersen verwundert an. Der schien von der Aufmerksamkeit der anderen peinlich berührt und lief rot an.

»Danke, Björn«, sagte Bergheim, »ich sehe das genauso. Womöglich hat sie dort jemanden getroffen – spontan oder geplant, das müssen wir noch rausfinden –, und die beiden wollten sich entweder kurz in Ruhe unterhalten, oder sie hatten sonst was Wichtiges zu besprechen. Vielleicht wollten sie auch nicht unbedingt zusammen gesehen werden. Und dafür eignet sich der Raum bei den Containern wirklich hervorragend. Da ist man für eine Weile ungestört …«

»… und kann in aller Ruhe jemanden um die Ecke bringen«, vollendete Hohstedt Bergheims Ausführungen.

Niemand lachte.

»Nach Dr. Schneiders erster Einschätzung ist Becker an einem anaphylaktischen Schock gestorben. Darauf weisen die Schwellungen im Gesicht hin. Sonst gab es keine Verletzungen, ihre Kleidung war so weit intakt«, sagte Bergheim.

»Du meinst, es könnte auch ein Unfall gewesen sein?«, meinte Charlotte. »Aber allein ist sie ja wohl nicht gewesen, irgendjemand muss sie in den Container bugsiert haben.« Alle schwiegen. »Und wenn es so war«, fuhr Charlotte fort, »muss der Jemand, der bei ihr gewesen ist, etwas zu verbergen gehabt haben, sonst hätte er ja wohl Hilfe geholt. Bei so einem allergischen Schock kriegt man keine Luft und hat ziemliche Panik.«

»Vielleicht war's ja auch eine Frau« gab Bremer zu bedenken.

»Quatsch«, fuhr Hohstedt dazwischen, »wie soll eine Frau sie denn in den Container gehievt haben?«

»Das müssen wir ausprobieren«, sagte Bergheim und sah Charlotte an, die dabei an ihren letzten Fall denken musste, als eine Frau von der Rathauskuppel gestürzt war.

Der Kollege Schliemann hatte Charlotte oben auf dem Turm als Versuchskaninchen benutzt und sie hochgehoben. Sie bekam immer noch Herzklopfen, wenn sie daran dachte.

»Aber nicht mit mir«, gab sie dann auch gleich zur Antwort. Hohstedt und Bremer kicherten. Petersen kratze sich am Hinterkopf.

»Wie auch immer, es ist unsere Aufgabe, herauszufinden, wer bei den Containern bei ihr war. Er …«, »Bergheim warf Hohstedt einen Blick zu, »… oder sie hat aufjeden Fall etwas zu verbergen. Und jetzt kommt noch ein Mord dazu oder zumindest unterlassene Hilfeleistung.«

Charlotte kaute gedankenverloren auf ihrer Unterlippe. Wenn es stimmte und das Opfer schon seit einigen Tagen in diesem Container lag, dann war Charlotte am Samstagabend ahnungslos an der Toten vorbeigegangen. Hatte Musik gehört und mit diesem Arzt geflirtet. Sie schluckte, bemerkte erst jetzt, dass alle sie neugierig anstarrten.

»Ist irgendwas?«, wollte Bergheim wissen.

Charlotte räusperte sich. »Ist euch eigentlich klar, dass wir am Samstag auf dem Fest waren und die Leiche dort wahrscheinlich schon gelegen hat?«

»Ja und?« Hohstedt legte den Kugelschreiber, mit dem er die ganze Zeit gespielt hatte, weg und verschränkte die Arme. »Möchte nicht wissen, wo noch überall Leichen rumliegen, die wir vielleicht nie finden.«

»Genau!« Charlotte musterte Hohstedt befremdet. »Da stirbt eine junge Frau, während Tausende von Leuten um sie herum feiern, und keiner bemerkt was. Ich frage mich, was wir wohl sonst noch alles nicht bemerken. Findet ihr das nicht … unheimlich?«

Für einige Sekunden herrschte Schweigen.

»Nö«, meinte Hohstedt dann. »Das ist nun mal so.«

Die anderen sagten gar nichts. Bergheim musterte sie verwirrt, Charlotte winkte ab.

»Männer.«

Endlich meldete Bergheim sich wieder zu Wort. »Wie auch immer, sie ist tot, und wir werden herausfinden, wie sie gestorben ist, und vor allem, wer bei ihr war, als sie starb.«

»Vielleicht war sie ja auch allein«, sagte Bremer. »Kann doch sein, dass sie sich einfach nicht wohlgefühlt hat und sich hinter die Absperrung zurückgezogen hat …«

»Um dann dort in Ruhe zu sterben, oder wie?«, unterbrach ihn Charlotte.

»… und dort ist sie dann in Ohnmacht gefallen. Dann hat sie jemand anderer, eventuell jemand, der was in den Container werfen wollte, da liegen sehen und hat Panik gekriegt …«

»Wovor?«, wollte Charlotte wissen.

»Ja was weiß ich? Vielleicht auch, weil er was zu verbergen hatte.«

»Und dann hat er sie hochgehoben und in den Container gehievt? Warum sollte er? Das ist doch Bockmist.«

»Das reicht jetzt!« Bergheim sah sich gezwungen einzugreifen. Petersen und Bremer schwiegen betreten, Hohstedt grinste.

»Okay, tut mir leid«, ruderte Charlotte zurück. »Ich meine

ja nur, dass wir das nicht schönreden sollten. Für mich ist klar, dass sie da mit jemandem zusammen war, und dieser Jemand hat sie in den Müll geworfen.« Sie fragte sich selbst, was sie hier eigentlich mehr störte: dass die junge Frau einen ziemlich üblen Tod gestorben war oder dass man sie in den Müllcontainer geworfen hatte.

»Das stimmt«, sagte Bergheim, »aber wie genau sie gestorben ist, werden wir nach der Obduktion wissen. Bis dahin bleibt alles offen, und wir machen unsere Arbeit. Wir müssen mehr über das Opfer herausfinden, ihren Bekanntenkreis. Wie sie die letzten Tage verbracht hat. Wir wissen ja nicht mal, ob sie einen Freund hatte. Martin und Björn, ihr geht ins Fitness-Studio und hört euch dort um. Thorsten, du nimmst dir ihre Handykontakte und ihre Papiere vor. Versuch, mehr über das Opfer herauszufinden. Charlotte, wie wär's, wenn du dich noch mal in ihrer Wohnung umsiehst? Vor allem ihre Kleidung. Ich fand, die war ziemlich teuer, aber das weißt du sicher besser.«

»Was ist mit Küttner?«, fragte Petersen.

»Da warten wir ab. Vielleicht reagiert ja jemand auf die Such-meldung. Im schlimmsten Fall findet der Hund seine Leiche.« Er stand auf. »Und morgen werde ich mich mal mit unserer Frau Dr. Schneider unterhalten.«

DREI

Dr. Frauke Schneider hatte von ihrem Ex-Chef, Dr. Wedel, die Leitung der Rechtsmedizin übernommen. Sie war an seine Stelle gerückt, nachdem Dr. Wedel sich nach einem Herzinfarkt in den Ruhestand begeben hatte, sehr zu Charlottes Bedauern, die immer noch eine freundschaftliche Beziehung zu ihm unterhielt.

Im Gegensatz zu Charlottes gutem Verhältnis zu Dr. Wedel zeichnete sich das zu Frauke Schneider nicht gerade durch gegenseitige Sympathie aus. Zumindest hegte Dr. Schneider keine für Charlotte, umgekehrt traf das nicht unbedingt zu. Charlotte war Dr. Schneider piepegal, wenigstens solange sie sich nicht mit ihr auseinandersetzen musste. Dr. Schneiders Vorliebe für Bergheim war allerdings offensichtlich. Die gesamte KFI 1 war sich der bevorzugten Stellung, die Hauptkommissar Bergheim bei der Leitung der Rechtsmedizin genoss, bewusst. Das hatte zur Folge, dass die Kommunikation, seit Dr. Schneider die Führung übernommen hatte, fast ausschließlich über Bergheim lief.

Als der eine halbe Stunde später das Büro von Dr. Schneider betrat, erhob sie sich von ihrem hochlehnigen Stuhl und kam ihm mit ausgestrecktem Arm entgegen. In dem weißen Kittel wirkte die hochgewachsene, schlanke Frau ziemlich furchteinflößend. Bergheim hatte das Gefühl, dass sie noch dünner geworden war, aber vielleicht war sie auch krank. Ihre ohnehin blasse Haut war grau, das matte Blond ihrer kurzen Haare war mit grauen Strähnen durchzogen. Aber wie auch immer die Rechtsmedizinerin aussah, den Toten war es egal.

Dr. Schneiders schmale Lippen brachten ein für ihre Verhältnisse strahlendes Lächeln zustande. Sie gab Bergheim die Hand und rückte ihre dunkle, für ihr hageres Gesicht viel zu mächtige Brille zurecht.

»Herr Bergheim, wir haben uns ja schon eine Weile nicht gesehen«, sagte sie freundlich.

»Ja, immerhin fast vier Wochen.« Bergheim zwinkerte ihr

zu. »Eigentlich sollte uns das ja freuen ... aber schade ist es trotzdem«, beeilte er sich hinzuzufügen.

Dr. Schneiders verhaltenes Lächeln wurde etwas intensiver. Sie wies auf den Stuhl vor ihrem Schreibtisch und setzte sich ebenfalls. Im Gegensatz zu ihrem Vorgänger hielt Dr. Schneider Ordnung in ihrem Büro, sodass Bergheim keine Bücher oder Zeitschriften beiseiteräumen musste, um sich setzen zu können.

Dr. Schneider faltete die Hände und legte ihre Unterarme auf den Tisch.

»Dr. Habibe und ich haben die Obduktion soeben beendet. Der Bericht wird gerade getippt. Aber ich kann Ihnen natürlich schon vorab das Wichtigste mitteilen.«

»Prima, schießen Sie los.«

»Also, wie ich schon bei der ersten Inaugenscheinnahme sagte, ist das Opfer tatsächlich an einem anaphylaktischen Schock gestorben. Todeszeitpunkt vor mehr als achtundvierzig Stunden. Bei einem derartigen Schock reagiert der Körper unter anderem mit einem Histaminschub auf ein Allergen, in diesem Fall Erdnüsse, und die Atemwege schwellen zu. Das heißt, sie ist erstickt, wahrscheinlich sogar erst, als sie bereits in dem Container lag.«

Bergheim runzelte die Stirn. »Sie meinen, sie hat noch gelebt, als sie zwischen den Mülltüten lag?«

»Davon gehe ich aus. An ihren Fingern und am Hals haben wir Spuren von Senf entdeckt, der aus einer aufgerissenen Mülltüte stammt, die neben ihr lag. Das hat jedenfalls Ihr Herr Petersen gesagt, als er die Leiche rausgeholt hat.«

Bergheim schluckte. »Dann ist sie in diesem Müllberg gestorben.«

»Scheint so. Wahrscheinlich hat sie in ihrem Todeskampf um sich geschlagen und sich an den Hals gegriffen.«

Bergheim rieb sich das Kinn. »Warum hat sie nicht um Hilfe gerufen?«

Dr. Schneider sah Bergheim an wie einen kleinen Jungen, dem es schwerfiel, das Einmaleins zu lernen. »Haben Sie schon mal versucht zu schreien, wenn Sie keine Luft kriegen?«

Nein, das hatte Bergheim noch nicht, und er hoffte, das auch nie zu müssen.

53

»Könnte sie vielleicht selbst in den Container gestiegen sein, vielleicht, weil sie versehentlich etwas hineingeworfen hatte, ihr Handy womöglich, und es wieder rausholen wollte? Und dann ist sie mit dem Allergen in Berührung gekommen.«

Das war zwar eine ziemlich abenteuerliche Theorie, aber unmöglich war sie nicht. Sie mussten also bei der Durchsicht des Containers auf Erdnüsse achten.

»Nein«, Frau Dr. Schneider machte ein Gesicht wie ein KolMiker, der eine Pointe ankündigt, »sie ist garantiert nicht selbst da reingestiegen. Jemand hat ihr nämlich das Allergen in den Mund gestopft, bei einer heftigen Allergie reichen schon Spuren aus, um eine Reaktion des Abwehrsystems zu provozieren.«

»Ach.« Bergheim war verblüfft. Er hatte zwar schon von allergischen Schocks gehört, aber als Mordwaffe waren sie ihm noch nicht untergekommen.

»Ja, und der Täter ist ziemlich brutal zu Werke gegangen. Er hat ihr Erdnusscreme in den Mund gesteckt und ihr dann die Hand auf den Mund gepresst. Das lassen die Hämatome um die Lippen vermuten.«

»Und da sie keine Luft gekriegt hat, war sie kraftlos, konnte sich nicht richtig wehren, und er hat sie hochgeschoben und in den Container gestoßen«, vollendete Bergheim.

Dr. Schneider lehnte sich zurück. »Wie es sich im Einzelnen abgespielt hat, das müssen Sie herausfinden, aber es spricht einiges für diese Darstellung. Sie war untergewichtig und hatte Schürfwunden am Rücken und am Gesäß und weitere Hämatome an den Unterschenkeln. Das heißt, jemand könnte sie am Container hochgeschoben haben, was bei ihrem Gewicht leicht zu bewerkstelligen war. Dass die Wunden von einer früheren Verletzung stammen, kann ich ausschließen.« Dr. Schneider klaubte ein Taschentuch aus ihrer Kitteltasche und putzte ihre Brillengläser. »Normalerweise haben Patienten mit einer heftigen Allergie immer ein Notfallset dabei. Ein Antihistaminikum, eine Adrenalinspritze, Cortison und eventuell ein Asthmaspray. Haben Sie so was gefunden?«

»Nein«, antwortete Bergheim, »wir haben bisher nichts gefunden, keine Handtasche, kein Notfallset und kein Handy.«

»Anzunehmen …« Dr. Schneider setzte ihre Brille wieder auf, »das wird ihr der Mörder wohl vorsichtshalber alles weggenommen haben.«

Bergheim rieb sich über die Augen. Das war wieder so ein Fall, der ihm besonders an die Nieren ging. Es war schon schlimm genug, wenn jemand sich anmaßte, über Leben und Tod eines anderen zu entscheiden, aber musste man obendrein auch noch so grausam sein, verdammt! Er merkte, dass er seine Kiefer zusammenpresste, und rief sich zur Ordnung.

»Gibt es einen sexuellen Hintergrund?«

»Nein, dafür habe ich keine Hinweise gefunden, aber dafür etwas anderes.« Dr. Schneider machte eine wirkungsvolle Pause.

»Abbauprodukte von Kokain.«

»Das heißt, sie war süchtig.«

»Allerdings, und nicht erst seit gestern.«

»Das ist ja alles ziemlich rätselhaft.«

Bergheim blickte versunken auf Dr. Schneiders leere Schreibtischunterlage. Man könnte glatt zu dem Schluss kommen, die Rechtsmedizinerin habe nichts zu tun, dachte er. Aber das wusste er besser. Dr. Schneider war ebenso fleißig wie ordentlich.

Er erhob sich. »Danke, damit können wir schon mal arbeiten.«

Er verabschiedete sich mit einem Händedruck und ging. Als er die Tür hinter sich geschlossen hatte, stieß Dr. Schneider einen tiefen Seufzer aus.

***

Als Charlotte die Wohnung von Verena Becker betrat, hatte die Spurensicherung gerade ihre Arbeit beendet. Die Beamten waren im Aufbruch.

»Gibt's irgendwas Besonderes?«, fragte Charlotte Leo Kramer, der sich an ihr vorbei ins Treppenhaus drängte.

»Das Übliche«, antwortete er, »sie hat offenbar nicht getrunken und nicht geraucht, ob sie Drogen genommen hat, wissen wir noch nicht. Gefunden haben wir bisher jedenfalls nichts. Scheint ein braves Mädchen gewesen zu sein.«

Charlotte rümpfte die Nase.

»Was ist schon brav?«

Sie wartete ab, bis die Beamten abgezogen waren, betrat dann die Wohnung, schloss die Tür hinter sich und sah sich um. Relativ aufgeräumt und sauber, war das Erste, was ihr auffiel. Für eine Achtundzwanzigjährige nicht unbedingt typisch. Im Kühlschrank waren ein Tetrapak mit fettarmer Milch, bei deren Anblick Charlotte sich schüttelte, und ein fettarmer Joghurt. Sonst nur Orangensaft aus Konzentrat und ein angebrochenes Glas mit Pfirsichhälften. In einem Regal über der Spüle stand einsam eine Packung Cornflakes, daneben ein Glas Honig.

Aha, dachte Charlotte, an Zucker hatte Verena Becker offensichtlich nicht gespart. Nun ja, von irgendetwas musste man ja leben. Charlotte ging ins Bad und wunderte sich über die Menge an teuren Kosmetika. Ihr eigenes Sortiment war erheblich übersichtlicher.

Vielleicht sollte sie sich mehr um ihr Äußeres kümmern, fuhr es ihr durch den Kopf. Wenn eine ausgesprochen hübsche Achtundzwanzigjährige sich dermaßen … maskierte, dann war das für Charlotte mit Anfang vierzig wahrscheinlich Pflichtprogramm, und sie hatte keine Ahnung davon. Womöglich war das der Grund, weshalb Rüdiger sich in der letzten Zeit mehr um Hohstedt und seine Jolle kümmerte als um sie. Andererseits hatte sie keine Lust, sich jeden Morgen Zeit für eine Schminkorgie zu nehmen.

Taten die Männer schließlich auch nicht. Und wenn sie's recht bedachte, die meisten Frauen, die sie kannte, auch nicht. Sie hatten wohl alle Wichtigeres zu tun.

Weshalb also verschwendete eine junge, schöne Frau so viel Zeit darauf, noch schöner auszusehen? Entweder weil sie einfach oberflächlich und eitel war oder weil sie ihr Aussehen gewinnbringend einsetzte. Vielleicht wollte sie zum Film oder modeln? Aber zum Modeln war sie wohl zu klein gewesen, oder? Models waren doch riesige Bohnenstangen.

Charlotte nahm sich vor, in der einschlägigen Szene und bei betreffenden Agenturen nachzuhaken. Verena Beckers Kleiderschrank bestätigte Charlottes Einschätzung. Die Garderobe der jungen Frau war teuer und ausgesprochen chic. In einer Schublade fand sie auberginefarbene frisch gewaschene Reizwäsche und Strapse. Die gebrauchte Wäsche hatte die Spurensicherung mitgenommen, um sie im Labor zu untersuchen. Charlotte schloss die Schranktür und warf einen letzten Blick durch den Raum, dessen rätselhafte Bewohnerin ihn nie wieder betreten würde.

Wer war sie gewesen, diese Verena Becker? Etwas Geheimnisvolles umgab diese Frau. Sie wussten nicht viel von ihr, und das wenige, das ihre Wohnung verriet, erzählte nichts von ihrer Geschichte, ihrer Vergangenheit. Es war fast so, als sei die junge Frau nur ein flüchtiger Gast im Hier und Jetzt gewesen. Und irgendwie stimmte das ja auch, wenn man nur achtundzwanzig Jahre alt werden durfte.

Um fünf Uhr am Nachmittag trafen sich alle im Besprechungsraum. Dieses Mal war auch die Kriminalrätin anwesend, die sich sonst erfreulich rarmachte und ihre Leute in Ruhe arbeiten ließ.

Alle versorgten sich mit Kaffee und nahmen von dem Streuselkuchen, den Bergheim heute spendiert hatte. Das hatte die Kriminalrätin zwar nicht so gern, wegen der Krümel, aber auf den guten hannoverschen Streuselkuchen wollte das Team einfach nicht verzichten. Den Obduktionsbericht hatten mittlerweile alle gelesen, und es herrschte ziemliche Ratlosigkeit.

»Also«, begann Bergheim und blickte zuerst auf Hohstedt, dann auf Petersen, »habt ihr irgendwas rausbekommen in dem Fitnessclub?«

Hohstedt, der gerade von seinem Kuchen abgebissen hatte, wischte sich über die Lippen und fiel Petersen, der eben den Mund öffnete, um zu berichten, mit unverständlichem Gemurmel ins Wort. Petersen schwieg sofort, während Hohstedt hastig kaute und dann energisch runterschluckte.

»Wir haben uns die Kundenkartei angesehen. Dieser Gorilla hat sich zwar ein bisschen geziert, aber«, er warf Bergheim einen kumpelhaften Blick zu, »wir haben dann ein bisschen Druck mit der Steuerbehörde gemacht, und dann werden ja komischerweise alle zahm. Möchte nicht wissen, was uns alles an Steuergeldern entgeht.«

Gesine Meyer-Bast stieß einen leisen Seufzer aus, und Charlotte machte es sich demonstrativ auf ihrem Stuhl gemütlich. Vielleicht kam dieser Schwätzer mal endlich zur Sache, dachte sie und freute sich insgeheim, dass die Chefin wohl genauso dachte.

Wohl enttäuscht von der lahmen Reaktion seines Publikums räusperte sich Hohstedt und fuhr fort. »Die haben knapp tausend zahlende Mitglieder, leichter Männerüberschuss.« Hohstedt ließ seine Notizen sinken und blickte auf. »Von denen kommt aber nur ein Teil regelmäßig, die anderen sind passive Mitglieder, sozusagen.« Er gluckste. »Man kennt das ja. Äh, wie auch immer. Das Studio war natürlich am Nachmittag nicht so gut besucht, aber die, die da waren, haben wir ausgequetscht. Die konnten uns aber alle nichts sagen, kannten Verena Becker nur oberflächlich, weil sie ja nun mal hinter der Rezeption stand.«

Petersen hob zaghaft den Zeigefinger, was ihm einen erstaunten Blick der Kriminalrätin einbrachte.

»Ich fand einige von den Leuten bemerkenswert wenig entgegenkommend ...«, sagte er.

Hohstedt verdrehte die Augen. »Ja, das ist ja klar, wer kommt unsereinem schon entgegen.«

»Was war genau Ihr Eindruck?«, wandte sich Meyer-Bast an Petersen. Der reckte das Kinn.

»Also ich hatte das Gefühl, zumindest bei einigen, dass die nicht mit uns sprechen wollten. Das ist doch ungewöhnlich. Normalerweise sind doch alle ganz wild auf Detektivspiele. Und immerhin hat das Opfer ja dort gearbeitet, da kennt man sich doch und ist neugierig, vor allem, wo die so hübsch war.«

Hohstedt kicherte blöde.

»Aber ...«, fuhr Petersen unbeirrt fort, »... die waren total zurückhaltend und einsilbig. Von denen hab ich mir dann auch die Namen notiert.«

»Gut«, lobte Meyer-Bast, »haben Sie mit dem Chef gesprochen?«

Petersen, an den die Frage gewandt war, kam nicht zu Wort. »Nein, der Kerl war nicht da«, preschte Hohstedt vor, »und der Gorilla ... wie hieß er noch ...«, er suchte in seinen Notizen.

»Boris Tofall«, sagte Bergheim, der seinen Ellbogen auf den Tisch und den Kopf auf die Faust gestützt hatte.

Charlotte bemerkte mit Genugtuung, dass ihm Hohstedt offensichtlich auf die Nerven ging.

»Genau, Boris … also der hat gesagt, der Chef kommt heute Abend. Ich fahre dann noch mal hin …«

»Sie hätten ihn auch herbestellen können«, sagte Meyer-Bast mit leisem Vorwurf und fuhr dann gleich fort: »Sonst haben Sie dort nichts in Erfahrung bringen können? Kannte niemand die Tote näher?«

»Doch.« Petersen war wieder zur Stelle. »Ein junger Mann war da, und der hat fast geheult. Er hat gesagt, er wäre für morgen mit ihr auf dem Maschseefest verabredet gewesen, aber daraus würde ja nun nichts mehr.«

»Wohl wahr«, murmelte Bergheim. »Wusste er irgendwas über das Opfer?«

»Nichts über ihre Familie oder so, aber er wusste von ihrer Allergie.«

»Ach.« Meyer-Bast hob erstaunt die Brauen. »Hat er ein Alibi?«

»Ja und nein. Er war auf dem Maschseefest, aber den ganzen Abend am Nordufer. Und das ist ja ziemlich weit entfernt von der Löwenbastion. Er hat einen Zeugen, der das bestätigt. Die beiden sind allerdings dicke Freunde, wenn ich das richtig sehe. Ich glaube aber nicht, dass der Freund lügt.«

»Trotzdem wacklig«, sagte Bergheim, »sonst noch was?« Er warf Hohstedt einen strengen Blick zu.

Hohstedt wühlte in seinen Notizen. »Äh, nein.«

»Na gut.« Bergheim wandte sich an Bremer, der die ganze Zeit mit dem wissenden Blick eines Lehrers dagesessen und geschwiegen hatte. »Hast du mehr zu erzählen?«

»Hm«, sagte Bremer und schürzte die Lippen. »Es war zwar nicht einfach«, er blickte in die Runde, »ihr habt ja keine Ahnung, wie viele Verena Beckers es gibt, aber wenigstens hatten wir ihren Geburtstag.« Er holte tief Luft. »Ich hab jedenfalls ein paar Neuigkeiten. Unser Opfer hat nämlich durchaus eine Vergangenheit, wenn ich das mal so sagen darf.« Er rückte seine

59

Hornbrille, die er seit einiger Zeit trug, zurecht, konsultierte seine Notizen und ließ dann die Bombe platzen. »Also, Verena Becker war verheiratet.« Er legte eine theatralische Pause ein. Alle warteten gespannt. »Und zwar …«, fuhr er fort, »in einem Kaff bei Hamburg, Ellerbek. Ich habe dort angerufen, aber nur ihre Schwägerin, eine Inka Volkermann, erwischt. Sie und ihr Bruder, der Witwer von Verena Becker, Carsten Volkermann, haben ein Bauunternehmen. Ihr Bruder sei viel unterwegs. Jedenfalls ist ihre Schwägerin aus allen Wolken gefallen, sagt, sie hätten seit Jahren nichts mehr von Verena gehört. Sie wäre einfach auf und davon.«

»Na, das passt ja«, sagte Charlotte. »Hat sie gesagt, warum sie abgehauen ist?«

»Nein, sie hatte keine Ahnung. Aber gewundert hätte es sie nicht, Verena wäre öfter mal … unterwegs gewesen. So hat sie sich ausgedrückt. Aber wir können morgen persönlich mit dem Mann sprechen. Er kommt heute Abend aus Amsterdam zurück. Seine Schwester wird es ihm sagen und ihm morgen nach Hannover begleiten. Es würde ein Schock für ihn sein, er hätte wohl immer gehofft, dass sie zurückkommt.«

»Das kann er sich ja nun abschminken.«

Hohstedt war heute wirklich in Hochform.

Bremer ignorierte seinen Kollegen. »Und dann hab ich noch was gefunden über Carsten Volkermann. Er hat nämlich mal gesessen, ein knappes Jahr. Wegen schwerer Körperverletzung, ist schon über zehn Jahre her, und das war nicht das erste Mal, dass er sich geprügelt hat. Er war immer betrunken. Seitdem ist allerdings Ruhe, er ist nicht mehr auffällig geworden.«

»Hm, wenn er gern prügelt, hat er seine Frau ja vielleicht auch verprügelt, und sie ist deshalb auf und davon«, überlegte Charlotte.

»Möglich«, sagte Bergheim, »gute Arbeit, Thorsten. Hast du sonst noch was?«

Bremer strahlte. »Ihre Handykontakte geben nicht viel her. Sie hat ausschließlich mit ihrem Chef und den Kollegen telefoniert. Entweder hatte sie nicht mehr Kontakte oder noch ein anderes Handy.«

»Was ist mit ihren leiblichen Eltern?«

»Die Mutter ist vor drei Jahren an einem Hirntumor gestorben, der Vater ist unbekannt.«

»Tja, bleibt noch die Frage nach ihrer Sucht. Die muss sie ja irgendwie finanziert haben, und sie muss sich das Zeug auch besorgt haben.«

»Wir sollten die Drogenfahndung einbeziehen«, sagte Meyer-Bast. »Wenn sie sich in der Szene rumgetrieben hat, wird man sie dort vielleicht kennen. Vielleicht finden wir dort auch ihren Mörder.«

»Ja«, meinte Bergheim. »Möglicherweise war sie mit ihrem Mörder an der Löwenbastion verabredet und wollte sich ihren Stoff besorgen. Dass sie sich hinter die Sichtschutzwand zurückgezogen haben, spricht dafür, dass da irgendwas vor sich gegangen sein muss, das nicht für die Öffentlichkeit bestimmt war. Und dann muss etwas passiert sein, und die Situation ist eskaliert.«

»Das war keine spontane Tat«, warf Charlotte ein, »der Mord war genau geplant. Immerhin hatte der Täter ja die Erdnusscreme dabei. Die trägt man doch nicht einfach so mit sich herum. Er hat also von der Allergie gewusst und muss sie demnach recht gut gekannt haben.«

»Deswegen kann es ja trotzdem ein Dealer gewesen sein«, sagte Bergheim. »Wir sollten Stefan darauf ansetzen. Er kann sich in der Szene umhören. Dealer sind zwar nicht besonders auskunftsfreudig, aber es gibt ja auch andere Kunden. Vielleicht bringen die uns weiter.«

»Das ist doch auch merkwürdig«, grübelte Bremer. »Die müssen das doch mitgekriegt haben im Fitness-Club, dass die Frau Drogen nimmt. Ich meine, in einem Fitness-Club sind alle fit. Sollten sie jedenfalls sein, oder?« Er sah fragend in die Runde.

»Nicht unbedingt, sie war ja noch nicht so lange da, ungefähr ein halbes Jahr«, meinte Bergheim. »Allerdings konnte man aus den Äußerungen von Katja Schauer und diesem Klimt schließen, dass das Opfer nicht besonders fleißig war. Klimt sagte, sie habe hinter der Theke gestanden, und was sie sonst noch gemacht habe, wisse er nicht. Das sagt doch schon eine

61

Menge. Und Katja Schauer hat deutlich gesagt, Verena sei nicht besonders fleißig gewesen.«

»Vielleicht hatte sie ja ein Verhältnis mit dem Chef«, mutmaßte Hohstedt, »dann muss man ja weiter nichts machen als die Beine breit.«

Charlotte stöhnte, und Bergheim verzog den Mund. »Das lässt sich ja herausfinden«, sagte er und klappte seinen Aktendeckel zu. »Gut, Martin, du besprichst das mit Stefan, und ihr hört euch in der Szene um. Ich werde eine Funkzellenabfrage für das betreffende Zeitfenster an der Löwenbastion beantragen …«

»Na, viel Spaß auch«, unterbrach Hohstedt Bergheims Ausführungen. »Um die Zeit waren dort bestimmt Tausende eingebucht. Was soll denn dabei herauskommen?«

Bergheim musterte Hohstedt ärgerlich. »Nun übertreib mal nicht so, natürlich bedeutet das eine Menge Arbeit, aber vielleicht haben wir ja Glück und finden entweder den Täter oder jemanden, der etwas gesehen hat. Sonst können wir im Moment nichts weiter tun, als auf die Ergebnisse der Spurensicherung zu warten. Ich werde mich persönlich um diesen ewig abwesenden Chef des Studios kümmern. Und morgen unterhalten wir uns mit Volkermann. Dann sind wir hoffentlich schlauer.«

Die Beamten rafften ihre Notizen zusammen und gingen in ihre Büros.

***

Bergheim machte sich zum zweiten Mal auf in den Lister Kirchweg. Er fand es merkwürdig, dass der Chef der Ermordeten sich noch nicht bei der Polizei gemeldet hatte. Entweder war der Mann hartherzig, geschockt, oder er hatte etwas zu verbergen.

Am liebsten hätte er Hohstedt vors Schienbein getreten. Charlottes Antipathie ihm gegenüber war nicht ganz unberechtigt. Es ließ sich nicht leugnen, dass der Mann kein guter Ermittler war. Das war zwar nicht so furchtbar ungewöhnlich, es gab in jedem Team gute und weniger gute Ermittler, aber seine Unfähigkeit wäre ohne seine Profilneurose leichter zu ertragen. Ein wenig Bescheidenheit wäre angemessen. Petersen hingegen war aufmerksam und empathisch, bloß zu schüchtern. Er ließ sich von Hohstedt unterbuttern.

Bergheim überlegte, ob er mit Petersen reden sollte. Aber er hielt wenig davon, sich einzumischen, wenn Kollegen nicht harmonierten. Es konnte die Sache verschlimmern, und außerdem musste Petersen lernen, sich durchzusetzen. Dazu brauchte es Selbstvertrauen, das musste wachsen, und Übung. Bergheim lächelte, als er den Wagen vor dem Studio abstellte. Im Grunde war Hohstedt der perfekte Sparringpartner für Petersen. Vorlaut, aber nicht besonders clever. Petersen würde sich schon durchsetzen.

Er betrat das Studio und sah sich um. Es war gut besucht, fast alle Geräte waren besetzt, und in einem gläsernen Raum neben der Bar machte ein Dutzend Frauen irgendeine Tanzgymnastik. Er kannte sich da nicht so aus. Hinter der Bar stand Katja Schauer und blickte ihm ängstlich entgegen.

»Wissen Sie schon was?«, fragte sie mit belegter Stimme. »Ich finde das so fürchtbar. Was ist da denn bloß passiert?«

»Wir ermitteln, Sie verstehen, dass ich mich nicht äußern kann«, antwortete Bergheim freundlich.

In diesem Moment tauchte Boris Tofall wie aus dem Nichts hinter Bergheim auf, ging um ihn herum und gesellte sich zu seiner Kollegin hinter der Theke. Schauer schien ein wenig zu schrumpfen, und Bergheim selbst fühlte sich wie ein kleiner Junge. Es kam nicht oft vor, dass er zu einem Mann aufsehen musste, und es gefiel ihm ganz und gar nicht. Tofall warf Schauer einen seltsamen Blick zu, und Schauer wandte sich ab. Bergheim beobachtete die beiden. Irgendetwas stimmte doch hier nicht.

»Ist Ihnen vielleicht noch etwas eingefallen, das uns bei unseren Ermittlungen helfen könnte?«

Schauer machte große Augen und schüttelte vehement den Kopf. Tofall blickte Bergheim ernst an.

»In dem Fall hätten wir Sie doch längst benachrichtigt, oder was glauben Sie?«

Bergheim hielt Tofalls Blick fest. »Wussten Sie, dass Verena Becker verheiratet war?«

»Was?« Katja Schauer ließ die Arme sinken. »Verheiratet? Verena?«, hauchte sie und starrte zuerst Bergheim, dann Tofall

63

an, dessen Augen sich verengten. »Also davon hatte ich keine Ahnung. Mit wem?«

Ihr Blick changierte jetzt zwischen Erstaunen und Ärger. Jedenfalls hatte Bergheim das Gefühl, dass Katja Schauer sich ärgerte. Tofall stand bewegungslos da.

»Nein, das Neueste, was ich höre«, knurrte er.

Bergheim nickte sachte. Er glaubte den beiden, dass sie von der Ehe ihrer Kollegin nichts gewusst hatten. Das war wirklich ein seltsames Team. Entweder sie hatten sich einfach alle nicht gut gekannt, oder Verena Becker hatte ihre Ehe aus einem bestimmten Grund verschwiegen.

»Außerdem hat sie Kokain konsumiert. Ist Ihnen das nicht aufgefallen?«

»Kokain?« Tofall starrte Bergheim an und atmete dann langsam aus. »Das passt ja«, schnaubte er.

»Was meinen Sie genau?«

»Na, sie hat doch die meiste Zeit hier mit mieser Stimmung rumgehangen, nur eben manchmal nicht, da ist sie zwischen den Geräten rumgelaufen, hat mit den Kunden geschwatzt und war die Liebenswürdigkeit in Person …«

Bergheim hatte das Gefühl, dass Tofall noch etwas sagen wollte, er schwieg aber.

»Also echt«, knurrte Schauer kopfschüttelnd vor sich hin.

Bergheim blickte misstrauisch von Schauer zu Tofall. »Sie wollen also nicht bemerkt haben, dass Ihre Kollegin Kokain geschnupft hat?«

»Also ich jedenfalls nicht«, sagte Schauer überheblich. »Mit so was hab ich nichts am Hut.«

»Ich auch nicht.« Merkwürdigerweise lächelte Tofall. »Kokain also«, murmelte er, »wer hätte das gedacht?«

»Dann wissen Sie natürlich auch nicht, woher sie das Zeug hatte, oder?«

»Nee, wie denn?«, bekannten Schauer und Tofall einstimmig.

»Aber dass sie eine Allergie hatte, das wussten Sie?«

»Ja«, sagte Schauer, »gegen Erdnüsse, da war sie echt panisch.«

»Das wussten wir alle«, pflichtete ihr Tofall bei, »so was kann ja überlebenswichtig sein.«

64

»Da haben Sie recht. Könnte ich jetzt bitte Ihren Chef sprechen?«

Schauer schrak zusammen, hatte die Neuigkeiten noch nicht
verdaut.

»Ja, ich rufe ihn an, er ist im Büro.« Sie blickte fragend zu
Tofall, der unauffällig nickte.

Bergheim wartete mit den beiden, bis sich eine Tür neben
dem Glasraum öffnete, in dem die Frauengruppe jetzt in ver-
blüffender Symmetrie auf und ab hüpfte, und ein Mann heraus-
trat.

Er war gut gebaut, aber weniger aufdringlich muskulös als
seine Gorillas. Er hatte dunkle Haare, die er im Nacken zusam-
mengebunden hatte. Wache graue Augen blickten Bergheim
unter wohlgeformten Brauen aufmerksam, ein wenig lauernd
an. Die Nase war schmal, ebenso wie die Lippen, er war glatt
rasiert, die Haut gebräunt. Ein Mann, auf den die Frauen flogen,
mutmaßte Bergheim, aber das konnte Charlotte wahrscheinlich
besser beurteilen.

»Guten Abend.« Blischkes Stimme war angenehm dunkel,
sein Händedruck fest.

Sie setzten sich an einen Zweiertisch in der sogenannten
Refreshing-Lounge, deren Interieur eher an einen Schnellimbiss
erinnerte, allerdings ohne Imbiss. Eine Gruppe älterer Männer
saß an einem Ecktisch zusammen. Alle tranken Härke-Bier aus
der Flasche, die Unterhaltung war laut und fröhlich.

Blischke legte seine bronzefarbenen Unterarme auf den
Tisch. »Das ist ja eine schlimme Geschichte. Wie kann ich Ihnen
helfen?«

»Indem Sie mir alles erzählen, was Sie über Verena Becker
wissen.«

Blischke öffnete die Hände und faltete sie wieder. »Was ich
über Verena weiß«, wiederholte er gedankenverloren. »Das ist
nicht viel, sie hat wenig ... eigentlich gar nichts über sich erzählt.«

»Aber Sie haben sie eingestellt, gibt es keine Personalakte?«

Blischke verzog den Mund. »Also, Personalakten haben wir
keine. Ich habe Verena vor ungefähr einem halben Jahr in Hamburg getroffen. Sie war an der Alster unterwegs und hatte Ärger

mit einem Typen, der ihr an die Wäsche wollte. Ich habe ihr geholfen und dem Kerl gesagt, er soll sich vom Acker machen. Das hat er getan, und Verena und ich sind ins Gespräch gekommen. Sie sagte, sie wohne bei einer Freundin und suche einen Job. Ich hab sie gefragt, ob sie Lust hätte, nach Hannover zu kommen, da hätte ich einen für sie. Eine Frau, die so aussieht … aussah wie Verena …« Er schwieg einen Moment und rieb die Daumen aneinander. Bergheim wartete. »… die lockt einfach die Kundschaft an.«

»Sie meinen die männliche.«

»Die hauptsächlich.«

»Wissen Sie den Namen der Freundin, bei der sie gewohnt hatte?«

»Nein, tut mir leid.«

»Hatte sie hier einen Freund, oder hat sie sich mit jemandem besonders gut verstanden?«

Blischke überlegte. »Also, das weiß ich nicht, auf jeden Fall hatte sie eine Menge Verehrer, aber soweit ich weiß, keinen besonderen.«

»Gab es mal einen Zwischenfall? Hat sich jemand an ihr vergriffen, oder war einer der Verehrer zu aufdringlich?«

»Also, was Sie mich da fragen.« Blischke verzog den Mund. »Mir ist nichts aufgefallen, und gesagt hat sie auch nichts, jedenfalls nicht zu mir.«

Bergheim musterte sein Gegenüber. »Hatten Sie ein Verhältnis mit ihr?«

Blischke zuckte unmerklich zusammen und schluckte. »Wir haben ein paarmal miteinander geschlafen, aber das war rein sexuell. Sie war nicht so eine, die klammerte.«

»Und Sie? Sind Sie einer, der klammert?«

Blischke lächelte leicht. »Sehe ich so aus?«

Bergheim ging die Selbstsicherheit dieses Mannes zunehmend auf die Nerven. Der war nirgends zu packen, wusste nichts, und Emotionen hatte er wohl auch keine. Oder er konnte sie sehr gut verstecken.

»Sie hat Kokain konsumiert. Haben Sie ihr das besorgt?«

Blischke lehnte sich zurück und verschränkte die Arme. »Ja,

ich hab es gewusst, und nein, ich hab es ihr natürlich nicht besorgt. Wofür halten Sie mich?«

»Wer dann?«

»Sie … hatte ihre Quellen. Ich habe keine Ahnung, welche.« Blischke beugte sich vor und sah Bergheim eindringlich an. »Hören Sie, Verena war echt ein steiler Zahn. Wir hatten ab und zu Sex, aber das war's. Was sie sonst getrieben hat, davon weiß ich nichts, will ich auch ehrlich gesagt nicht wissen. Ich find's scheiße, dass sie tot ist, aber ändern kann ich's auch nicht. Also, sind wir jetzt fertig?«

»Mochten Sie sie?«

»Ich?«, fragte Blischke erstaunt. »Na klar, warum nicht? Sie sah tierisch gut aus, dumm war sie auch nicht. Und sie war ziemlich … unabhängig.«

Bergheim nickte. »Wann haben Sie sie zuletzt gesehen?«

»Na, wie wir alle, auf dem Maschseefest. Danach hab ich sie nicht mehr gesehen.«

»Wann sind Sie gegangen und wohin?«

»Weiß nicht mehr genau.« Blischke zuckte mit den Schultern. »Muss irgendwann um halb eins oder vielleicht auch später gewesen sein. Und ich bin natürlich nach Haus gegangen und direkt ins Bett, musste ja zur Taufe von meinem Neffen.«

»Gibt es Zeugen, dass Sie zu Hause waren?«

Blischke stemmte eine Faust in die Hüfte, was seinen muskulösen Oberkörper gut zur Geltung brachte. »Nein, ich war allein. Was glauben Sie denn? Dass ich Verena umgebracht habe?«

»Wussten Sie von ihrer Allergie?«

Blischke riss die Augen auf. »Was soll das denn jetzt? Natürlich, das war das Erste, was sie uns erzählt hat, als sie hier angefangen hat.«

Bergheim stand auf. »Ich denke, das wäre vorerst alles.«

Blischke erhob sich ebenfalls, schien erleichtert zu sein.

»Eine Frage hätte ich noch.« Bergheim wandte sich noch einmal um. Blischke versteifte sich wieder. »Wussten Sie, dass Verena Becker verheiratet war?«

Blischke antwortete nicht sofort, starrte Bergheim nur an.

»Das glaube ich nicht«, sagte er dann.

»Sie wussten also nichts davon?«

Blischke schüttelte langsam den Kopf. »Sind Sie sicher?«

»Sind wir.«

Bergheim drehte sich um und ging. Nach wenigen Schritten warf er einen Blick zurück. Blischke stand immer noch regungslos am Tisch, die Hand auf eine Stuhllehne gestützt, und starrte ins Leere.

***

Charlotte war nach einem Abstecher im Henriettenstift, wo sie ihren Vater besucht hatte, nach Hause gefahren. Jetzt telefonierte sie mit ihrer Mutter und versuchte, nebenbei das Wohnzimmer aufzuräumen.

»Was meinst du damit, du kannst ihn nicht besuchen?« Sie klemmte ärgerlich den Hörer zwischen Schulter und Ohr.

»Er nörgelt doch nur, weil er vollkommen hilflos ist … Ja, ich weiß, dass er sich unmöglich benimmt, aber …« Sie warf den Bettbezug auf den Boden und die Steppdecke auf den Sessel. Dann versuchte sie, mit den Schienbeinen das Klappsofa wieder zusammenzuschieben, was ihr nicht gelang. Sie ließ sich auf das Sofa sinken und versuchte, ihre Mutter dazu zu bringen, wenigstens am nächsten Tag bei ihrem Vater vorbeizuschauen.

»Du brauchst ja nicht ewig Händchen zu halten, aber er ist ziemlich durch den Wind und fragt andauernd nach dir.«

Sie verstand nicht genau, was ihre Mutter antwortete, weil es klingelte, was ihr höchst willkommen war.

»Mama, ich muss jetzt Schluss machen, bekomme Besuch. Überleg's dir. Ich hab ihm gesagt, er soll sich benehmen, sonst muss er die nächsten drei Wochen mit mir vorliebnehmen. Er ist bestimmt zahm wie ein gerade geschlüpftes Küken, wenn du kommst … Okay, wir sprechen uns morgen.«

Sie legte auf und fragte sich, wer sie um diese Zeit besuchen kam. Ihre Freundin Miriam war noch in Urlaub auf Korfu, die Nachbarn meldeten sich so gut wie nie, und die Kollegen hatte sie ja schon den ganzen Tag genossen.

Sie drückte auf die Sprechanlage und hörte zwei Stimmen.

Eine weibliche, eine männliche. Die männliche gehörte Rüdigers Sohn Jan.

»Ich bin's«, krächzte es aus dem Lautsprecher. »Können wir raufkommen?«

»Wer ist *wir*?«

»Na, Sara und ich.«

Ach ja, Sara war Jans neue Flamme. Die beiden hatten es schon erstaunliche drei Monate lang miteinander ausgehalten und wollten in diesem Sommer zusammen nach Kalifornien reisen. Charlotte wunderte sich, wieso sie noch hier waren. Wahrscheinlich, um das Maschseefest nicht komplett zu verpassen. Sie ließ die Wohnungstür offen und ging zurück ins Wohnzimmer, um endlich das Sofa wieder zusammenzuschieben und das Bettzeug wegzuräumen. Jan würde die Unordnung zwar nicht stören und seine Freundin auch nicht, aber Charlotte mochte kein Chaos in ihrer Wohnung. Davon hatte sie im Berufsleben schon genug.

Die Wohnungstür fiel zu, und die beiden betraten das Wohnzimmer.

»Hallo«, sagte Jan, »ist Papa noch nicht da?«

Charlotte, die mit dem Kopfkissenbezug die letzten Krümel vom Polster aufs Parkett gefegt hatte, drehte sich zu ihrem Stiefsohn um.

»Nein, er müsste aber gleich kommen.«

»Äh …« Jan steckte die Hände in die Jeanstaschen und zog die Schultern hoch. Er wirkte wie ein Teenager. In der Diele murmelte Sara vor sich hin. Charlotte kniff die Augen zusammen und musterte Jan misstrauisch. »Ist irgendwas?«

»Äh … ja. Wir haben ein Problem.«

»Jaaa?«, sagte Charlotte gedehnt, und in diesem Moment kam das Problem in Form eines großen, dunklen Pelztieres ins Wohnzimmer stolziert. Es schnupperte am Fuß der Standuhr, schnüffelte dann an einem der Krümel auf dem Boden herum, nahm ihn auf, schob ihn sachte im Maul hin und her und spuckte ihn wieder aus. Dann sprang das Problem lautlos auf den Wohnzimmertisch und setzte sich auf die Zeitung.

»Was ist das?«

»Das ist Diva«, strahlte Sara, die der Katze den Hals kraulte, was ein tiefes, gleichmäßiges Schnurren hervorrief.

»Und was macht … Diva in meinem Wohnzimmer, auf meinem Tisch und auf meiner Zeitung?«

»Ja, das ist das Problem«, sagte Jan, der sich aufs Sofa fallen ließ, während Sara liebevoll weiterkraulte und Diva sich auf den Rücken legte und den Hals reckte.

»Wieso?«, fragte Charlotte, die das Problem, dessen Schnurren mittlerweile die Lautstärke eines Rasenmähers erreicht hatte, nicht aus den Augen ließ.

»Leider kann meine Freundin sie doch nicht nehmen. Sie hat sich den Fuß gebrochen«, sagte Sara und blickte Charlotte mit ihren Rehaugen unschuldig an. »Wir wollten fragen, ob ihr sie nehmen könnt. Sie ist total pflegeleicht. Braucht nur ihr Futter und ab und zu ein paar Streicheleinheiten. Wir haben alles mitgebracht. Futter, Streu und ihr Katzenklo.«

»Katzenklo?«, wiederholte Charlotte ungläubig.

»Ja klar, das braucht sie. Sie kann ja nicht raus.«

Charlotte begriff langsam, aber sie begriff endlich. »Das geht nicht. Wir sind den ganzen Tag nicht da.«

»Das macht gar nichts«, sagte Sara, klemmte sich eine Strähne ihrer kastanienbraunen Locken hinters Ohr und stupste ihre Nase an die der Katze. »Diva ist oft allein, sie kommt damit gut zurecht, Katzen schlafen sechzehn Stunden am Tag.«

»Und was machen sie in den restlichen acht?«, wollte Charlotte wissen.

»Wir haben auch ihr Spielzeug mitgebracht und den Kratzbaum.«

Charlotte war sprachlos. Kratzbaum? Was sollte das heißen? Am Ende zerkratzte ihr das Tier noch die ganzen Möbel … ihre Standuhr. Das ging auf keinen Fall.

»Das geht auf keinen Fall«, sagte sie energisch.

»Ach Charlotte, nun sei doch nicht so«, bettelte Jan, »es ist doch nur für vier Wochen. Wir müssen sie sonst ins Heim bringen, und du weißt doch, wie es in diesen Heimen zugeht.«

»Nein, davon hab ich absolut keine Ahnung, aber es wäre ja nur für vier Wochen.« Sie warf einen Blick auf den großen

Fellklops, der sich immer noch auf dem Wohnzimmertisch breitmachte. »Und die wird sich bestimmt wehren können, wenn einer von den Katern was von ihr will.«

»Ja, aber sie wird todunglücklich sein«, sagte Sara mit einem liebevollen Blick auf den schwarzen Stubentiger.

»Und wenn sie hier ist, werde *ich* todunglücklich sein«, murrte Charlotte.

Jan stand auf und legte seinen Arm auf Charlottes Schulter. Er überragte sie um Haupteslänge. »Na komm, Charly, du willst doch nicht, dass es ihr schlecht geht. Und außerdem …«, er grinste spitzbübisch, »hast du dann immer jemanden zum Kuscheln.«

»Den hab ich sowieso. Und ich finde es nicht in Ordnung, wenn ein Tier den ganzen Tag allein ist.« Charlotte protestierte nur noch halbherzig, und Jan ergriff sofort seine Chance und drückte ihr einen Kuss auf die Wange. »Ach, daran ist sie gewöhnt, und sie freut sich, wenn ihr abends heimkommt. Ist doch toll, oder? Wenn man abends nett begrüßt wird und nicht in ein leeres Haus kommt.«

»Du hörst dich an wie mein Vater, als er meine Mutter zu einem Hund überreden wollte.«

»Ja, das wäre doch eine Idee. Lad doch deine Eltern ein, die können sich dann mit Diva beschäftigen, die langweilen sich doch bloß den ganzen Tag allein zu Hause.«

»Du bist ja nicht ganz bei Trost, außerdem ist mein Vater in der Reha. Schon vergessen?«

»Ach ja, na, macht nix, du kannst ja auch gut mit Tieren.« Charlotte verdrehte die Augen. »Hör bloß auf, mir Honig ums Maul zu schmieren, und erzähl mir lieber, wie ich das deinem Vater erklären soll.«

Jan zuckte mit den Schultern. »Dem ist das doch wurscht«, sagte er, ging in die Diele und kam mit einem monströsen, baumähnlichen Gestell aus rauen gedrehten Fasern, die wie dicke Seile aussahen, zurück. Er stellte den Baum neben das Sofa und nickte zufrieden.

»Das Klo stellen wir ins Badezimmer. Musst nur immer die Tür offen lassen, damit sie auch draufkann.« Er verschwand wieder in der Diele, und Charlotte sah, wie er einen großen weißen Plastikbehälter zum Badezimmer trug.

»Die Katzenstreu ist richtig teuer, neutralisiert sämtliche Gerüche«, fühlte sich Sara bemüßigt zu erklären. Der Fellklops lag mittlerweile auf dem Bauch und spielte mit der Fernbedienung. »Und das Futter haben wir schon in die Küche gestellt. Jeden Tag eine Dose, das reicht.«

»Ach wirklich«, sagte Charlotte, die das Tier beobachtete und zu dem Schluss kam, dass wahrscheinlich auch eine halbe Dose ausreichen würde. Diva war definitiv übergewichtig. Sie fragte sich, wie eine Katze mit solchen Körpermaßen in der freien Natur überleben sollte. Der rannte doch jede Maus davon.

Jan klopfte ihr auf die Schulter. »Echt super von dir, Charly. Wir müssen jetzt los, der Flieger geht um zehn.«

»Wollt ihr nicht auf Rüdiger warten und euch verabschieden?«

»Keine Zeit, wir melden uns, wenn wir in San Francisco sind. Okay?«

»Okay«, antwortete Charlotte, »Rüdiger wird enttäuscht sein. Und sag nicht immer Charly zu mir!«, rief sie den beiden hinterher.

Sie fühlte sich seltsam allein, als sich die Tür hinter den beiden schloss. Diva blickte sie aus ihren grünen unergründlichen Augen an, öffnete das Maul und sagte: »Miau.«

***

Bergheim beschloss, endlich Feierabend zu machen. Er konnte ohnehin nichts mehr tun, bis die Ergebnisse aus dem Labor da waren. Und Hohstedt hatte ihn bereits angerufen und gemeldet, dass die Suche nach Alexander Küttner bisher ergebnislos verlaufen war. Aber die Hundeführer hatten auch noch nicht alle Wege abgesucht, die Eilenriede war schließlich der größte Stadtwald Europas. Leider zog ein Gewitter auf, und wenn es regnete, konnten sie die Hunde sowieso abziehen.

Bergheim bestieg seinen alten Citroën, den Charlotte als mobiles Selbstmordinstrument bezeichnete. Sie bekniete ihn immer wieder, doch seinen Dienstwagen zu benutzen. Ganz falsch lag sie mit ihrer Einschätzung nicht. Der Citroën trug ein H für »Historisch« auf dem Nummernschild und war dementsprechend pflegebedürftig. Wenn er ehrlich war, musste Bergheim sich eingestehen, dass er sein Gefährt ziemlich vernachlässigte und sich immer mehr fürs Segeln erwärmte. Vielleicht sollte er den Wagen an einen Liebhaber verkaufen, das würde ihm bestimmt guttun, und er könnte sich diese ewige Suche nach einem Parkplatz sparen.

Aber er wollte sich nicht so recht trennen von dem alten Gefährten, den er vom Vater seines besten Freundes übernommen hatte. Leider lebte der Freund nicht mehr und dessen Vater auch nicht. Aber das war eine andere und zudem unschöne Geschichte, und er wollte jetzt nicht darüber nachdenken. Er drehte den Zündschlüssel, und der Wagen sprang röchelnd an. Vielleicht würde sich das Problem von selbst erledigen, dachte Bergheim, und gerade als er Gas geben wollte, klingelte sein Handy. Es war Petersen.

»Hast du noch was vor?«, fragte der mit einer gewissen Häme. »Wenn ja, vergiss es. Ein Spaziergänger hat in der Leine am Döhrener Maschpark eine männliche Leiche entdeckt.«

»Ist es Küttner?«

»Die Beschreibung passt jedenfalls. Meyer-Bast meinte, ich soll dich anrufen und wir sollen hinfahren. Die Spusi und die Schneider sind schon dort.«

»Okay«, seufzte Bergheim, das mit dem Feierabend musste er verschieben. Er rief Charlotte an, erreichte sie aber nicht und hinterließ eine Nachricht auf der Mailbox. Dann fuhr er zum Döhrener Maschpark.

Die Spusi suchte bereits die Umgebung ab, als Bergheim eintraf. Der Tote lag festgekeilt zwischen den überhängenden Zweigen eines Hagebuttenstrauches im träge fließenden Wasser der Leine. Er trug Sportschuhe, Jeans und ein dunkles T-Shirt, an der linken Stirnseite hatte er eine etwa kindfaustgroße Prellung. Sah aus, als wäre er entweder auf einen harten Gegenstand, vielleicht einen Stein, gefallen oder jemand hätte mit einem stumpfen Gegenstand zugeschlagen. Küttner wirkte so jung, fast wie ein Teenager, seine mittellangen blonden Haare wogten sacht im Rhythmus der Wellen. Die Augen waren geschlossen. Es versetzte Bergheim einen Stich, er musste an seinen Sohn Jan denken, der in etwa dem gleichen Alter war wie dieser tote junge Mann.

Bergheim überließ den Fundort der Spurensicherung, dem Fotografen und Dr. Schneider, die soeben eintraf.

»Na, jetzt sehen wir uns aber wirklich häufig, was?«, sagte sie mit einem Augenzwinkern, und Bergheim wusste nicht, ob er das witzig finden sollte.

Er nickte und fragte Petersen, wer die Leiche entdeckt habe. Der wies auf einen älteren Herrn, der, beide Hände auf seinen Spazierstock gestützt, neben der Polizeiabsperrung stand und Bergheim erwartungsvoll entgegensah.

»Der Körper hatte sich im Dickicht verfangen«, sagte er, noch bevor Bergheim ihn erreicht hatte, und wies mit seinem Stock in Richtung Leine.

»Guten Abend«, sagte Bergheim und zeigte seinen Ausweis, den der Mann ihm aus der Hand nahm und genau studierte. »Ah, Sie sind Hauptkommissar, immerhin. Der Tote sieht ziemlich mitgenommen aus, wenn ich das so sagen darf. Hat eine Riesenbeule am Kopf …«

»Ihr Name ist Rademann, Günter, richtig?«, unterbrach Bergheim den Redeschwall des Zeugen. »Und darf ich fragen, woher Sie das mit der Beule am Kopf wissen? Haben Sie die Leiche berührt?«

»Aber nein, wo denken Sie hin? Ich bin doch kein Dilettant.« Er winkte ab und stützte sich wieder auf den Knauf seines Stockes.

»Dann schildern Sie mir doch bitte kurz, wie Sie die Leiche entdeckt haben und ob Ihnen etwas Besonderes aufgefallen ist.«

»Na, entdeckt habe ich sie, als ich durch das Gestrüpp ans Ufer getreten bin. Hatte von der Brücke aus gesehen, dass da was im Wasser lag, sah von Weitem aus wie Müll, und ich wollte es rausholen. Kümmert sich ja heutzutage keiner mehr um so was …« Er schwieg, wohl in der Hoffnung, dass Bergheim ihm zustimmen würde. Der tat Rademann den Gefallen nicht und wartete schweigend. »Also«, fuhr Rademann fort, »ich bin also ans Ufer getreten und hab zuerst diesen Turnschuh gesehen, und dann hab ich gesehen, dass an dem Turnschuh noch das Bein dranhing. Ja, und das kam mir dann komisch vor, ich hab mit meinem Stock das Gestrüpp beseitigt, und ... tja, da lag er da.« Rademann rümpfte die Nase. »War zuerst 'n ziemlicher Schock, als ich den Kopf gesehen habe, das kann ich Ihnen sagen. Na ja, ob mir was aufgefallen ist, wollten Sie noch wissen. Tja, was meinen Sie denn? Als ich ihn gefunden hab, war, glaub ich, sonst keiner da, außer zwei Frauen mit einem Kinderwagen und einem plärrenden Kleinkind. Aber die sind weg. Und der liegt doch bestimmt schon länger da drin, da kann ich ja nicht gesehen haben, wie er reingekommen ist.«

»Wie lange er dort gelegen hat, müssen wir noch herausfinden«, antwortete Bergheim. »Haben Sie vielleicht gesehen, ob jemand vor Ihnen hier war? Gab es Hinweise, dass der Mann möglicherweise selbst ans Ufer getreten und ins Wasser gestürzt ist? Waren die Sträucher beschädigt oder eventuell niedergetrampelt, bevor Sie zur Seite geschoben haben?«

»Also ... nee, da hab ich jetzt nicht drauf geachtet. War alles normal.«

»Dann danke ich Ihnen für Ihre Zeit.«

»Aber selbstverständlich, man muss ja seine Pflicht als Bürger tun.«

Bergheim wandte sich ab und ging zu Dr. Schneider.

»Er liegt schon mehrere Tage im Wasser, so viel kann ich sagen. Die Prellung am Kopf könnte eine Ohnmacht zur Folge gehabt haben, er ist ins Wasser gefallen und ertrunken. Ob es so war, kann ich aber erst sagen, wenn ich seine Lunge untersucht habe.«

»Ja, hatte ich mir schon gedacht«, murmelte Bergheim. Dr. Schneider musterte ihn kritisch, wusste wohl nicht, ob das als Kritik gemeint war.

»Aber wir werden ja bald alles wissen, wenn Sie mit der Leiche fertig sind«, beeilte sich Bergheim hinzuzufügen. Er wollte die Rechtsmedizinerin bei Laune halten, auch wenn sie ihm manchmal ziemlich auf den Wecker ging. Sie hatte so gar keinen Respekt vor den Toten. Das war unter Rechtsmedizinern wohl üblich. Dr. Wedel, ihr Vorgänger, war auch nicht gerade ein Muster an Feinfühligkeit gewesen. Womöglich war das Selbstschutz. Er, Bergheim, verfügte nicht über diesen Schutz. Er hatte schon so viele Tote gesehen, und doch ging es ihm immer noch nahe, wenn ein junger Mensch gewaltsam sterben musste. Die schwerste Aufgabe würden die Kollegen in Saarbrücken übernehmen. Sie mussten der Mutter mitteilen, dass ihr Kind gestorben war. Bergheim schüttelte sich. Es war einfach unfair, wenn Eltern ihre Kinder zu Grabe tragen mussten, und er wollte sich nicht vorstellen, wie es wäre, wenn es seinen Sohn treffen würde.

Er konnte hier und heute nichts mehr tun und beschloss heimzufahren. Am nächsten Morgen, wenn das Team versammelt war, würden sie alles besprechen.

***

Charlotte hatte eine Fertigpizza in den Ofen geschoben, sie anschließend mit frischen Tomaten und Basilikum belegt und eine Flasche Merlot geöffnet. Nachdem sie die Hälfte gegessen hatte, war sie auf dem Sofa eingeschlafen. Auf dem Wohnzimmertisch stand ein säuberlich abgeleckter Teller, davor lag der schnurrende Fellklops. Im Fernseher lief irgendeine Quizsendung. Als die Wohnungstür aufgeschlossen wurde, glitt der Fellklops leise vom Tisch und verschwand in den Flur, Richtung Bad.

Bergheim betrat die Wohnung, zog seine Lederjacke aus und warf sie auf den Stuhl neben der Garderobe. Nach kurzem Zögern nahm er sie wieder auf und hängte sie an einen Haken.

Charlotte rieb sich den Nacken. »Rüdiger, bist du da?«

Bergheim warf zuerst einen Blick in die Küche. »Gibt's Pizza?«

»Ja, im Gefrierschrank. Ich hab nur eine gemacht, wusste ja nicht, wann du kommst.«

Sie hörte, wie der Gefrierschrank geöffnet, die Pizza von der Verpackung befreit und die Ofentür zugeklappt wurde. Als

Bergheim das Wohnzimmer betrat, starrte Charlotte stirnrunzelnd auf ihren leeren Teller.

»Hallo«, sagte Bergheim, gab ihr einen Kuss auf die Wange, »bin gleich wieder da«, und verschwand in Richtung Bad. Zwei Sekunden später hörte sie ihn schreien: »Was zum Teufel ist das?«

Charlotte sprang auf und stand gleich darauf in der Badezimmertür, wo sich ihr ein seltsames Bild bot. Bergheim stand in respektvollem Abstand vor dem Waschbecken, in dem sich der Fellklops räkelte. Die Katze war so groß, dass sie perfekt hineinpasste. Sie präsentierte Bergheim ihren Bauch und musterte ihn gelangweilt. Die Vorderpfoten berührten sacht ihre Brust.

Charlotte fasste sich an die Stirn. »Oh, das hatte ich ganz vergessen. Das ist Diva, Saras Katze. Sie haben sie hergebracht.«

»Und wieso?«, fragte Bergheim, ohne das Tier, das seelenruhig seine Pfote leckte, aus den Augen zu lassen.

»Sie sollte ursprünglich zu Saras Freundin, aber die kann sie nicht nehmen. Also haben wir sie jetzt die nächsten vier Wochen am Hals.«

Bergheim grummelte. »Ich glaube nicht, dass ich das gut finde. Nein, ich bin mir sicher, dass ich das nicht gut finde. Wieso hast du das zugelassen?«

Charlotte zuckte mit den Schultern und musterte Diva, die so tat, als wäre sie allein auf der Welt. »Du kennst doch Jan. Bevor ich mich wehren konnte, war er schon wieder weg.«

»Und wie wasch ich mir jetzt bitte die Hände?«

»Mein Gott, nimm sie doch einfach raus.«

»Und wenn sie kratzt? Katzen kratzen.«

Diva fixierte Bergheim mit halb geöffneten Augen, und Charlotte hätte schwören können, dass in ihrem Blick so etwas wie Zustimmung lag.

»Männer«, murmelte Charlotte und wollte die Katze aus dem Becken heben, was sich als schwieriges Unterfangen erwies, denn Diva schlug sachte mit der Pfote nach ihrer Hand. »Na warte, du Luder«, knurrte Charlotte. »Wir wollen doch mal klarstellen, wer hier das Sagen hat.«

Sie griff in den fleischigen Nacken des Tieres und versuchte, es über den Beckenrand zu hieven. Aber die Katze wollte das nicht. Sie ließ ihren mächtigen Körper einfach hängen und war so schwer, dass Charlotte sie nicht hochbekam. Bergheim stand immer noch an Ort und Stelle, hatte die Hände in den Hosentaschen versenkt und verfolgte interessiert das Geschehen am Waschbecken.

Charlotte fluchte vor sich hin und musste das Tier wieder loslassen. Sie warf Bergheim einen Blick zu.

»Du hast wohl Angst um deine kostbare Haut, Feigling. Vielleicht hilfst du mir mal.«

Bergheim schürzte die Lippen. »Mach doch den Wasserhahn an.«

Charlotte musterte ihn. Clever. Wieso war sie nicht darauf gekommen? »Mach doch selbst«, sagte sie, drehte sich um und ging.

Gleich darauf erscholl hinter ihr ein wütendes Kreischen, und die Katze flitzte auf nassen Pfoten an ihr vorbei ins Wohnzimmer. Bergheim erschien in der Tür und lutschte an seinem linken Daumen.

»Sag ich doch«, nuschelte er, »die kratzen.«

Charlotte schmunzelte. Sie ging ins Wohnzimmer, starrte einige Sekunden rätselnd auf ihren leeren Teller und trug ihn dann in die Küche.

Es war schon fast Mitternacht, als die beiden gemütlich auf dem Sofa zusammensaßen. Bergheim hatte seine Pizza gegessen, ein Herrenhäuser dazu getrunken und Charlotte von dem Leichenfund erzählt.

»Glaubst du, es war Mord?« Charlotte knabberte an einem Schokoladenkeks. »Ich meine, Leute, die an Diabetes leiden, fallen schon mal ins Koma und stürzen.«

»Möglich, vielleicht hat er einfach das Essen vergessen. Du kennst das ja.« Bergheim streichelte mit seinem zerkratzten Daumen liebevoll ihre Wange. »Ach nein, du eher nicht.«

»Richtig, könnte mir nicht passieren.«

»Wir müssen abwarten, was bei der Obduktion herauskommt. Ein Unfall wäre für uns die erträglichste Lösung«, sinnierte Bergheim. »Seiner Mutter wird das allerdings ziemlich egal sein. Für sie ist es so oder so eine Katastrophe.« Er nahm Charlottes Hand. »Und dann der Tod von diesem Mädchen. Wer denkt sich bloß so was aus? Ich meine ... *wollte* der Mörder grausam sein, oder war es ihm einfach nur egal, wie sie stirbt? Und dann in einem Müllcontainer ...«

»Wir werden es herausfinden.« Charlotte küsste ihn auf die Wange. »Und jetzt sollten wir schlafen gehen, oder willst du noch fernsehen?«

»Kommt kein Krimi?«, nuschelte Bergheim träge.

Sie kicherten beide.

Ihr war, als liege sie in einem Sarg. So eng, so dunkel. Sie rang keuchend nach Luft. Ihre Brust wollte sich nicht heben, fühlte sich an wie zugeschnürt. Es war, als würde der Deckel des Sarges sich senken und sie langsam erdrücken. Dann erwachte sie mit einem Aufschrei, und ein dunkler Dämon gab ihre Brust frei. Sie griff sich an den Hals, schnappte nach Luft und richtete sich auf. Licht flammte auf.

»Was ist los?«, fragte eine Stimme neben ihr.

»Etwas hat mir die Luft weggedrückt«, japste Charlotte und kniff geblendet von dem hellen Licht die Augen zusammen.

Bergheim sah sie besorgt an. »Du hast nur geträumt.«

Charlotte blinzelte und blickte sich verwirrt um. »So muss es Verena Becker ergangen sein, als sie in diesem Container lag«, murmelte sie. Allein der Gedanke veranlasste Charlotte, schneller zu atmen. »Und um sie herum waren tausend Leute, und sie konnte sich nicht bemerkbar machen.« Sie fasste sich an den Kopf. »Mir ist schwindelig.«

»Beruhige dich, du hyperventilierst«, sagte Bergheim trocken.

»Wahrscheinlich.« Charlotte spitzte die Lippen und pustete langsam die Luft aus ihren Lungen. Nach einer Weile beruhigte sie sich.

»Geht's wieder?«, brummte Bergheim.

»Merkwürdig, so was hatte ich noch nie«, antwortete Charlotte leise.

»Passiert alles irgendwann zum ersten Mal.« Bergheim löschte das Licht.

»Deine Plattitüden helfen mir jetzt auch nicht«, zischte Charlotte, aber Bergheim antwortete schon nicht mehr.

Charlotte legte sich wieder hin und schloss die Augen. Denk an was Schönes, sagte sie sich und stellte verwundert fest, dass ihr auf die Schnelle nichts einfiel, das sie zum Lächeln brachte. Ihr Vater war krank und unausstehlich, ihre Mutter zog sich zurück, ihre Schwester war im Urlaub und auch keine Hilfe, und Rüdiger interessierte sich mehr für Hohstedt als für sie. Nicht mal ihr Beruf machte ihr im Moment Spaß. Was war denn eigentlich mit ihr los?

Vielleicht lag es daran, dass ihr Urlaub in diesem Jahr wieder ausgefallen war. Italien, sie wäre so gern nach Neapel geflogen. Sorrent, Amalfi, Positano …

Charlotte dämmerte langsam wieder ein. Plötzlich spürte sie eine leichte Berührung an ihrem Fuß, dann eine schwerere auf dem Unterschenkel. Etwas wanderte langsam ihren Körper hinauf. Diva! Verdammt, an die Katze hatte Charlotte gar nicht mehr gedacht. Zwei Sekunden später lag das Tier auf ihrer Brust, legte den Kopf neben Charlottes Ohr. Und schnurrte. Schnurrte so laut, dass Charlotte sich auf einer Wiese voller Bienenkörbe wähnte. Sie holte tief Luft und lächelte. Immerhin, sie war weder krank noch hysterisch. Sie richtete sich auf, scheuchte das schwere Tier von ihrem Oberkörper, aus dem Bett und aus dem Zimmer und schloss die Tür.

»Was ist denn jetzt schon wieder?«, grummelte es aus den Kissen.

»Nichts«, antwortete Charlotte und stieg wieder ins Bett. Es war halb vier Uhr morgens.

VIER

Als Charlotte am Mittwochmorgen vom Fiepen ihres Handyalarms geweckt wurde, fühlte sie sich seltsam wohl und ausgeruht. Dabei war die Nacht durchaus unruhig und kurz gewesen. Sie kuschelte sich noch ein wenig unter die Decke. Rüdiger wärmte ihr den Rücken. Beinahe wäre sie wieder eingeschlafen, aber eine raue Zunge leckte an ihrem Ohr. Sie öffnete langsam die Augen und warf einen scheuen Blick Richtung Schlafzimmertür. Sie war offen. Charlotte war hellwach und sprang aus dem Bett.

Die Katze lag friedlich in der Mitte des Bettes, an Rüdigers breiten Rücken gelehnt, und blickte Charlotte treuherzig an. Verdammt. Sie hatte doch die Tür geschlossen. Oder hatte sie das auch geträumt? Konnte es sein, dass diese Katze Türen öffnen konnte? Wie?

Es war kaum zu glauben, dass sie ihren massigen Körper überhaupt in die Höhe bekam, wie sollte sie dann die Türklinke erreichen?, grübelte Charlotte. Rüdiger rührte sich nicht, schlief immer noch den Schlaf der Gerechten. Egal, sie würde jetzt duschen, sich anziehen und frühstücken. Die Katze folgte ihr ins Bad.

Eine gute Stunde später trafen die beiden im Zentralen Kriminaldienst ein. Bergheim hatte nichts von dem Katzenbesuch in ihrem Bett mitbekommen, und Charlotte hatte nichts erzählt. Das würde ihr Geheimnis bleiben, bis Bergheim von selbst dahinterkam.

Die Kriminalrätin bat Charlotte und Bergheim in ihr Büro, wo die drei sich einigten, dass Charlotte die Ermittlungen im Mordfall Verena Becker leiten sollte und Bergheim die im Fall Küttner. Janina Grauhöfer hatte den Toten bereits anhand eines Fotos identifiziert. Sie war zwar in Tränen aufgelöst gewesen, hatte aber die Rolle, die ihr zukam, und die Wichtigkeit ihrer Person offensichtlich genossen. Jedenfalls hatte Petersen, der

Grauhöfer das Foto vorgelegt hatte, das Gefühl gehabt, die junge Frau habe nur Krokodilstränen vergossen.

Die Kollegen in Saarbrücken hatten Alexander Küttners Mutter bereits in Kenntnis gesetzt. Sie würde im Laufe des Tages in Hannover eintreffen. Da die Spusi und Dr. Schneider noch nicht mit Ergebnissen dienen konnten, gesellte sich Bergheim zu Charlotte, die in ihrem Büro auf die Ankunft von Carsten und Inka Volkermann wartete.

»Auf den Mann bin ich gespannt«, sagte er, und Charlotte ging es ebenso.

Sie studierte das Bild des toten Mädchens, konnte aber keinen rechten Zugang zu ihm finden.

»Sie wirkt irgendwie leer, findest du nicht auch? Schön war sie, keine Frage, aber was noch?«

»Na, was erwartest du von einem Schnappschuss auf dem Maschseefest, da tragen die Leute ihre Seele nicht im Gesicht spazieren. Da sind alle fröhlich oder tun zumindest so.« Bergheim lehnte sich an die Fensterbank und steckte die Hände in die Jeanstaschen.

»Sie wirkt aber nicht fröhlich. Und traurig auch nicht. Ihre Miene verrät einem überhaupt nichts.«

»Das soll öfter vorkommen, vor allem, wenn die Menschen Drogen nehmen.« Bergheim gähnte herzhaft.

In diesem Moment klopfte es, und Bremer führte einen Mann und eine Frau in den Raum. Carsten Volkermann wirkte, trotz seiner beeindruckenden Größe und der athletischen Figur, wie ein geprügelter Hund. Er hatte kurz geschnittene dunkelblonde Haare und ausgeprägte Geheimratsecken, trug einen gepflegten Vollbart und einen Diamantohrring. Seine ausdrucksvollen hellen Augen waren geschwollen wie bei jemandem, der stundenlang geweint hatte. Er ließ sich, ohne Charlottes Gruß zu erwidern, auf einen der beiden Stühle vor ihrem Schreibtisch sinken und stützte die Ellbogen auf die Knie und sein Gesicht in die Hände.

Seine Schwester Inka sprach als Erste. »Entschuldigen Sie, mein Bruder ist noch völlig geschockt von … den Geschehnissen.«

»Verständlich«, antwortete Charlotte und bot Inka Volkermann den anderen Stuhl an.

Sie war groß und elegant, trug Pumps und ein eng anliegendes dunkles Kostüm. Ihre dunklen Haare hatte sie zu einem lockeren Knoten zurückgesteckt. Ein ziemlich fragiles Konstrukt, fand Charlotte. Die Frau sah aus, als käme sie direkt von einer Präsentation vor wichtigen Kunden.

»Möchten Sie etwas trinken? Kaffee vielleicht oder Wasser?«, fragte Charlotte.

»Ja, gern ein Wasser«, erwiderte Inka Volkermann, ihr Bruder sagte gar nichts und rührte sich nicht.

»Würdest du …?« Charlotte wandte sich an Bergheim, der das Büro verließ und ein Glas Wasser besorgen würde.

»Was … was ist denn eigentlich passiert?«, fragte Inka Volkermann. »Man hat uns nur gesagt, dass jemand Verena während des Maschseefestes … umgebracht hat. Wie …?«

»Sie ist erstickt«, sagte Charlotte, ohne die genaue Todesursache zu nennen.

»Mein Gott«, hauchte Inka Volkermann, »dann hat man sie erwürgt?«

Ihr Bruder schluchzte laut.

Charlotte ließ die Frage so stehen und beobachtete den Mann. Sie wusste nicht recht, wie sie anfangen sollte. Carsten Volkermann machte nicht den Eindruck, als wäre er zu einem konstruktiven Gespräch imstande. Vielleicht sollte sie mit der Schwägerin anfangen, sie schien halbwegs stabil, von ihrer Frisur mal abgesehen.

Sie legte das Foto, das Verena Becker im Kreis ihrer Kollegen auf dem Maschseefest zeigte, auf den Tisch. »Ist das Ihre Schwägerin?«

Inka Volkermann warf einen kurzen Blick auf das Bild. »Oh ja, wie sie leibt und lebt.« Im selben Moment wurde sie sich ihres Fauxpas bewusst. »Verzeihung«, murmelte sie und blickte zu Boden.

Ihr Bruder starrte auf das Foto, nickte unmerklich, begann zu schluchzen und legte den Kopf wieder in die Hände.

»Wann haben Sie denn Ihre Schwägerin zuletzt gesehen?«

Charlotte wandte sich vorerst an die Frau und hoffte, dass Carsten Volkermann sich bald beruhigen würde.

»Das ist schon einige Jahre her. Sie war einfach verschwunden, und … ich weiß, es ist nicht in Ordnung, über Tote schlecht zu sprechen«, sagte Inka Volkermann mit einem Seitenblick auf ihren Bruder, »aber Verena hatte sich ziemlich großzügig von unserem Firmenkonto bedient.«

»Was meinen Sie? Sie hat Geld gestohlen?«

»Nein!« Volkermann war plötzlich aus seiner Lethargie erwacht. »Sie hat nicht gestohlen, alles, was mir gehörte, das gehörte auch ihr. Ich hab ihr vertraut.«

»Allerdings, und das hat sie weidlich ausgenutzt, aber lassen wir das.« Inka Volkermann seufzte schwer.

»Das heißt, sie hat Geld abgehoben und ist dann verschwunden?«, hakte Charlotte nach.

»Genau«, sagte Inka, während ihr Bruder hysterisch kicherte. »Das ist jetzt zwei Jahre her. Es war im Mai, ich weiß es noch genau. Wir waren beide nicht zu Hause. Carsten war mit seinen Freunden bei uns im Dorfkrug, und ich war mit meiner Freundin beim Yoga. Auf dem Weg nach Hause wollte ich Geld abheben, aber das Konto war geplündert. Und das war nicht das erste Mal. Sie hat sich Carstens Karte genommen, und der war dumm genug, ihr die PIN zu geben. Können Sie sich das vorstellen? Die Hälfte von dem Geld gehörte schließlich mir. Ich nenne das Diebstahl.« Sie betrachtete ihre Fingernägel, die kurz, aber sorgfältig manikürt waren. »Aber wie heißt es so schön: Aus Schaden wird man klug. Seitdem hat jeder sein eigenes Konto!« Sie blickte Charlotte ein bisschen wehmütig an. »Als unsere Eltern noch lebten …«

»Lass unsere Eltern aus dem Spiel.« Volkermann hatte bedrohlich leise gesprochen.

Die Tür öffnete sich, Bergheim trat ein und stellte ein Glas Wasser auf Charlottes Schreibtisch. Inka Volkermann lächelte huldvoll und trank einen kleinen Schluck.

»Wie viel Geld hatte sie abgehoben?«

»Na, alles, was drauf war, knapp viertausend Euro.«

»Aha.«

Charlotte warf Bergheim einen Blick zu, der besagte, dass eine erfolgreiche Firma das ja wohl verschmerzen konnte.

Inka Volkermann schien ihre Gedanken zu erraten. »Uns ging es zu dem Zeitpunkt nicht besonders gut. Wir hatten Schulden und standen kurz vor dem Konkurs. Und dann so was.« »Ihre Hand glitt zu ihrem Hinterkopf, um den Knoten zu richten. »Mittlerweile laufen die Geschäfte besser, aber damals hat das richtig wehgetan.« Sie nahm noch einen Schluck Wasser und sah Charlotte dann herausfordernd an, als erwarte sie deren Zustimmung.

Jetzt richtete sich Carsten Volkermann auf, zog ein Tempotaschentuch aus seiner Hosentasche und schnäuzte sich geräuschvoll.

»Wie lange waren Sie verheiratet?«

Die Frage war an Carsten Volkermann gerichtet, aber Inka antwortete, hatte wohl keine Lust zu warten, bis ihr Bruder mit seiner Nase fertig war.

»Knapp zweieinhalb Jahre. Und um es gleich zu sagen, ich habe mir gedacht, dass es nicht lange gut geht. Sie war immerhin fast zehn Jahre jünger als Carsten, und außerdem …«

In diesem Moment schlug Carsten Volkermann mit der flachen Hand auf Charlottes Schreibtisch.

»Schluss jetzt!«, schrie er und stand auf.

Die beiden Frauen zuckten zusammen.

Bergheim war hinter den Mann getreten und legte ihm die Hand auf die Schulter. »Setzen Sie sich wieder hin«, sagte er ruhig, aber so bestimmt, dass Volkermann nach einigem Zögern gehorchte.

Charlotte musterte den Mann neugierig. »Was meinen Sie, womit soll Schluss sein?«

Statt einer Antwort verbarg Volkermann sein Gesicht in den Händen.

Charlotte wartete einen Moment und fuhr dann fort: »War Ihre Frau damals schon süchtig?«

Volkermann richtete sich auf, fuhr sich mit dem Handballen über die Augen und schniefte. »Ja, das war ja das Problem«, sagte er heiser.

»Erzählen Sie«, sagte Charlotte.

»Na ja«, Volkermann faltete seine Hände und legte sie in den Schoß, »ich habe sie in Hamburg kennengelernt. In einer Kneipe auf Sankt Pauli. Sie ging auf den Strich … aber sie war so schön, so jung. Und sie hörte einem zu.« Er sah Charlotte mit traurigen Augen an. »Finden Sie nicht auch, dass sie wunderschön war?«

»Allerdings«, stimmte Charlotte zu. »Wie ging's weiter?«

»Ich … hab versucht, sie da wegzuholen. Anfangs wollte sie nicht …«

»Genau«, mischte Inka sich ein, »aber als sie gehört hat, dass du eine eigene Firma hast, da wollte sie plötzlich doch.«

Volkermann sprang wieder auf. »Du hältst den Mund!«, schrie er seine Schwester an, sodass diese zurückwich.

Sie schwieg aber dann. Bergheim war erneut zur Stelle und ermahnte Volkermann, sich ruhig zu verhalten. Der ließ sich wieder in seinen Stuhl sinken.

»Sie hat mich geliebt«, sagte er leise und blickte zu Boden.

Seine Schwester verdrehte die Augen und schüttelte den Kopf.

»Sie hat Sie aber doch verlassen, oder nicht?«, sagte Charlotte. Volkermann wurde seltsam ruhig. »Ja, sie hat mich verlassen.«

Charlotte tauschte mit Bergheim, der hinter Volkermann stehen geblieben war, einen Blick. Bergheim nickte leicht. Es war besser, die beiden getrennt zu befragen. Charlotte wollte das gerade vorschlagen, als Carsten Volkermann leise anfing zu reden.

»Das war nichts für sie, ich meine, in so einem kleinen Ort wie unserem zu leben. Sie wollte immer in die Stadt, aber … wir hatten doch das Geschäft …«

»Ich hab dir vorgeschlagen, das Geschäft mir zu überlassen, aber du wolltest ja nicht.« Inka hatte ebenfalls leise gesprochen, wohl um ihren Bruder nicht weiter zu provozieren. Der ignorierte sie aber.

»Sie war eben einfach zu jung – und dann diese Sucht …«

»Wie ist sie denn eigentlich an den Stoff herangekommen?«, wollte Charlotte wissen.

»In Hamburg. Sie ist regelmäßig nach Hamburg reingefahren«, antwortete Carsten Volkermann. »Sie hatte da immer noch ihre Quellen. Einmal bin ich ihr nachgefahren, wollte wissen, wer ihr das Zeug verkauft ...«

»Sie haben ihn verprügelt«, schaltete sich Inka ein, »und mein Bruder weiß nicht mal genau, wer's war.«

»Haben Sie Anzeige erstattet?«

»Nein, Verena ... wollte es nicht.«

»Und weshalb genau hat sie Sie nun verlassen?«, fragte Charlotte.

Statt einer Antwort fing Volkermann an zu kichern. Das Kichern wurde heftiger und ging in lautes Lachen über. Er klopfte sich auf die Schenkel, als hätte Charlotte einen Witz gemacht. Charlotte und Bergheim musterten den Mann verwundert, Inka sah ihren Bruder entsetzt an. Sie warteten, bis das Lachen wieder in Schluchzen überging.

»Herr Volkermann, Sie haben eine Vorstrafe wegen Körperverletzung, möchten Sie dazu etwas sagen?«

Beide schwiegen, saßen stocksteif auf ihren Stühlen. Also musste Charlotte deutlicher werden.

»Haben Sie Ihre Frau geschlagen? Hat sie Sie deshalb verlassen?«

Volkermann biss sich auf die Lippen und blickte zu Boden. Seine Schwester widmete sich ihren Fingernägeln. Dann fing der Mann wieder an zu schluchzen. Das wurde ja langsam anstrengend, fand Charlotte.

»Nun reiß dich doch mal zusammen«, raunte Inka Volkermann ihrem Bruder zu und wandte sich dann an Charlotte. »Ja, er hat ihr mal eine Ohrfeige gegeben, als sie sich wieder was besorgt hatte. Das war alles. Mein Bruder hat nur versucht, sie von der Sucht wegzubekommen.«

»Indem er ihr eine Ohrfeige gibt«, sagte Charlotte verärgert. Niemand antwortete. Charlotte fragte sich, was die beiden wohl unter einer Ohrfeige verstanden. Sie argwöhnte, dass da mehr gewesen war.

»Ihre Frau hatte eine Allergie, richtig?« Charlotte versuchte Volkermann abzulenken, was ihr auch gelang. Beide sahen sie verblüfft an.

»Ja, gegen Erdnüsse«, sagte Inka, »woher wissen Sie das?«

»Weil Ihre Schwägerin nicht erwürgt wurde, sondern an einem anaphylaktischen Schock infolge von Erdnusskonsum gestorben ist.«

»Wie meinen Sie das?«, fragte Inka Volkermann verwundert.

»Dann war es ein Unfall? Oder hat ihr jemand etwas angeboten, das Erdnüsse enthielt? Sie war da aber wirklich sehr vorsichtig. Und sagten Sie nicht, sie wäre erstickt?«

»Ja, bei einem allergischen Schock erstickt man ohne Medikamente, und nein«, Charlotte fand, es war an der Zeit, die beiden aufzuklären, »es war kein Unfall. Man hat ihr gewaltsam Erdnusscreme verabreicht.«

»Wer … wer hat das gemacht?«, fragte Volkermann, der sich beruhigt hatte.

»Das wissen wir noch nicht.«

Charlotte beobachtete die beiden. Sie schienen nachdenklich und auch geschockt. Wenn das gespielt war, dann waren beide sehr gute Schauspieler.

»Sie verstehen, dass ich Sie fragen muss, wo Sie in der Nacht von Freitag auf Samstag letzter Woche gewesen sind?«

Inka schaute Charlotte mit großen Augen an und wandte sich dann zu Bergheim um, der wieder am Fenster stand und die Szene ruhig beobachtete.

»Muss denn das sein?«, fragte sie vorwurfsvoll.

»Ich war zu Hause, allein, hab gearbeitet. Aber ich habe sie nicht umgebracht.« Carsten Volkermann fing wieder hysterisch an zu kichern. Sein Körper vibrierte. »Ich habe sie nicht umgebracht!«, rief er theatralisch.

Charlotte hatte schon viele Männer und Frauen gesehen, die ihre Partner durch einen Mord verloren hatten. Einige kreischten und weinten, andere ließ alles kalt. Aber die Reaktion von Carsten Volkermann war eindeutig die absonderlichste.

»Ich finde diese Frage pietätlos«, sagte Inka Volkermann scharf. »Was glauben Sie denn? Dass mein Bruder, der seit zwei Jahren nicht weiß, wo seine Frau sich aufhält, nach Hannover fährt, um sie umzubringen?«

Charlotte antwortete nicht, wartete ruhig, ob Inka Volkermann mit einem Alibi aufwarten konnte. Die blickte Charlotte missbilligend an.

»Ich war auch zu Hause, allein, so ein Pech. Mir ging es die ganze letzte Woche nicht gut. Und da ich in der Firma gebraucht werde, wollte ich mich am Wochenende ausruhen. Ich hatte vor ein paar Monaten eine Meniskusoperation und habe immer noch Probleme damit. Ich habe Tabletten genommen und bin vor dem Fernseher eingeschlafen. Bin ich jetzt verdächtig?«, sagte sie schnippisch, stand auf und legte ihrem Bruder, der schweigend vor sich hin starrte, eine Hand auf die Schulter. »Wir sollten gehen. Mein Bruder … wir … möchten Verena sehen. Ist das möglich? Außerdem muss sich ja wohl jemand um die Beerdigung kümmern.«

Charlotte erhob sich und gab Bergheim ein Zeichen. »Mein Kollege wird Sie begleiten.«

Schweigend folgten die beiden Bergheim hinaus.

Das war ja eine herzige Familie gewesen, wenn man die Konstellation Mann, Ehefrau und Schwägerin denn als solche bezeichnen wollte, dachte Charlotte, nachdem Bergheim mit den beiden Volkermanns ihr Büro verlassen hatte. Wie sollte man sich eine Ehe zwischen einer Frau wie Verena Becker und einem in die Jahre gekommenen, durchschnittlichen, cholerischen Mann vom Lande vorstellen?

Von den Volkermanns würde sie in dieser Hinsicht keine objektive Auskunft erhalten. Inka hatte ihre Schwägerin nicht gemocht. Wenn alles stimmte, was sie über Verena Becker erzählt hatte, vielleicht zu Recht. Und Volkermann selbst hatte seine Frau zur Ikone erhoben. Der war einer von diesen Typen, die einer Frau völlig verfallen konnten und alle Realität ausblendeten. Und er mochte es nicht, wenn seine Schwester schlecht von ihr sprach.

Carsten Volkermann hatte definitiv etwas von einem Stalker. Einem, der leicht die Beherrschung verlor und dann zuschlug. Vielleicht hatte Verena ihn deswegen verlassen. Dass sie einfach verschwunden war, ohne ihren Aufenthalt preiszugeben und ohne sich hinterher wieder zu melden, sprach dafür, dass sie ihre Ruhe haben wollte.

Allerdings war sie, wenn man Inka Volkermann glauben wollte, auch scharf auf das Geld ihres Mannes gewesen. Wieso hatte sie sich nicht scheiden lassen und war dann abgehauen? Das sprach dafür, dass sie Angst vor ihrem Mann gehabt hatte.

Charlotte stand auf und ging zu Thorsten Bremer, der wie meist vor seinem Computer saß. Er blickte ihr neugierig entgegen.

»Na, war's der Ehemann?«

»Er ist auf jeden Fall verdächtig. Der Kerl hat überhaupt keine Affektkontrolle. Ich glaube, dass er seine Frau auch verprügelt hat und sie deswegen abgehauen ist.« Charlotte überlegte. »Ich wette, er hat sie verfolgt, er verhält sich wie ein typischer Stalker. Ist davon überzeugt, dass sie ihn geliebt hat, dass man sie nur richtig anfassen muss, dass sie schon einsehen wird, was und wer gut für sie ist, und so weiter und so weiter. Ein Alibi hat er auch nicht, ebenso wie seine Schwester, die ihre Schwägerin auf jeden Fall nicht mochte, aber das ist ja nicht unbedingt ein Mordmotiv. Ich mag auch manche Leute nicht, aber ich bringe sie deswegen nicht um.« Aus irgendeinem Grund fiel ihr Hohlstedt ein. »Allerdings passt die Mordwaffe nicht. Ein Mann wie Volkermann schlägt zu, das passt auch zu seiner Geschichte. Der Mord war genau geplant, dafür spricht das Mordinstrument.« Charlotte hielt einen Moment inne. »Man könnte glauben, dass es als Unfall geplant war, aber warum hat er sie dann in den Müllcontainer gesteckt?«

»Vielleicht hat er gehofft, dass sie nicht entdeckt wird. Immerhin war sie von Müllsäcken bedeckt gewesen. Und stinken tun Müllcontainer immer. Wer guckt da schon genau hin?«

»Ja, das ist eine Möglichkeit«, sagte Charlotte nachdenklich. »Gut möglich, dass es ein Dealer war, mit dem sie sich getroffen hat.« Sie nahm gedankenverloren Bremers Locher vom Tisch und spielte damit. »Wir wissen einfach zu wenig von dem Opfer, von ihrem Vorleben und von ihrer Ehe. Vielleicht sollten wir jemanden nach Ellerbek schicken. In so einem kleinen Ort wissen doch die Leute meistens, was im Nachbarhaus vor sich geht.«

Bremer guckte erschrocken. »Also, ich hab keine Zeit«, sagte er sicherheitshalber.

Charlotte grinste. »Wer hat schon Zeit?«, sagte sie und wünschte sich, Maren wäre da, aber die kam erst am übernächsten Montag aus dem Urlaub zurück.

Hohstedt war nicht zu gebrauchen, das machte die Leute schweigsam. Und den Ermittler heraus, das machte die Leute schweigsam. Und sollte sie Petersen schicken. Ihm traute sie am ehesten zu, die Thorsten war an seinem Computer am effektivsten. Vielleicht Menschen zum Reden zu bringen. Er sollte alles zusammentragen, was es an Informationen über die Familie Volkermann und Verena Becker gab, und damit hoffentlich etwas Licht ins Dunkel um das Leben des Opfers bringen.

»Also du wirst hier gebraucht«, beruhigte sie Bremer, der sie immer noch unsicher ansah, dann aber hörbar seufzte.

»Sag ich doch«, murmelte er.

»Versuch mal, ob du an Verenas Schule etwas erfährst. Vielleicht hatte sie ja doch eine Freundin.« Charlotte wollte Bremers Büro verlassen, als ihr noch etwas einfiel. »Sag mal, ihr habt doch eine Katze, oder?«

Bremer biss sofort an und strahlte. »Klar, Mimi. Sie ist schon fast sechzehn, aber noch pumperlgesund.«

»Na fein«, sag mal, können Katzen Türen öffnen?«

»Ja klar, macht Mimi immer. Die springt einfach hoch zur Klinke. Geht ratzfatz.«

»Aber Mimi ist ziemlich schlank, oder?«

Bremer kniff die Augen zusammen. »Wieso willst du das plötzlich wissen? Unsere Katze hat dich doch sonst auch nicht interessiert.«

»Wir haben eine Pflegekatze, von Jans Freundin. Sie ist ziemlich … fett. Glaube nicht, dass die zur Türklinke springen kann.«

»Ha, wenn du dich da mal nicht täuschst. Manche Katzen sind einfach größer und dicker, aber flink sind sie trotzdem, außerdem können die sich irre langmachen, dann ist die Klinke nicht mehr so hoch.«

Charlotte nickte. »Okay, und Pizza mögen sie wohl auch, was?«

»Ja klar, wenn du dumm genug bist, sie unbeaufsichtigt rum-

91

stehen zu lassen.« Bremer grinste. »Hat sie euer trautes Heim ein bisschen aufgemischt, was?«, gluckste er. »Aber da gewöhnt ihr euch schon dran.«

»Weiß gar nicht, ob ich das will«, murmelte Charlotte und dachte an ihre nächtliche Panikattacke. Aber das behielt sie lieber für sich.

Sie wollte sich gerade auf den Weg zum Henriettenstift machen, als an ihre Bürotür geklopft wurde und Kriminalrätin Meyer-Bast mit ernster Miene eintrat.

»Es gibt ein neues Problem«, sagte sie, »wir hatten einen Notruf. Eine Frau sagt, dass ihre Tochter sie angerufen hat, aber nicht mit ihr reden konnte, weil das Gespräch unterbrochen worden ist. Auf jeden Fall habe die Tochter geweint. Die Mutter ist daraufhin sofort zu ihrer Wohnung gefahren, aber ihre Tochter war nicht da und auch nicht zu erreichen. Ich habe sofort die Handyortung veranlasst und eine Vermisstenfahndung eingeleitet. Der Anruf kam vom Lister Kirchweg, und die junge Frau ist Katja Schauer.«

Meyer-Bast machte eine wirkungsvolle Pause. »Seitdem gibt es keine Signale mehr von dem Handy. Wir können also davon ausgehen, dass es deaktiviert wurde.«

»Verdammt«, entfuhr es Charlotte, die sich auf ihren Stuhl sinken ließ. »Wir sollten dieses Studio hochgehen lassen.«

»Mit welcher Begründung? Um ein Geschäft hochgehen zu lassen, braucht man Beweise für einen Rechtsbruch, das muss ich Ihnen ja wohl nicht sagen. Dass eine Angestellte ermordet worden ist und eine weitere verschwunden und beide den gleichen Arbeitsplatz hatten, kann Zufall sein. Ist unwahrscheinlich, da stimme ich Ihnen zu, aber was Sie und ich für unwahrscheinlich halten, überzeugt keinen Staatsanwalt. Ich habe vorerst die Kollegen Kruse und Schliemann mit den Nachforschungen betraut. Es kann ja immer noch sein, dass sie wieder auftaucht und sich das Ganze als harmlos erweist. Ich denke aber, dass die Fälle Schauer, Becker und Küttner zusammenhängen und Sie, falls die junge Frau nicht bald wieder auftaucht, sich mit Ihren Kollegen zusammensetzen sollten.« Meyer-Bast sah Charlotte sekundenlang starr in die Augen. »Ich muss nicht extra betonen, dass wir bald Fortschritte in dieser Sache brauchen. Ich versuche, uns alle vor den Angriffen aus der Presse und der Bevölkerung zu schützen, aber die lassen sich nicht lange hinhalten. Sie wissen das.«

Charlotte nickte mechanisch. Na klar wusste sie das, und alle im Team waren genauso erpicht darauf, die Fälle zu lösen, wie die Chefin und der Rest der verdammten Menschheit. Charlotte fand, sie alle taten ihr Möglichstes.

Meyer-Bast schloss mit bewegungsloser Miene die Tür und überließ Charlotte ihren üblen Vorahnungen.

Charlotte griff zum Telefon und rief Norbert Kruse an, aber der konnte noch nichts sagen. Sie waren dabei, alle Kontakte von Katja Schauer zu überprüfen, bisher ohne Erfolg. Sie hatte nachweislich das Studio gegen Mittag verlassen. Danach verlor sich die Spur.

Der Anruf hatte um kurz vor vierzehn Uhr stattgefunden, nicht direkt vom Studio aus, sondern etwa hundert Meter entfernt Richtung Podbielskistraße. Ihre Kollegen Klimt, Tofall und ihr Chef Lukas Blischke waren zum Zeitpunkt des Anrufs im »fit & power« gewesen. Alle waren zum Zeitpunkt des Anrufs im »fit & power« gewesen. Jedenfalls sagten sie das aus. Weitere Zeugen im Fitness-Studio mussten noch befragt werden.

Anschließend telefonierte sie mit dem Kollegen Schliemann. Der nahm an, dass Katja Schauer von einem Auto aus telefoniert hatte. Möglicherweise war sie aber auch zu Fuß auf dem Weg zur S-Bahn-Station Vier Grenzen. Sie benutzte immer die Öffis, hatte die Mutter gesagt, ein Auto besaß sie nicht. Aber dass ihr Anruf unterbrochen wurde, sprach dafür, dass sie in einem Auto gesessen hatte. Schließlich würde es auffallen, wenn jemand am Tag auf einer wirklich belebten Straße eine junge Frau am Telefonieren hindern würde. Ja, das fand Charlotte auch. Sie bat Schliemann, sie sofort zu benachrichtigen, falls sich etwas Neues ergeben würde, und legte auf.

Himmel, was war denn bloß los? Dieses Fitness-Studio war auf jeden Fall verdächtig. Mehr als verdächtig. Entweder war die Belegschaft nicht so harmlos, wie es schien, oder eines der Mitglieder war ein verkappter Serienkiller.

93

Sie erwischte sich bei dem Gedanken, sofort hinzufahren, dem Chef, diesem Blischke, einen kräftigen Tritt in den Schritt zu verpassen und ihm dann genau auszufragen. Wahrscheinlich waren Männer mitteilsamer, wenn man ihnen mit einem Tritt in den Schritt drohen konnte. Unangemessene Gedanken waren das, politisch inkorrekt, wie es so schön hieß. Aber das war egal. Sie hatte das Bedürfnis, jemandem wehzutun.

∗∗∗

Bergheim hatte die beiden Volkermanns soeben im Beisein von Dr. Schneider zu Verena Beckers Leichnam gebracht. Volkermann brach völlig zusammen und warf sich weinend auf den toten Körper seiner Frau. Seine Schwester blickte angeekelt zur Decke und verließ dann den Raum. Bergheim und Dr. Schneider versuchten, Volkermann zu beruhigen. Sie hatten erhebliche Mühe, ihn dazu zu bewegen, sich von der Leiche seiner Frau zu lösen und den Raum zu verlassen. Auf dem Flur fragte er schluchzend, wann er sie mitnehmen könne.

»Sie hat eine vernünftige Beerdigung verdient«, sagte er in jammerndem Tonfall.

»Die Leiche kann freigegeben werden. Sie bekommen morgen Bescheid«, sagte Dr. Schneider kühl.

Sie hatte nicht viel übrig für Leute, die ihre Gefühle nicht unter Kontrolle hatten. So hatte sie sich Bergheim gegenüber mal geäußert und sich damit nicht wirklich beliebt bei ihm gemacht. Wer hatte schon immer seine Gefühle unter Kontrolle? Das konnten nur Roboter, das war Bergheims Meinung dazu, aber die hatte er für sich behalten. Es machte keinen Sinn, sich mit Dr. Schneider auf Diskussionen über derartige Themen einzulassen. Dr. Schneider schnippelte an Leichen herum. Solche Menschen hatten selbstverständlich immer ihre Gefühle unter Kontrolle.

»Dann bleiben wir bis morgen hier«, schniefte Volkermann.

Das war Bergheim sehr recht, denn er wollte Inka Volkermann noch einmal allein zur Ehe ihres Bruders befragen. Er empfahl ihnen das Courtyard-Hotel am Maschsee und verabredete sich mit Inka Volkermann für sieben Uhr in der Bar. Sie stimmte erfreut zu. Sie wusste natürlich nicht, dass Charlotte ihn begleiten würde, aber das musste sie ja auch jetzt noch nicht wissen, dachte Bergheim. Er verabschiedete sich von den beiden und ging mit Dr. Schneider in ihr Büro, um mit ihr über die Obduktion von Alexander Küttner zu sprechen.

»Hatten wir nicht gestern erst gesagt, dass wir uns zu selten sehen?«, begann Dr. Schneider und setzte sich hinter ihren Schreibtisch.

»Ja, das haben wir jetzt davon«, versuchte Bergheim zu scherzen, obwohl er nicht zu Spaßen aufgelegt war.

»Ich fasse mich kurz«, sagte Dr. Schneider, »Ihr Opfer ist nicht ertrunken, sondern an einem Herzinfarkt gestorben.«

»Wie bitte?«

»Sie haben richtig gehört. Ein Herzinfarkt infolge exzessiven Speedkonsums. Und der Mann war schon einige Jahre Diabetiker, da sind die Gefäße sowieso angegriffen. Wenn man sich dann noch großzügig Speed einverleibt, was Blutdruck und Puls erhöht … na ja.«

»Also können wir von einem Drogentod ausgehen.«

»Ja. Ich habe sowohl Abbauprodukte als auch die Droge selbst noch nachweisen können. Das heißt, er hat schon längere Zeit regelmäßig Amphetamin konsumiert, und das auch kurz vor seinem Tod.«

»Könnte es ein Suizid gewesen sein?«

Dr. Schneider lehnte sich zurück und dachte nach. »Glaube ich nicht«, sagte sie dann, »wenn man sich von dieser Welt verabschieden will, dann nicht mit Stimulanzien. Und zu denen gehört Amphetamin. Nein, ich nehme an, der Tod ist durch eine Überdosis eingetreten, weil das Zeug nicht gestreckt war.«

»Dann war das Ganze ein Unfall, und die Prellung am Kopf hat er sich durch einen Sturz zugezogen«, schlug Bergheim vor.

»Jedenfalls hat er sie sich vor seinem Tod zugezogen, oder jemand hat ihn niedergeschlagen, wie auch immer. Manchmal haben Leute auf Speed auch Krampfanfälle oder Psychosen. Beispielsweise glauben sie, dass sie fliegen können, und springen aus dem Fenster. In diesem Fall ist der Fundort aber nicht der

Tatort. Der Tote ist auf jeden Fall bewegt worden. Es finden sich Totenflecke an den Unterschenkeln, Füßen und Händen, aber auch – weniger – an der hinteren Rumpfwand. Das spricht dafür, dass sich der Körper für mehrere Stunden nach dem Eintritt des Todes in aufrechter Position befunden und danach auf dem Rücken gelegen hat.«

»Was heißt ›in aufrechter Position‹?«

»Ich nehme an, gesessen. Wie man einen Körper aufhängen will, ohne Spuren zu hinterlassen, weiß ich nicht.«

»Vielleicht ist er vom Stuhl gefallen?«

»Dann wäre er doch sofort gefallen. Wie kann ein Toter stundenlang auf einem Stuhl oder sonst wo sitzen – das beweisen die Totenflecke an den Extremitäten – und dann runterfallen?«

»Könnte ihm jemand die Droge gewaltsam verabreicht haben?«

»Keine Ahnung, ich habe keinerlei Abwehrverletzungen gefunden, aber was heißt das schon? Sicher ist, dass er bewegt worden ist. Ob die Schwellung durch einen Sturz oder einen Schlag verursacht wurde, kann ich nicht mit Sicherheit sagen.«

»Wie lange ist er schon tot?«

»Ich schätze, fünf bis sechs Tage.«

Bergheim stöhnte, das machte die Kontrolle von Alibis kompliziert. »Geht's nicht ein bisschen genauer?«

»Nein, geht's nicht«, antwortete Dr. Schneider mitleidlos. »Der Todeszeitpunkt muss also der Mittwoch oder Donnerstag letzter Woche gewesen sein, und wahrscheinlich ist er auch etwa so lange im Wasser gewesen.«

Bergheim schwieg verblüfft. Dann musste er die ganze Zeit am Fundort von den Sträuchern verdeckt gelegen haben. Sonst hätte man die Leiche eher entdeckt. Dieses Obduktionsergebnis war irritierend. Und es machte die Spurensuche schwierig. In fünf oder sechs Tagen konnte viel verschwinden. Aber vielleicht gab es am Fundort gar nichts zu entdecken. Womöglich war der Körper ganz woanders in die Leine geworfen worden und zum Fundort getrieben. Und dass die Leiche im Wasser gelegen hatte, würde die Spurensuche nicht gerade erleichtern. Hinzu kam, dass der Todeszeitpunkt nur ungenau zu bestimmen war.

Bergheim konnte es nicht fassen. »Zum Teufel, was ist denn mit den jungen Leuten los? Zuerst Kokain, jetzt Speed, was kommt als Nächstes?«

»Wie wär's mit Heroin oder Crystal? Wird auch gern genommen.«

Dr. Schneider kicherte doch tatsächlich.

Bergheim räusperte sich. »Gibt's sonst noch was, das Sie mir schon sagen können?«

»Nein, genügt das nicht?«

Bergheim stand auf und reichte Dr. Schneider die Hand.

»Danke, ich nehme an, der Bericht ist auf dem Weg?«

»Natürlich.«

Dr. Schneiders Händedruck war lasch und kühl. Schnell zog er seine Hand zurück und machte sich davon.

Um vierzehn Uhr trafen sich Bergheim, Hohstedt und Lothar Wulf von der KFI 2 im Besprechungsraum, um das weitere Vorgehen im Fall Küttner zu besprechen. Der Obduktionsbericht lag mittlerweile allen vor, und Helga Küttner, die Mutter des Toten, wurde in einer Stunde in Hannover erwartet. Vor diesem Treffen graute Bergheim mehr als vor der Begutachtung einer Leiche, die mehrere Wochen vor sich hin verwest war. Vielleicht hatte Charlotte ja Zeit, ihn zu unterstützen. So was konnte sie gut.

»Also«, begann er, »der Tod ist wahrscheinlich am Mittwoch oder Donnerstag letzter Woche eingetreten. Was wir als Erstes tun müssen, ist, die letzten Tage des Toten zu rekonstruieren. Das heißt unter anderem, jemand muss seine Handykontakte abtelefonieren, das macht du, Martin.«

»Ich?«, sagte Hohstedt enttäuscht.

Er zog es vor, in die Welt hinauszufahren und Heldentaten zu vollbringen. Am Telefon zu sitzen, Leute anzuklingeln und ihnen auf den Zahn zu fühlen, entsprach nicht seiner Vorstellung von Heldentum.

»Ja«, antwortete Bergheim kurz.

In diesem Moment betrat Gesine Meyer-Bast mit einem Teller voller Hannover-Waffeln den Raum. Sie setzte sich ohne

Umschweife, stellte den Teller auf den Tisch und bat ihre Leute, zuzugreifen, was Lothar Wulf sich nicht zweimal sagen ließ. Bergheim und seine Chefin schenkten sich ein Lächeln, das bei Meyer-Bast etwas schief ausfiel, was Bergheim ihr in Anbetracht der Lage verzieh.

Er mochte die Kriminalrätin. Wenn sie die Teams bei den Besprechungen mit Kuchen, Keksen und Kaffee versorgte, kam sie ihm vor wie eine Mutter, die sich liebevoll um ihre Kinderschar kümmerte. Der frühere Chef des ZK, Ostermann, war dagegen ein eitler Wichtigtuer gewesen. Charlotte hatte mit ihm auf Kriegsfuß gestanden. Wie es mit ihrem Verhältnis zu Meyer-Bast stand, wusste er noch nicht. Es war zumindest … ambivalent. Er fragte sich, warum.

Vielleicht war der ZK für zwei Frauen vom Kaliber Meyer-Bast und Wiegand einfach zu klein. Dabei hatte er durchaus das Gefühl, dass seine Chefin Charlotte mochte. Wie das im umgekehrten Fall aussah, das hoffte er irgendwann herauszufinden.

»Die Frage ist«, fuhr er fort, »wie ist er ins Wasser gekommen? Dr. Schneider sagt, die Leiche ist bewegt worden, und am Fundort gab es keinerlei Spuren oder Hinweise darauf, dass dort ein Körper in die Leine befördert worden ist.«

»Wenn ich das richtig sehe, gab es auch keine Schürfwunden, also können wir ja davon ausgehen, dass der Körper nicht über den Boden geschleift worden ist. Und seine Kleidung ist nicht beschädigt, also hat man ihn wahrscheinlich im Auto transportiert«, sagte Lothar Wulf, dessen Augen durch die kleinen Gläser seiner dunkelroten Hornbrille kaum zu sehen waren.

»Okay«, sagte Bergheim und klickte auf seinem Notebook herum. »Wenn wir uns jetzt den Flusslauf der Leine angucken und davon ausgehen, dass jemand den Körper aus einem Auto geworfen hat, dann doch wahrscheinlich von einer Brücke und am besten im Dunkeln, vielleicht um drei oder vier Uhr am Morgen, wenn nicht viel Verkehr ist. Das geht am schnellsten, und man wird nicht gesehen.«

Ein Beamer warf eine Karte mit dem Verlauf der Leine an die Wand.

»Da kämen dann am ehesten die Leinebrücken der Wilkenburger Straße oder der Brückstraße in Frage, die liegen südlich des Fundortes«, sagte Wulf. »Ich glaube nicht, dass es noch weiter südlich war. Dann nämlich wäre die Leiche ziemlich weit unterwegs gewesen, und man hätte sie bestimmt vorher gefunden.«

»Genau«, bestätigte Hohstedt.

»Es kann natürlich auch sein, dass jemand einfach ans Ufer gefahren ist. Vielleicht waren auch mehrere Leute beteiligt, und die haben die Leiche dann ans Wasser getragen«, fügte Wulf hinzu.

»Unwahrscheinlich«, antwortete Bergheim, »das hinterlässt Reifenspuren und Fußspuren am Ufer. Wir werden das natürlich untersuchen und vom Fundort Richtung Süden, sagen wir mal, bis zur Wilkenburger Straße, alles absuchen. Wenn wir auf diesem Anschnitt keine Spuren am Ufer finden, dann tippe ich auf die sichere Lösung: Straße und Brücke.«

»Aber«, mischte sich Meyer-Bast ein, »wieso sollte das jemand tun, wenn der junge Mann doch an einem Herzinfarkt gestorben ist?«

»Weil derjenige oder diejenigen entweder keine Ahnung hatten, woran er gestorben ist, oder weil sie nachgeholfen haben. Oder weil sie ebenfalls Junkies sind und keine Lust hatten, erwischt zu werden. Auf jeden Fall gibt es etwas zu verbergen, das für die Ermittlungsbehörden interessant ist. Und man wollte Spuren verwischen, warum hätte man ihn sonst ins Wasser geworfen?«

»Es ist ebenso möglich, dass er einfach von einer Brücke ins Wasser gefallen ist, oder?«, sagte Hohstedt. »Immerhin hatte er ja einen Herzinfarkt, da kann man schon mal ins Wanken geraten.«

Bergheim sah Hohstedt ärgerlich an und fragte sich, ob der den Obduktionsbericht überhaupt gelesen hatte.

»Herzinfarkt infolge einer Überdosis«, korrigierte er ihn. »Und wir wissen, dass die Leiche bewegt worden ist. Laut Dr. Schneider hat er mehrere Stunden in sitzender Position verbracht und ist dann offensichtlich hingelegt worden. Ich gehe davon aus, dass man ihn versteckt hat, um ihn später zu entsorgen.« Bergheim gefiel die Wortwahl nicht, aber sie kam den Tatsachen am nächsten. Er rieb sich über die Unterlippe. »Das ist schon alles ziemlich seltsam. Von Küttners Wohnung in der Hebbelstraße zum Fundort der Leiche sind es an die zehn Kilometer. Das spricht dafür, dass er an einem Ort gestorben ist, wo er nicht gefunden werden sollte. Also hat ihn jemand von irgendwoher zur Leine geschafft. Von wo, warum und wer? Das müssen wir rausfinden.«

»Vielleicht ist er in einem Auto gestorben«, schlug Wulf vor.

»Wo soll er sonst so lange gesessen haben?«

»Möglich«, sagte Bergheim. »Man hat ihn dort sitzen gelassen und später in der Dunkelheit abtransportiert.«

Alle brüteten einige Sekunden über dieser Theorie.

»Wie auch immer«, schloss Bergheim, »wir müssen mehr über ihn erfahren. Lothar, du fragst am besten mal im Fachbereich an der Uni nach, vielleicht führt uns das weiter. Und stell fest, ob es im Bereich Schützenallee–Brückstraße oder an der Wilkenburger Straße in den Nächten von Mittwoch bis Freitag irgendwelche Auffälligkeiten gab. Vielleicht haben die Kollegen von der Verkehrspolizei da was. Und diese Grauhöfer sollten wir noch mal befragen. Sie hat Küttners Drogenkonsum nicht erwähnt. Entweder weil sie selbst auch konsumiert oder weil sie tatsächlich nichts davon wusste, das halte ich für unwahrscheinlich.« Bergheims Blick wanderte von Hohstedt zu Wulf. »Das machst du am besten, Lothar. Sie kennt dich noch nicht.«

Dieses Argument war für die Befragung zwar irrelevant, aber Bergheim traute Hohstedt einfach nicht zu, bei Janina Grauhöfers Dekolleté objektiv zu bleiben, wollte ihm das aber nicht vorwerfen. Er wusste selbst nicht, wieso er Hohstedt gegenüber so rücksichtsvoll war.

Er ignorierte Hohstedts mürrischen Blick, stand auf, packte seine Unterlagen und sein Notebook ein und seufzte.

»Ich muss mich mit seiner Mutter unterhalten, die wird wohl mittlerweile eingetroffen sein. Und ich kann ihr nicht mal mit Sicherheit sagen, ob ihr Sohn aus Versehen gestorben ist oder ob jemand nachgeholfen hat. Wüsste auch nicht, was besser wäre«, murmelte er und ging.

***

100

Charlotte war zum Henriettenstift gefahren, um bei ihrem Vater vorbeizuschauen. Er hatte mittlerweile sein Zwei-Bett-Zimmer bezogen, was sich aber nicht positiv auf seine Laune ausgewirkt hatte. Er hockte mit mürrischer Miene in seinem Bett und zappte sich durch die Fernsehkanäle. Als Charlotte das Zimmer betrat, wandte er seinen Blick nur kurz vom Bildschirm ab.

»Gut, dass du kommst«, maulte er, »mein Telefonanschluss funktioniert nicht. Wenn deine Mutter anruft, wird sie sich Sorgen machen.«

»Dir auch einen schönen guten Tag.«

Charlotte gab ihm einen Kuss auf die Wange und setzte sich auf sein Bett. Im Nachbarbett lag ein älterer Mann mit Glatze und einem dünnen, faltigen Hals. Das stellte Charlotte fest, als er hinter der ausladenden Frankfurter Allgemeinen hervorlugte und Charlottes Gruß verkniffen erwiderte. Dann versteckte er sich wieder hinter seiner Designer-Lesebrille und seiner gewichtigen Zeitung.

»Wieso kommt deine Mutter eigentlich nicht?«

Werner Wiegand hatte den Fernseher ausgeschaltet und seine Kopfhörer und die Fernbedienung auf seinen Nachttisch gelegt.

»Sie kommt morgen, ich habe vorhin mit ihr gesprochen.«

»Ach, dann hat sie dich wohl angerufen.«

»Ja, mein Handy ist meistens an.«

»Was soll ich machen, die sehen das hier nicht so gern, dass man mit dem Handy rumtelefoniert.«

»Ich weiß, und Mama weiß das auch, deswegen hat sie ja mich angerufen. Um deinen Anschluss kümmere ich mich noch. Also, was hast du heute gemacht?«

»Nichts, gar nichts«, brummte Wiegand, »die haben mich einfach hier liegen lassen. Und deine Mutter lässt sich auch nicht blicken.«

Charlotte musterte ihren Vater liebevoll. Männer wurden doch wieder kleine bockige Jungs, wenn sie älter wurden. Wahrscheinlich war ihre Mutter einfach nur froh, sich mal ein paar Tage nur um sich selbst kümmern zu müssen. Ob Rüdiger sich wohl auch zu so einem alten Grumpy entwickeln würde? Sie schüttelte sich bei der Vorstellung.

In diesem Moment öffnete sich die Tür, und Dr. Flentek trat ein. Als er Charlotte sah, flog ein Lächeln über seine Züge.

»Oh, unsere Kommissarin ist da«, begrüßte er sie, »haben Sie etwa Hunger?«

»Nein«, entgegnete Charlotte ebenfalls mit einem Lächeln, »aber der kommt und geht.«

»Das freut mich zu hören«, sagte Dr. Flentek und wandte sich an Vater Wiegand, der das Gespräch zwischen seiner Tochter und seinem Arzt verdutzt verfolgt hatte.

»Morgen beginnen wir mit den Anwendungen. Wäre doch gelacht, wenn wir Sie nicht wieder auf die Füße kriegen.« Er zwinkerte seinem Patienten zu und gab ihm einen Zettel. »Das können Sie sich schon mal durchlesen, da stehen alle Termine drauf.«

Vater Wiegand nahm den Zettel entgegen, setzte seine Brille auf und überflog seinen Stundenplan. Der Mann mit dem Putenhals raschelte mit seiner Zeitung.

»Wenn Sie Fragen haben, können Sie sich jederzeit an mich oder eine der Schwestern wenden«, leierte Dr. Flentek herunter, sah dabei aber unverwandt Charlotte an, die dann auch anstelle ihres Vaters antwortete.

»Das machen wir, danke.«

Dr. Flentek riss sich endlich los und verabschiedete sich. Charlotte sah ihm mit einem warmen Gefühl in der Magengegend nach.

»Was sollte das denn jetzt?« Wiegand musterte seine Tochter misstrauisch.

»Was meinst du?«

Wiegand kniff die Augen zusammen. »Du weißt genau, was ich meine, komm bloß nicht auf dumme Gedanken. Ich mag Rüdiger.«

»Ja, wenn *du* ihn magst, ist ja alles klar, oder?«

»Du etwa nicht?« Wiegand hatte seine Brille abgenommen und starrte seine Tochter ehrlich besorgt an.

Die nahm seine Hand und küsste sie. »Natürlich, was denkst du bloß?«

Wiegand schien nicht überzeugt, schwieg aber.

102

»Also, ich muss jetzt los, hab einen ziemlich üblen Fall zu bearbeiten.« Charlotte verabschiedete sich von ihrem Vater, der ihr grübelnd nachblickte.

»Denk an mein Telefon!«, rief er ihr noch hinterher und hob dabei mahnend den Zeigefinger.

Auf dem Flur begegnete sie Dr. Flentek, der aus dem Nachbarzimmer trat.

»Oh, ich hatte gehofft, Sie noch zu erwischen. Heute habe ich Bereitschaft, aber morgen Abend bin ich ab neunzehn Uhr frei und könnte einen Tisch im Botticelli reservieren. Sagen Sie nicht, Sie haben dann keinen Hunger.«

Charlotte schürzte die Lippen. Das Botticelli in Bothfeld war in der Tat eine Versuchung.

Und dieser Doktor war wirklich sehr aufmerksam. Das tat einfach gut. Und essen gehen bedeutete ja nichts weiter. Sie aß eben gern. Das war dann kein Date, oder?

»Okay«, sagte sie schnell. Sie wusste, dass sie etwas vormachte, aber ihr war jetzt einfach danach. Interessierte sich schließlich nicht alle Tage so ein gut aussehender Arzt für sie. Konnte nicht schaden, mal ein bisschen mit dem Feuer zu spielen. Sie hatte das unter Kontrolle.

Dr. Flentek strahlte.

»Wunderbar, ich hole Sie am besten ab. Oder sind Sie unterwegs?« fragte er unternehmungslustig.

»Nein, wir treffen uns dort«, sagte Charlotte.

Bei dem Gedanken, dass Hohstedt oder sonst wer es mitbekam, dass ein Mann, der nicht Rüdiger war, sie vom ZK abholte, wurde ihr schwindelig.

»Auch gut«, er steckte seine Hände in die Kitteltaschen, »ich freue mich.«

Charlotte nickte. Dass sie sich auch freute, wollte ihr nicht über die Lippen. Sie hob die Hand und wollte sich schon abwenden.

»Ach ja, das Telefon am Bett meines Vaters funktioniert nicht, an wen muss ich mich da wenden?«

»Ich kümmere mich darum«, antwortete er.

Dann gingen beide ihrer Wege.

Als Charlotte ihren Golf bestieg, schlug sie sich an die Stirn und fragte sich, ob sie noch ganz bei Trost war.

Charlotte saß an ihrem Schreibtisch und telefoniere mit Günter Schramm aus dem Labor.

»Wir sind zwar noch nicht fertig«, sagte Schramm, »aber in ihrer Bettwäsche haben wir Spermaspuren gefunden, und zwar von zwei Männern. Die Wäsche war zwar nicht besonders frisch, aber besonders schmutzig war sie auch nicht. Die Spuren sind nicht älter als zwei oder drei Wochen.«

»Was ist mit dem DNA-Abgleich?«

»Ich hab sie schon durch den Computer gejagt. Nichts. Keiner von beiden ist bisher erkennungsdienstlich behandelt. Außerdem haben wir auf ihrem Nachttisch Spuren von Kokain gefunden. An ihren Klamotten gab es sonst keine Auffälligkeiten. Fingerabdrücke gibt's en masse, die meisten sind natürlich ihre. Die anderen müssen wir noch abgleichen.«

»Okay, sonst noch was?«

»Bisher nichts, aber wie gesagt, die Fingerabdrücke sind noch nicht ausgewertet. Im Computer gibt's bisher keine Übereinstimmung.«

Charlotte bedankte sich, legte auf und überlegte. Verena Becker schien ein abwechslungsreiches Sexualleben geführt zu haben. Jedenfalls würde Charlotte Sex mit zwei verschiedenen Männern innerhalb von zwei oder drei Wochen als abwechslungsreich bezeichnen. Aber vielleicht war sie wirklich hoffnungslos altmodisch und lebte völlig hinterm Mond. Vielleicht war Treue nicht mehr gefragt, zu langweilig. Sie selbst war ja auch auf dem besten Weg, ihre hohen moralischen Ansprüche über den Haufen zu werfen.

Immerhin, sie war ihren Partnern immer treu gewesen, was man von denen nicht hatte behaupten können. Und ob Rüdiger immer treu war? Soviel sie wusste, ja. Aber wie viel wusste sie schon? Rüdiger kam bei Frauen unverschämt gut an. Es gab keine Frau im ZK, die ihn nicht mochte. Allen voran die Chefin. Trotz allem war Rüdiger immer noch erstaunlich uneitel und relativ immun gegen eindeutige Angebote. Was man wiederum von ihr selbst nicht sagen konnte.

Kaum machte ihr ein gut aussehender Arzt schöne Augen, wurde sie schwach. Vielleicht sollte sie das Treffen absagen. Aber sie hatte ja noch einen ganzen Tag Zeit, darüber nachzudenken. Glücklicherweise hatten sie keine Handynummern ausgetauscht, was andererseits nicht bedeutete, dass man für die Menschheit nicht erreichbar war. Egal. Sie sollte lieber über Verena Becker nachdenken anstatt über ihre außerpartnerschaftlichen Ambitionen.

Es klopfte, und Rüdiger trat ein. Charlotte hatte das Gefühl, dass sie rot wurde. Zum Kuckuck, sie war Erste Hauptkommissarin bei der Kripo Hannover und fühlte sich ertappt. Und Rüdiger, ebenfalls Hauptkommissar, bemerkte es natürlich sofort. Zumindest bemerkte er ihre leichte Verlegenheit.

»Ist irgendwas? Geht's dir nicht gut?«

»Nein, alles in Ordnung, wieso soll es mir nicht gut gehen?«

»Na ja, ich dachte, nach deiner Panikattacke heute Nacht . . .«

Charlotte winkte ab und grinste. »Alles halb so wild. Ich . . . hab nur gerade über Verena Becker nachgedacht.«

»Aha, und bist du zu irgendwelchen Schlüssen gekommen?«

»Ja, sie hatte ein reges Liebesleben. Das Labor hat in ihrem Bett Spermaspuren von zwei verschiedenen Männern gefunden, beide nicht älter als zwei bis drei Wochen.«

»Also, das ist noch nicht gerade promiskuitiv, oder? Sex mit zwei Männern in diesem Zeitrahmen, wenn sie keine feste Beziehung hatte? Kann schon mal vorkommen, oder?«

»Ich höre immer ›keine feste Beziehung‹. Das wissen wir noch gar nicht so genau, und außerdem: Sie war vielleicht mal verheiratet!« Charlotte verschränkte ärgerlich die Arme und sah aus dem Fenster.

Bergheim musterte sie misstrauisch, beschloss dann aber wohl, das Thema Sex vorerst ruhen zu lassen. »Apropos Ehemann, ich habe um sieben Uhr einen Termin im Courtyard-Hotel mit dieser Inka Volkermann. Vielleicht ist sie ja gesprächiger, wenn ihr Bruder nicht dabei ist. Kommst du mit?«

Charlotte guckte ein bisschen verschnupft. Soso, mit Inka Volkermann im Courtyard.

»Das muss ich ja wohl, immerhin ist das nicht mehr dein Fall.«

»Seit wann spielt das für dich eine Rolle?«, fragte Bergheim. »Wenn ich deinen Blick heute Morgen richtig gedeutet habe, war es das, was du wolltest. Mit ihr getrennt über diese Ehe reden. Was ist denn eigentlich los?«

Charlotte stand auf. Sie wusste, dass sie bei Rüdiger nach Versäumnissen ihr gegenüber suchte, um ihr Treffen mit Dr. Flentek zu rechtfertigen. Erbärmlich.

»Gar nichts, komm, lass uns gehen.«

Sie gingen die Waterloostraße entlang Richtung Maschsee, an dessen Nordufer sich das Courtyard-Hotel erhob.

»Wie war übrigens das Gespräch mit Frau Küttner?«

Bergheim winkte ab. »Frag lieber nicht. Sie war mit ihrer Schwester da und total verzweifelt, aber helfen konnte sie mir nicht. Küttner hatte kaum Kontakt mit ihr.« Bergheim schoss einen Kiesel in die Gosse. »Ich verstehe nicht, was in diesen Leuten vorgeht. Wozu hat man denn Familie, wenn man sich nicht umeinander kümmert?«

Charlotte streichelte seinen Rücken. Bergheim hatte keine Eltern mehr, seine Mutter war vor Jahren an einem Herzinfarkt gestorben, und seinen Vater hatte er nicht gekannt.

Sie betraten mit nur minimaler Verspätung die Bar und blickten sich suchend um. Inka Volkermann war nicht da, also setzten sie sich an einen Tisch, bestellten jeder einen Kaffee und warteten.

Es waren kaum fünf Minuten vergangen, als ein weiblicher Gast, eine ältere, etwas korpulente Frau, aus dem Fahrstuhl trat und atemlos auf die Rezeption zulief.

»Um Himmels willen«, japste sie, »im Zimmer 312 streitet sich ein Ehepaar, ich glaube, der Mann ist fürchterlich betrunken, schreit herum und zertrümmert die Einrichtung. Ich glaube, er hat auch die Frau geschlagen. Sie weint jedenfalls! Sie müssen die Polizei rufen!«

Charlotte und Bergheim sprangen sofort auf. Noch bevor die junge Frau an der Rezeption zum Telefon greifen konnte, zückte Charlotte ihren Ausweis, während Bergheim bereits die Treppe hinaufrannte.

»Wir kümmern uns darum. Geben Sie mir einen Schlüssel für Zimmer 312«, kommandierte sie und folgte Bergheim ins Treppenhaus.

Vor dem Zimmer hatte sich bereits eine Gruppe Neugieriger versammelt. Drinnen hörte man eine Frau röcheln. Bergheim hämmerte gegen die Tür und schrie ebenfalls.

»Polizei! Öffnen Sie die Tür!«

Charlotte war zur Stelle, schloss die Tür auf und versuchte, die Schaulustigen zu verscheuchen, was die aber wenig beeindruckte. Bergheim stürmte ins Zimmer, wo Volkermann auf dem Bett rittlings über seiner Schwester kniete und sie würgte. Bergheim packte ihn und versuchte, ihn von der Frau wegzureißen. Der wandte sich dem neuen Widersacher zu und verpasste Bergheim einen Faustschlag, der ihn zurückwarf.

»Aufhören!«, schrie Charlotte, aber Bergheim war jetzt richtig in Fahrt und warf sich auf Volkermann, der nicht ganz sicher auf den Beinen stand.

Er presste ihn gegen die Wand und versetzte ihm einen Schlag in den Magen. Volkermann schnappte nach Luft, packte dann Bergheims Kopf und schlug ihn gegen die Wand, was Bergheim für einen Moment außer Gefecht setzte. Sein Gegner nutzte die Chance, legte seine riesigen Hände um Bergheims Hals und drückte zu.

Bergheim hatte keine Lust mehr, sich zu prügeln, er bekam keine Luft und hatte außerdem Kopfschmerzen. Er verkürzte die Sache, indem er seinen Kontrahenten kräftig gegen das Schienbein trat. Volkermann schrie auf, hob sein Bein und ließ von Bergheim ab. Der drehte dem Mann blitzschnell den Arm auf den Rücken und legte ihm Handschellen an.

Charlotte kümmerte sich derweil um Inka Volkermann, die ohnmächtig auf dem Bett lag, und drückte ihr ein feuchtes Tuch auf die Stirn. Ihr Gesicht sah schlimm aus. Bergheims auch. Das Publikum stand immer noch vor der Tür und glotzte. Draußen war Sirenengeheul zu hören.

Eine halbe Stunde später hatte man Inka Volkermann, die immer noch ohnmächtig war, in die MHH transportiert und Carsten

107

Volkermann in eine Ausnüchterungszelle in die Polizeidirektion an der Waterloostraße. Die Streifenwagenbesatzung hatte sichtlich Mühe gehabt, den Mann überhaupt in den Wagen zu bekommen. Er konnte sich kaum auf den Beinen halten. Bergheim drückte sich ein Kühlelement, das ihm eine aufmerksame Rezeptionistin gegeben hatte, abwechselnd auf die geschwollene Gesichtshälfte und den Hinterkopf. Charlotte hatte die Personalien der Gaffer notiert und ihnen eine Anzeige wegen Behinderung der Polizei in Aussicht gestellt, woraufhin plötzlich alle verschwunden waren.

Um halb zehn betraten Charlotte und Bergheim erschöpft ihre Wohnung in der Gretchenstraße. Bergheim trottete sofort ins Badezimmer, von wo nach wenigen Sekunden das ärgerliche Kreischen einer Katze zu hören war und diese Katze gleich darauf geflitzt kam, abwechselnd ihre Pfoten schüttelte und sich dann mit erhobenem Schweif ins Wohnzimmer begab.

Charlotte ließ sich entkräftet in den Korbstuhl neben der Garderobe fallen.

»Oh nein, die hatte ich ja ganz vergessen«, stöhnte sie.

Dann stand sie auf, um irgendetwas Essbares aus dem Kühlschrank hervorzuzaubern. Der Anblick, den die Küche bot, war nicht dazu angetan, ihre Laune zu heben. Sämtliche Blumentöpfe lagen auf dem Boden, ebenso wie alles, was vorher auf dem Tisch gestanden hatte. Die kleine Menagerie mit Salz, Pfeffer und Zucker, der Brotkorb und – besonders schlimm – das Honigglas.

»Ich bringe dieses Mistvieh um«, murmelte sie und begab sich ins Wohnzimmer, um dortige Schäden zu begutachten. Aber das Wohnzimmer war merkwürdigerweise unversehrt. Diva lag auf dem Sofa.

Charlotte machte sich daran, die Küche aufzuräumen, wobei die blöde Katze ihr Gesellschaft leistete und ihr schnurrend um die Beine strich. Nach einer halben Stunde hatte sie mit Hilfe eines Glases Merlot die Ordnung halbwegs wiederhergestellt und eine Pizza bestellt. Nach einem weiteren Glas Wein war sie auch in der Lage gewesen, das Untier zu füttern.

Als alles erledigt war, stand Bergheim, frisch gewaschen und gebügelt, mit einem Veilchen und dicker Lippe in der Tür.

»Im Badezimmer stinkt's.«

Charlotte stellte abrupt ihr Weinglas auf den Tisch.

»Klar«, schimpfte sie, »da steht das Katzenklo, und das müsste mal jemand säubern. Wie wär's mit dir?«

Bergheim zog den Kopf ein. »Äh, okay, wie geht das?«

Charlotte stöhnte.

»Hallo? Schaufel, Kacke in die Mülltüte, Katzenstreu nachfüllen und«, sie hob drohend den Zeigefinger, »Mülltüte auf dem Balkon deponieren.«

»Okay.«

Bergheim verschwand Richtung Bad. Es klingelte.

»Gott sei Dank«, seufzte Charlotte, endlich was zu essen. Aber morgen würde es keine Pizza geben, das stand mal fest.

Sie setzten sich schweigend vor den Fernseher, aßen ihre Pizza mit Sardellen, Oliven und Kapern und tranken den Merlot. Danach machten sie es sich auf dem Sofa gemütlich. Nach einer Weile sprang Diva auf Bergheims Schoß, ließ sich dort nieder und schnurrte.

FÜNF

Katja Schauer war noch nicht wieder aufgetaucht, was die Beamten der KFI 1, der Abteilung für Tötungsdelikte und vermisste Personen im Zentralen Kriminaldienst, Schlimmes befürchten ließ. Sie hatten einen Mord, einen ungeklärten Todesfall und einen Vermisstenfall zu bearbeiten, und alle waren davon überzeugt, dass Katja Schauer nicht freiwillig verschwunden war. Dennoch hofften sie, dass sie noch lebte. Keiner wollte sich einen weiteren Todesfall ähnlich dem von Verena Becker vorstellen.

Norbert Kruse und Stefan Schliemann waren emsig dabei, weitere Zeugen im Bekanntenkreis und vor allem die Mitglieder im »fit & power« zu befragen. Katjas Kollegen Tofall, Klintt und Blischke, der Chef, gaben sich bestürzt, aber auch unwissend und hatten alle ein Alibi. Auf die Suchmeldung in der Presse hatten sich mehrere Personen gemeldet, die behaupteten, Katja Schauer am Mittwochnachmittag nach vierzehn Uhr noch gesehen zu haben. All diesen Hinweisen musste nachgegangen werden.

Gegen neun Uhr saßen Charlotte und Bremer in einem der Befragungsräume und warteten auf Carsten Volkermann. Charlottes Nacht war nicht besonders erholsam gewesen, denn Bergheim hatte sich kategorisch geweigert, Diva im Bett schlafen zu lassen, und sie – immerhin mit einem alten Pullover zum Kuscheln – im Bad eingesperrt. Das war keine gute Idee gewesen, denn die Katze wollte unbedingt wieder raus. Als sie bemerkte, dass der Trick mit der Türlinke nicht funktionierte, denn Bergheim war so clever gewesen, abzuschließen, war sie aufs Schimpfen umgeschwenkt. Und zur Bekräftigung auch aufs Kratzen an der Tür. Das wiederum konnte Bergheim noch weniger ertragen als den Fellklops im Bett, also gaben beide klein bei und gewährten dem Untier einen Platz auf der Besucherritze. Da war es schon zwei Uhr gewesen.

Als Volkermann in den Raum geführt wurde, hatte sie einen

Moment das Gefühl, dass sein Zustand und der ihre sich nicht weitgehend voneinander unterschieden. Zumindest, was die Müdigkeit anbelangte. Wenigstens hatte sie keinen Kater, und das verschaffte ihr einen Vorteil gegenüber Volkermann, denn der sah aus, als hätte er die Nacht im Affengehege im Zoo Hannover verbracht. Unter seinen roten geschwollenen Augen lagen wulstige Tränensäcke. Sein spärliches, kurz geschnittenes Haar strebte in alle Richtungen vom Kopf weg. Als er in ihr Büro geführt wurde, macht er den Eindruck eines reuigen Sünders. Doch der Schein trog. Kaum saß der Mann auf seinem Stuhl, sah er Charlotte direkt in die Augen und … lächelte.

Der Beamte, der Volkermann hereingeführt hatte, blieb breitbeinig vor der Tür stehen.

Charlotte lehnte sich in ihrem Stuhl zurück und betrachtete Volkermann eine Weile schweigend.

»Warum haben Sie Ihre Schwester geschlagen, Herr Volkermann?«, fragte sie dann ruhig. »Sie hätten sie beinahe umgebracht.«

Volkermann sah Charlotte offen an. Von schlechtem Gewissen keine Spur.

»Ich war betrunken.«

»Sie haben außerdem einen Polizisten angegriffen. Sie wissen, dass Sie mit einer Anzeige rechnen müssen.«

Volkermann grinste. »Tatsächlich? Das weiß ich gar nicht mehr.«

Charlotte tauschte einen Blick mit Bremer und schwieg einen Moment.

»Warum haben Sie Ihre Schwester geschlagen?«, wiederholte sie ihre Frage.

»Das weiß ich auch nicht mehr.«

Der Mann grinste wieder. Charlotte musste sich beherrschen, hätte ihm am liebsten eine Ohrfeige versetzt, wenn sie sich an die gestrige Szene im Courtyard-Hotel erinnerte.

»Sie schlagen also Frauen und können sich dann nicht mehr daran erinnern. War das bei Ihrer Frau genauso?«

Das saß. Volkermann sprang auf.

»Ich hab meine Frau nicht umgebracht!«, schrie er, und der

Polizist kam, legte ihm seine Hand auf die Schulter und drückte ihn wieder auf den Stuhl.

»Sie haben sie geschlagen«, sagte Charlotte.

Volkermann schwieg, was Charlotte als Zustimmung wertete.

»Ihre Frau hat Sie verlassen, weil Sie sie verprügelt haben, stimmt das?«

Schweigen.

Charlotte legte Volkermann ein Bild der ohnmächtigen Inka Volkermann im Krankenhaus vor die Nase. Sie sah ziemlich übel aus.

»Ihre Schwester ist aufgewacht und auf dem Weg der Besserung«, sagte Charlotte.

Volkermann warf nur einen schnellen Blick auf das Foto und guckte dann weg.

»Was ist zwischen Ihnen und Ihrer Schwester vorgefallen?«

Volkermann rührte sich nicht.

»Sie haben Ihre Schwester fast umgebracht. Sie verlieren schnell die Nerven, richtig? War das bei Ihrer Frau genauso?«

Die Erwähnung seiner Frau hatte bei Volkermann stets eine aufputschende Wirkung. Er sprang wieder auf.

»Nein! Ich habe meine Frau nicht umgebracht!«, schrie er. Dann sank er zurück auf seinen Stuhl, stierte Charlotte an. »Ich habe meine Frau nicht umgebracht«, wiederholte er flüsternd.

Charlotte fragte sich, was in dem Mann vorging. Es kam ihr so vor, als würde er diesen Satz wie ein Mantra deklamieren, damit er selbst daran glauben konnte. Oder er verlor einfach langsam den Verstand.

»Warum haben Sie Ihre Schwester angegriffen?«, versuchte sie es erneut, erhielt wieder keine Antwort.

Volkermann blickte an ihr vorbei in eine imaginäre Ferne, ein beseeltes Grinsen auf den Lippen.

»Nein, ich habe meine Frau nicht umgebracht.«

Sein Kichern steigerte sich zu einem hysterischen Lachen. Charlotte beendete die Befragung. Der Mann brauchte einen Psychiater.

»Mann, du siehst echt scheiße aus«, lästerte Hohstedt über Bergheims geschwollenes Gesicht, als beide Teams am frühen Nachmittag zusammen im Besprechungsraum saßen. Kramer war mit der Auswertung der Spuren aus Beckers und Küttners Wohnungen beschäftigt, und Schliemann und Kruse waren unterwegs, um Zeugen zu befragen. Leider gab es immer noch keine Spur von Katja Schauer.

»Danke«, antwortete Bergheim unwillig auf Hohstedts zweifelhaftes Kompliment, »vielleicht sollten wir uns mal auf unsere Arbeit konzentrieren.«

»Das würde ich auch vorschlagen«, stimmte Charlotte zu und warf Hohstedt einen warnenden Blick zu. Die anderen, Bremer, Petersen und Wulf, hielten sich mit Kommentaren zurück.

»Thorsten, fang an. Wieso sitzen wir hier alle?«

Bremer reckte das Kinn und räusperte sich. Offensichtlich hatte er etwas Wichtiges herausgefunden, dachte Charlotte. Wenn er so dick auftrug, dann war er auf etwas gestoßen.

»Also, ihr werdet nicht glauben, was ich herausgefunden habe.«

»Doch, wir glauben dir alles«, murmelte Bergheim, der, den Kopf auf die Faust gestützt, seinen Kollegen erwartungsvoll mit einem Auge ansah. Das andere war zugeschwollen.

»Wisst ihr, wen ich auf der Mitgliederliste von unserem Fitness-Studio am Lister Kirchweg gefunden habe?« Er warf einen triumphierenden Blick in die Runde.

»Alexander Küttner«, riet Charlotte, und Bremers Mundwinkel sackten nach unten.

»Woher weißt du das?«

Einen Moment herrschte Schweigen.

»Stimmt das etwa?«, fragte Charlotte dann verblüfft.

»Allerdings«, antwortete Bremer ein bisschen enttäuscht. »Er ist seit drei Monaten Mitglied. Und nicht nur er, ein gewisser Marcel Grauhöfer auch. Es war doch seine Schwester, die den Küttner als vermisst gemeldet hat.«

»Das ist 'n Ding«, sagte Bergheim, der jetzt wach geworden war.

»Dann können wir ja wohl davon ausgehen, dass die beiden

Todesfälle und das Verschwinden von Katja Schauer zusammenhängen«, sagte Charlotte und nahm einen großen Schluck von ihrem Kaffee.

»Das ist sehr wahrscheinlich«, überlegte Bergheim. »Weiß Meyer-Bast Bescheid?«

»Ja, die Chefin hat gesagt, ich soll alle zusammentrommeln. Sie hat einen Termin beim Polizeipräsidenten und kann nicht kommen, aber ihr wüsstet dann schon, was zu tun ist, hat sie gesagt.«

Bremer blickte von Charlotte zu Bergheim.

Die beiden nickten in stummem Einvernehmen. Charlotte wunderte sich aufs Neue, wie unkompliziert die Kriminalrätin ihre Aufgabe erfüllte. Sie hatte Vertrauen zu ihren Leuten und zeigte ihnen das auch. Ein solches Vorgehen wäre bei Ostermann, dem Ex-Chef, vollkommen ausgeschlossen gewesen. Er hatte die Meinung vertreten, dass ohne ihn nichts funktionierte. Dabei war genau das Gegenteil der Fall gewesen. Charlotte fragte sich, wie er wohl mit dem Ruhestand zurechtkam.

»Das ist aber noch nicht alles«, sagte Bremer. »Dieser Boris Tofall ist vorbestraft. Hat zwei Jahre in Hamburg gesessen, wegen schwerer Körperverletzung. Zuletzt hat er auf der Hochzeitsfeier seines Freundes einem Kumpel das Nasenbein gebrochen und ist ihm dann an die Gurgel gegangen. Der hatte sich wohl zu sehr für Tofalls damalige Freundin interessiert. Die hat ihm danach den Laufpass gegeben. Seit etwas mehr als zwei Jahren ist er wieder draußen.«

»Das wird ja immer aufschlussreicher«, meinte Bergheim. »Hast du noch was über ihn?«

»Nein, seitdem ist er sauber, hat Hamburg verlassen, als er bei Blischke angefangen hat.«

»Aha«, Bergheim überlegte, »da fragt man sich doch, wie er an die Stelle gekommen ist. Gibt's über Blischke oder Klimt was Interessantes?«

Bremer schüttelte den Kopf. »Nein, Blischke ist in Hamburg geboren, mit fünfundzwanzig nach Hannover gekommen. Jedenfalls ist er seitdem hier gemeldet. Hatte vor dem Studio eine Kneipe in Linden, ist aber pleitegegangen. Klimt ist Hannove-

114

raner, hat in Laatzen eine Ausbildung zum Physiotherapeuten gemacht, hat nichts Auffälliges.«

»Und Katja?«, fragte Charlotte.

»Dito, gelernte Physiotherapeutin, will irgendwann eine eigene Praxis aufmachen. Das hat jedenfalls ihre Mutter gesagt.«

Alle schwiegen betroffen. Sie hoffen, dass sich Katja diesen Traum noch würde erfüllen können, auch wenn die Chancen nicht besonders gut standen.

»Na ja«, Bremer räusperte sich, »sie hat eine Wohnung in Limmer, Norbert hat sie schon unter die Lupe genommen, aber nichts entdeckt, was uns weiterhelfen könnte. In Hannover hat sie keine Familie, nur ihre Mutter, die ist geschieden. Der Vater hat wieder geheiratet, lebt jetzt in Osnabrück. Was ihren Bekannten- und Freundeskreis angeht, können uns Norbert und Stefan bestimmt bald mehr erzählen.«

»Wollen wir hoffen, dass das nicht nötig sein wird«, raunte Bergheim und bedankte sich dann bei Bremer, der sich im Bewusstsein, gute Arbeit geleistet zu haben, zufrieden einen Keks gönnte.

»Okay«, sagte Wulf, »wie gehen wir am besten vor?«

»Wie wär's mit einem Durchsuchungsbeschluss für den Club?«, schlug Hohstedt vor. »Ich meine, da ist doch was im Busche bei denen, wenn eine Angestellte ermordet wird, ein Mitglied unter mysteriösen Umständen stirbt und eine weitere Angestellte verschwindet, und das alles innerhalb von einer Woche ...«

»Davon können wir ausgehen, dass dort was im Busche ist. Aber wer sagt, dass der Inhaber oder die Angestellten was damit zu tun haben? Wir haben keinerlei konkrete Verdachtsmomente. Vielleicht ist ja auch eines der Mitglieder dabei, die Belegschaft zu dezimieren. Oder dieser Volkermann hängt irgendwie mit drin. Wir werden diesen Club noch genauer unter die Lupe nehmen.« Bergheim war aufgestanden und wanderte vor der Schautafel auf und ab. »Ich hab da auch schon eine Idee. Und jemand muss mit diesem Grauhöfer reden. Der hat zwar gesagt, er kennt Küttner nur flüchtig, aber das soll er uns doch mal näher erläutern. Und Thorsten, tut mir leid, aber du musst alle Mitglieder überprüfen. Wer weiß, wen wir da noch alles finden. Ich weiß, das sind fast tausend, aber wenn wir unter denen ein Mörder ist, können wir kein Risiko eingehen.«

»Geht klar, hab schon damit angefangen«, sagte Bremer und wollte aufstehen und sich sofort an die Arbeit machen.

»Vielleicht sollen wir uns noch anhören, was Björn gestern in Ellerbek herausgefunden hat«, gab Charlotte zu bedenken. »Gut möglich, dass wir den Mörder in dem Fitness-Studio finden, deswegen dürfen wir aber nicht alle anderen Möglichkeiten außer Acht lassen.«

»Klar.« Bergheim setzte sich wieder hin. »Björn, erzähl.«

»Also.« Petersen kramte sein kleines Notizbuch hervor. »Die Firma Volkermann-Bau ist nicht besonders groß. Sie haben nur vier Mitarbeiter, vergeben die meisten Arbeiten an Subunternehmer. Ich hab zuerst mit der Assistentin gesprochen, Sekretärin wollte sie nicht genannt werden«, Petersen zuckte mit der Schulter und fuhr fort, »die ist aber erst seit knapp zwei Jahren dort, hat also unser Opfer gar nicht gekannt. Und vorher hatten sie keine Assistentin oder wie man das nennt. Da fehlte es wohl am Geld. Dann gibt's noch eine Art Maurerkolonne, ganze drei Leute. Einer davon, der Polier, hat Verena Becker gekannt, allerdings nur vom Sehen, sagt er. Wäre ein scharfer Feger gewesen, und er fand es … ich zitiere wörtlich … eine ›Riesensauerei, dass jemand die umgebracht hat. Für den Chef ist das richtig scheiße‹. Die beiden anderen sind auch noch nicht lange bei der Firma, der eine ist Auszubildender aus Rumänien, spricht kaum Deutsch. Der andere kommt aus dem Ort, ist so eine Art Hilfsarbeiter, bisschen schwach im Kopf. Also bei denen war nicht viel zu holen. Ich hab mich aber dann mal in der Dorfkneipe umgehört. Der Wirt war zwar nicht besonders gesprächig, aber es gibt da einen Stammgast, einen Wolfgang Krahl. Der ist nicht gut auf den Volkermann zu sprechen.«

Petersen hüstelte, griff nach seiner Kaffeetasse und stellte sie gleich wieder weg, weil sie leer war. Charlotte nahm die Kanne und schenkte ein. Petersen lächelte erfreut, redete aber, ohne zu trinken, weiter.

»Also, dieser Wolfgang Krahl war früher mit Volkermann befreundet. Sie kannten sich schon seit der Schule, hat er gesagt, und Krahl hat bei Volkermann als Maurermeister gearbeitet, bis der ihn entlassen hat. Und jetzt kommt das wirklich Interessante. Der Volkermann hatte ihm unterstellt, was mit seiner Frau gehabt zu haben.«

Das schien Petersen wohl ein guter Moment für eine Pause, er nahm einen Schluck Kaffee.

»Ach«, sagte Charlotte, »und, stimmte es?«

»Tja«, Petersen wischte sich über die Lippen, »Krahl sagte Nein, aber ich habe ihm das nicht abgenommen. Ich habe ihn dann gefragt, wie Volkermann auf diesen Verdacht gekommen war, und dann hat er ein bisschen geplaudert. Volkermann hat die beiden wohl beim Schäkern in der Firmenküche überrascht. Nur beim Schäkern, hat Krahl versichert, schließlich sei er verheiratet, habe zwei Kinder. Seine Frau würde ihm den Schädel einschlagen und sich dann scheiden lassen. Und eine Scheidung könnte er sich ja überhaupt nicht leisten – finanziell.« Petersen grinste. »Das waren exakt seine Worte. Na, und dann hätte es eben gekracht. Volkermann hätte ihn angegriffen, und sie hätten sich ordentlich geprügelt. Danach war's Essig mit der Freundschaft und mit dem Job. Krahl war fast ein Jahr lang arbeitslos, jetzt arbeitet er in einem Baumarkt im Nachbarort.«

»Hat er ein Alibi?«, wollte Bergheim wissen.

»Ja, er sagt, er war am Freitagabend zu Hause bei seiner Frau, das muss ich aber noch überprüfen. Hat mich ziemlich dumm angemacht, als ich ihn danach gefragt hab.« Petersen guckte säuerlich. »Auf jeden Fall hat er kein gutes Haar an Volkermann gelassen. Der hätte seine Frau geschlagen, wäre krankhaft eifersüchtig gewesen. Deshalb wäre sie auch abgehauen. Das hätte keinen im Ort gewundert.«

Bremer griff nach der Kaffeekanne und seufzte.

»Wer trinkt hier eigentlich immer so viel?« Er stand auf »Ich hol mal Nachschub.«

Petersen schaute ihm schuldbewusst hinterher.

»Wenn wir mal davon ausgehen, dass da wirklich was gelaufen

ist zwischen Krahl und Verena. Glaubst du, dass Krahl sich an Verena vergriffen hat, oder war das einvernehmlich?«, fragte Charlotte.

»Krahl ist durchaus ein Typ, der auf Frauen wirkt«, sagte Petersen. »Nicht übermäßig gebildet, aber gut aussehend. Groß, ziemlich muskulös, volles mittelblondes Haar.« Er warf Charlotte einen Blick zu. »Auf so was stehen Frauen doch, oder?«

»Manche schon«, gab Charlotte zurück, »nicht alle. Aber unser Opfer scheint ja nicht besonders wählerisch gewesen zu sein.«

»Typisch Nymphomanin.« Hohstedt hatte mal wieder einen seiner Geistesblitze.

Keiner reagierte.

»Wusste er sonst noch was?«, fragte Bergheim. »Gab es vielleicht noch weitere Liebhaber, mit denen sich Volkermann angelegt hatte?«

»Nein, sonst konnte er mir nichts Nützliches erzählen.«

»Hat er auch was zu Inka Volkermann gesagt?«, fragte Wulf.

»Nee, die ist wohl ein ziemliches Arbeitstier, hat den ganzen Bürokram erledigt, und jetzt laufen die Geschäfte wohl so gut, dass sie sich eine Assistentin leisten können.« Petersen kicherte.

»Das scheint dem Krahl nicht besonders gut zu gefallen.«

Bremer kam mit einer Kanne Kaffee herein.

»Na, das ging ja schnell«, staunte Hohstedt.

»Hab ich von der Chefin geklaut«, erklärte Bremer, stellte die Kanne auf den Tisch und setzte sich wieder.

»Wie war das Verhältnis von Bruder und Schwester?« Charlotte stellte ihren linken Fuß auf die Stuhlkante und umklammerte ihr Fußgelenk.

»Die beiden haben sich immer gut verstanden«, sagte Krahl.

»Und«, Petersen blätterte in seinem Notizbuch herum, »ganz offensichtlich hatte Krahl auch bei Inka Volkermann sein Glück versucht, ist aber wohl abgeblitzt. Er hat das allerdings genau andersherum erzählt.«

»Und die beiden Frauen, was war mit denen?«, fragte Charlotte.

»Die waren sich wohl nicht besonders grün. Inka hätte Verena

118

Faulheit vorgeworfen. Sie würde zwar Geld ausgeben, aber keinen Finger rühren. Das hätte er Inka mal sagen hören.«

Die fünf Ermittler ließen das Gehörte eine Weile wirken.

Dann sprach Petersen weiter.

»Tja, das ist alles, was ich gestern erfahren konnte. Ich hab noch versucht, eine Freundin oder sonstige Bekannte von ihr ausfindig zu machen, aber da war wohl nichts. Ich hab im Edeka-Laden, in der Drogerie, beim Arzt und beim Zahnarzt nachgefragt. Der Arzt hat sie einmal wegen eines grippalen Infektes behandelt. Er fand sie untergewichtig. Mehr konnte oder wollte er mir nicht sagen. Beim Zahnarzt war sie nie, und alle anderen haben nur mit den Schultern gezuckt, als ich nach ihr gefragt hab. Ich bin aber gespannt, was Frau Krahl zu Verena Becker zu sagen hat, wenn ich sie nach dem Alibi ihres Mannes fragen werde.«

Charlotte betrachtete versonnen Petersens abenteuerlich gemustertes Oberhemd, die Kornblumen auf weißem Grund passten irgendwie nicht so recht in den ZK. Und erst recht nicht zu einer Mordermittlung. Vielleicht war das Petersens Mittel, die nötige Distanz herzustellen zu den alltäglichen Schrecklichkeiten, die sein Beruf so mit sich brachte. Sie riss sich von den Kornblumen los und konzentrierte sich wieder auf ihren Fall.

»Dieses Mädchen hat zweieinhalb Jahre in dem Dorf gewohnt, und keiner, außer diesem Krahl, weiß etwas über sie. Das scheint ein durchgängiges Muster ihres Lebens zu sein: dass niemand irgendetwas über sie weiß. Was hat sie denn dort bloß den ganzen Tag gemacht?«

»Wenn man Drogen konsumiert, vergeht die Zeit schnell«, sagte Bergheim. »Und dann musste sie die ja auch beschaffen. Sie muss also öfter nach Hamburg gefahren sein, um sich Nachschub zu holen. Kokain verschickt man schließlich nicht mit der Post.« Er betastete vorsichtig seine geschwollene Lippe. »Allerdings, nach dem gestrigen Vorfall, gehört Volkermann zu den Hauptverdächtigen«, fuhr er fort. »Er hat definitiv versucht, seine Schwester umzubringen. Wenn er so auch mit seiner Frau umgesprungen ist, ist es kein Wunder, dass sie abgehauen ist.«

»Aber er wird nach ihr gesucht haben«, sagte Bremer.

119

»Genau«, stimmte Hohstedt zu, »und als er sie gefunden hatte, hat er sie beobachtet und ihr auf dem Maschseefest aufgelauert. Und dann nahm das Schicksal seinen Lauf.«

Charlotte sah Hohstedt verblüfft an. Erstens, weil sein Kommentar halbwegs logisch war, was man von seinen Kommentaren sonst nicht immer behaupten konnte. Und zweitens, weil ihr neu war, dass er sich auch bildhaft ausdrücken konnte. Dem allgemeinen Schweigen war zu entnehmen, dass die anderen ähnlich erstaunt waren.

»Da könntest du recht haben.« Bergheim fasste sich als Erster. »Volkermann steht auf unserer Verdächtigenliste ganz oben.«

»Die Frage ist aber auch«, Charlotte wirkte entrückt, »warum wollte er seine Schwester umbringen? Ich meine … das Motiv bei Verena Becker ist Eifersucht, obwohl ich eher den Eindruck habe, dass Volkermann so ein Typ ist, der seine Frau unter allen Umständen für sich behalten will. Wenn er sie umbringt, hat er ja nichts mehr von ihr.«

»Also, es gibt haufenweise Fälle, wo Männer ihre Frauen umbringen, wenn sie sie verlassen. Einfach, weil sie sie auch keinem anderen gönnen, wenn sie selbst sie nicht haben können.«

Hohstedt wuchs heute aber wirklich über sich hinaus, stellte Charlotte mit leisem Ärger fest.

»Ja, aber so ein Typ ist er nicht«, antwortete sie. »Der gehört eher zu der Sorte, die die Frauen einsperrt, um sie zu behalten.« Charlotte tippte zur Bekräftigung mit ihrem Zeigefinger auf den Tisch. »Und das beantwortet uns nicht die Frage, warum er seine Schwester umbringen wollte.«

»Na ja, er war völlig betrunken«, sagte Bergheim, »und wenn wir nicht gerade noch rechtzeitig gekommen wären, dann glaube ich nicht, dass Inka Volkermann noch leben würde.«

»Ich auch nicht«, stimmte Charlotte zu.

»Betrunkene brauchen kein echtes Motiv, die flippen wegen Nichtigkeiten aus. Vielleicht hat sie ihm einfach nur Vorwürfe gemacht«, sagte Bremer. »Der Typ ist halt ein Choleriker, die schlagen zuerst zu und denken dann nach.«

»Ist eigentlich bei dem Zeugenaufruf was rausgekommen?«, wollte Charlotte jetzt wissen.

»Wie man's nimmt.« Petersen zog ein Tempotaschentuch aus seiner Hosentasche und schnäuzte sich dezent. »Es gab mehrere Anrufer, die Verena Becker auf dem Maschseefest gesehen haben wollen. Ist ja auch klar, eine Frau mit so einem Gesicht fällt eben auf.« Petersen knüllte sein Taschentuch zusammen und steckte es wieder in die Tasche. »Aber die meisten können sich nicht mal an die Uhrzeit erinnern. Und an der Löwenbastion in der Nähe der Toiletten haben auch ganz viele Leute ganz viele andere Leute gesehen, was auch kein Wunder ist an einem Freitagabend auf dem Maschseefest. Aber was Nützliches hatte bisher niemand zu berichten. Wir haben aber noch nicht alle Zeugen befragt. Vielleicht kommt ja noch was.«

»Ja, am besten jemand, der die Becker mit ihrem Mörder hinter die Sichtschutzwände zu den Containern hat verschwinden sehen«, seufzte Charlotte.

»Wie auch immer«, sagte Bergheim, »das Fitness-Studio ist unsere heiße Spur, und darauf sollten wir uns konzentrieren. Er lächelte und blickte Charlotte an. »Es gäbe da eine Möglichkeit . . .«

»Was meinst du?« Charlotte war aufgestanden und hob die Brauen.

»Hattest du nicht gesagt, du wolltest mehr Sport treiben?«

»Wie jetzt?«

»Undercover.«

Charlotte riss die Augen auf. Dann verstand sie und schüttelte vehement den Kopf.

»Vergiss es, ich und Fitness-Studio. Das hat noch nie gepasst und wird auch nie passen. Ich denke ja nicht dran.« Sie sah sich nach Hohstedt um, der dämlich grinste. »Wie wär's mit dir, Martin? Du magst doch diese Muckibuden.«

Hohstedt krümmte sich. »Tut mir leid, aber ich hab's im Rücken.«

»Ich glaub dir kein Wort.«

»Charlotte«, mischte Bergheim sich ein, während die anderen das Gespräch neugierig verfolgten, »du bist eine Frau. Falls sich jemand an Verena herangemacht hat, dann macht es ja wohl wenig Sinn, wenn ein Mann dort ermittelt.«

Alle sahen Charlotte an.

»Da hat er recht, vielleicht macht er sich dann auch an dich ran«, wagte Bremer sich zu äußern und fing sich prompt einen wütenden Blick von Charlotte ein.

»Ich überleg's mir«, sagte sie schließlich und hob den Zeigefinger. »Nervt mich bloß nicht.«

Alle gingen ihrer Wege. Bergheim und Hohstedt würden zum Fitness-Studio fahren, Bremer machte es sich hinter seinem Computer gemütlich, Petersen würde mit Almuth Krahl telefonieren, und Charlotte wollte Inka Volkermann besuchen. Sie war zwar bei Bewusstsein, stand aber immer noch unter Schock. Charlotte hatte sich gerade an ihrem Schreibtisch niedergelassen, um ihre E-Mails abzurufen, als es klopfte, sich gleich darauf die Tür öffnete und Leo Kramer mit leuchtenden Augen eintrat.

»Du, ich glaube, ich hab was.« Dabei legte er einen DIN-A4-Bogen auf den Tisch und tippte zur Bekräftigung mit dem Finger auf das Blatt.

»Was ist das?« Charlotte betrachtete stirnrunzelnd das Blatt Papier, auf dem ein undeutliches Foto abgedruckt war. Das Bild war ein aus unzähligen Fetzen Papier zusammengesetztes Puzzle.

»Das haben wir in der Wohnung von Verena Becker im Mülleimer in der Küche sichergestellt.« Kramer verzog den Mund. »War kein Spaß, die Fetzen da rauszufischen und zusammenzusetzen. Aber ich hab's geschafft. Guck.«

»Super«, sagte Charlotte hauptsächlich deswegen, weil Kramer offensichtlich ein Lob erwartete. Sie starrte etwas hilflos auf das Bild, konnte aber nicht viel erkennen.

Kramer sah sie ungläubig an. »Erkennst du sie nicht?«

»Wen?« Charlotte schaute vom Bild zu Kramer und wieder zurück.

»Na, siehst du nicht? Das ist doch die Verena. Okay, ist nicht besonders gut zu erkennen, aber ich bin mir ziemlich sicher.«

Charlotte nahm das Blatt in die Hand, streckte den Arm aus und betrachtete es aus der Ferne. Ja, man konnte einen liegenden Frauenkopf erkennen, von dunklem Haar umrahmt, und daneben einen weiteren Kopf, der mit ein bisschen Phantasie als Männerkopf durchging.

»Da, siehst du? Die beiden liegen irgendwo nebeneinander und lachen in die Kamera. Und sie sind nackt, zumindest die Oberkörper. Für mich sieht das nach 'nem Ausdruck von einem Selfie aus, und zwar von einem Pärchen, das gerade Sex hatte. Zumindest ist das sehr wahrscheinlich, denn dass sie obenherum nackt sind, kann man erkennen.«

Kramer fuhr mit dem Finger einige Linien entlang und sah Charlotte erwartungsvoll an.

»Du hast recht«, sagte Charlotte. »Können wir das noch deutlicher hinkriegen?«

»Wird schwierig, das Papier war teilweise nass und verdreckt, aber ich hab schon jemanden von der Technik drauf angesetzt.«

»Wunderbar.« Charlotte tätschelte Kramers Arm. »Wenn wir rauskriegen, wer der Mann auf dem Bild ist, sind wir vielleicht schon einen Schritt weiter. Wenn das Bild optimiert ist, schick es an alle. Dann werden wir mal eine kleine Umfrage starten.«

»Geht klar«, sagte Kramer und quetsche sich an Björn Petersen, der gerade mit hochrotem Kopf hereinkam, vorbei auf den Flur.

»Was ist los?«, fragte Charlotte beunruhigt. »Ist was passiert?«

»Wie man's nimmt«, meinte Petersen und steckte umständlich seine Hände in die Hosentaschen. »Ich habe gerade mit Frau Krahl geskypt, das ist vielleicht ein Besen! Zuerst hat sie mich einen arroganten Bullen genannt und dann die gesamte niedersächsische Polizei ...«, Petersen hob den rechten Zeigefinger, »... und die hannoversche im Besonderen, einen Haufen tyrannischer Steuerschmarotzer genannt.«

»Ach«, Charlotte hob die Augenbrauen, »hat sie das Alibi ihres Mannes bestätigt?«

»Oh ja, aber wenn du mich fragst, die hat was gegen Bullen und würde ihren Mann bestimmt nicht verpetzen, egal was er gemacht hat. Er ist nämlich ›Familienvater und wird noch gebraucht‹, Zitat Ende.« Petersen malte Gänsefüßchen in die Luft. »Aber ich möchte nicht in Krahls Haut stecken, wenn sie rausbekommen würde, dass er was mit anderen Frauen hat. Da würde sie bestimmt zur Selbstjustiz greifen, und ich weiß nicht, was sie mit dem Kerl anstellen würde.« Petersen kreuzte schützend die Beine.

»Gibt es einen besonderen Grund, warum sie was gegen die Polizei hat?«

»Ja, sie ist erkennungsdienstlich behandelt worden, als sie mit einer Axt das Auto von Volkermann zertrümmert hat.«

»Ach«, wiederholte Charlotte. »Hat sie auch was zu unserem Mordopfer zu sagen gehabt?«

Petersen räusperte sich. »Sie hat sie als durchtriebene kleine Hure bezeichnet.«

»Hm«, Charlotte schürzte die Lippen, »hat nicht viel übrig für weibliche Solidarität, die Dame. Meinst du, wir sollten sie genauer unter die Lupe nehmen?«

Petersen zog die Schultern hoch. »Wäre vielleicht kein Fehler. Obwohl sie sagt, dass sie von Verena seit Jahren nichts gehört hat. Und dass es kein Wunder war, dass sie diesen Proll Volkermann verlassen hat. Das passiert halt Leuten, die ihre Frauen verdre–schen.« Petersen guckte entschuldigend. »Das sind nicht meine Worte, ich zitiere hier nur.«

»Ist schon klar.« Charlotte überlegte und kam nach ein paar Sekunden zu dem Schluss, dass man das Ehepaar Krahl bei den Ermittlungen nicht außer Acht lassen sollte. »Hm, wenn er tatsächlich was mit Verena Becker gehabt hatte und sie das seiner Frau stecken wollte, hätte er ein Motiv. Und sie auch: Eifersucht.«

»Könnte sein«, erwiderte Petersen, »kräftemäßig wäre das für beide kein Problem. Frau Krahl wirkte jedenfalls weder schwach noch dünnhäutig. Und wenn die wütend genug ist, würd ich ihr schon einen Totschlag zutrauen. Bei einem Mord mit einem Allergen als Mordwaffe bin ich aber nicht so sicher.«

Charlotte spielte mit einer kleinen Nana-Skulptur, die auf ihrem Schreibtisch stand. Schön bunt, genau wie die Statuen am Leineufer, von denen eine Charlotte hieß, benannt nach Charlotte Buff.

»Vielleicht war es ja auch gar kein Mord, vielleicht wollte der Täter ihr nur eine Lektion erteilen, warum auch immer, und hat die Wirkung des Allergens einfach völlig unterschätzt. Wäre doch möglich.«

Petersen nickte langsam. »Könnte sein.«

»Egal«, Charlotte stand auf, »ob Mord oder Totschlag. Das Mädchen lebt nicht mehr, und wir müssen herausfinden, durch wen sie gestorben ist. Und jetzt werde ich mal in der MHH bei Frau Volkermann vorbeischauen.«

***

Das Fitness-Studio war heute gut besucht. Mehrere junge Männer waren emsig dabei, Hanteln zu schwingen, auf den Crosstrainern schwitzten drei Frauen mit Stöpseln in den Ohren, und eine Gruppe älterer Herren unterhielt sich angeregt, zwei von ihnen hatten es sich zum Plaudern auf ihren Geräten gemütlich gemacht.

Bergheim und Hohstedt gingen zur Rezeption, wo Boris Tofall stand und ihnen misstrauisch entgegenblickte. Andreas Klimt war dabei, eine junge Frau an den Geräten einzuweisen.

»Gibt es Neuigkeiten?« Tofall stemmte seine Arme auf den Tresen.

Statt einer Antwort knallte Bergheim ein Foto von Küttner auf die Theke.

»Kennen Sie diesen Mann?«

Tofall sah zuerst Bergheim, dann Hohstedt scharf an, nahm das Bild in die Hand und betrachtete es genau.

»Ja, kommt mir bekannt vor. Was ist mit ihm?« Er legte das Bild wieder weg.

»Er ist tot, heißt Alexander Küttner« antwortete Bergheim, »und er war Mitglied in Ihrem Club. Können Sie uns sagen, wann er zuletzt hier war?«

Tofall zog die Stirn kraus. »Also, glauben Sie wirklich, ich weiß, wann wer von unseren Mitgliedern hier ist? Wieso stellen Sie solche Fragen?«

»Weil wir es seltsam finden, dass innerhalb weniger Tage zwei junge Menschen sterben und einer verschwindet und alle drei eine Beziehung zu Ihrem Club hatten. Finden Sie das nicht auch merkwürdig?«

Tofall zuckte die Achseln. »So was soll vorkommen. Es sterben und verschwinden jeden Tag Leute, und die sind meistens irgendwo Mitglied.«

»Wissen Sie, in welchem Verhältnis die drei zueinander standen? Kannten sie sich näher?«

Tofall kniff die Augen zusammen. »Ach, so ist das. Glauben Sie, dass der … wie heißt er noch … was zu tun hat mit dem, was passiert ist?«

»Beantworten Sie doch einfach die Frage.« Hohstedt, der mit verschränkten Armen hinter Bergheim stand, schien sich ein bisschen überflüssig zu fühlen.

Tofall blickte Hohstedt an, als nähme er ihn gerade zum ersten Mal wahr.

»Ich gehe davon aus, dass die meisten unserer Mitglieder Verena und Katja kannten, zumindest vom Sehen. Immerhin standen sie ja am Tresen. Also wird der Typ«, Tofall wies mit dem Kinn auf das Foto, »sie wohl auch gekannt haben.«

»Sie sprechen von Katja Schauer in der Vergangenheit«, stellte Bergheim fest.

Das brachte Tofall für einen kurzen Moment aus dem Konzept, doch er fing sich schnell.

»Wie soll ich denn sonst von ihr reden? Immerhin ist sie ja weg, oder? Was wollen Sie mir hier eigentlich anhängen?«

»Sie sind vorbestraft, wegen Körperverletzung. Sie verlieren wohl leicht die Nerven?« Bergheim provozierte bewusst.

Tofalls Wangenknochen traten hervor, er biss sichtbar die Zähne zusammen. »War ja klar«, zischte er. »Sie können mich mal.«

Die beiden sahen sich an wie zwei Boxer im Ring, die im nächsten Augenblick aufeinander losgehen würden.

»Können Sie feststellen, wann der Tote zum letzten Mal hier war?«, fragte Bergheim dann versöhnlicher.

Tofall entspannte sich etwas.

»Normalerweise checken die Mitglieder mit ihrer Karte ein, wenn sie kommen. Ob der Typ das gemacht hat, weiß ich aber nicht. Ich kann ja mal im Computer nachsehen. Wie hieß er noch?«

»Alexander Küttner. Haben Sie Kameras?«

»Ja, wir haben eine hier am Eingang.« Tofall zeigte auf eine Kamera über der Eingangstür.

»Gut, wir hätten gern die Aufnahmen der letzten zwei Wochen, vorerst. Falls wir noch weitere brauchen, melden wir uns.«

»Also das bereden Sie am besten mit dem Chef. Der ist unterwegs, kommt aber jeden Moment zurück.«

»Auch gut«, sagte Bergheim, »würden Sie dann bitte Ihren Kollegen herbitten?«

»Aber der hat zu tun.«

»Dann kommt er eben morgen in die Direktion, fragen Sie ihn, ob ihm das lieber ist.«

Tofall zögerte einen Moment, ging dann aber zu seinen Kollegen, sprach ein paar Worte mit dessen Kundin und kam mit Andreas Klimt zurück. Dabei hatte er seine Hand auf dessen Schulter gelegt, was Bergheim merkwürdig fand. Es machte den Eindruck, als wolle er Klimt beruhigen, doch das hatte wenig Erfolg. Klimt machte auf die beiden Ermittler einen fahrigen Eindruck.

»Ist Katja wieder aufgetaucht?«, fragte er mit belegter Stimme.

»Nein«, antwortete Bergheim, der die Nervosität des Mannes verwundert zur Kenntnis nahm. Er hielt ihm das Foto von Küttner hin, das Klimt kurz betrachtete.

»Ja, der war hier, kann mich an ihn erinnern. Kenne ihn aber nicht persönlich. Sieht komisch aus. Ist der tot?«, sagte er dann merkwürdig tonlos.

Bergheim beobachtete Klimt genau und nickte dann. »Wissen Sie vielleicht, ob er Verena Becker oder Katja Schauer näher kannte oder ob er mit jemandem hier im Club besonders befreundet war?«

Klimt warf Tofall einen schnellen Blick zu. »Wieso … woher soll ich denn so was wissen?«

»Wissen Sie es oder nicht?«, blaffte Hohstedt.

Klimt presste die Lippen zusammen und musterte Hohstedt.

»Nein«, sagte er ärgerlich.

Seine Nervosität war verflogen. Bergheim verfluchte Hohstedt innerlich. Er konnte es einfach nicht lassen, den Macker

127

rauszukehren, um Zeugen zu verunsichern. Aber bei Typen wie Klimt führte das eher dazu, dass sie trotzig reagierten und dichtmachten.

»Sie können uns also nichts über den Mann sagen?«, fasste Bergheim ruhig zusammen.

»Nein, nur, dass er … hier war. Mehr weiß ich nicht.«

»Was ist denn hier los?«

Bergheim und Hohstedt fuhren herum. Lukas Blischke stand hinter ihnen.

»Wieso ist niemand bei den Geräten?« Blischkes Frage war an Tofall gerichtet, der auf die beiden Ermittler wies.

»Polizeiliche Befragung«, sagte er entschuldigend. »Ich werd dann mal den Computer checken.« Tofall begab sich zu einer Tür mit der Aufschrift »Büro«, und Klimt machte sich ebenfalls davon.

»Gibt es Neuigkeiten zu Verena oder Katja?«, fragte Blischke und blickte zu Boden. »Ist ja schon komisch irgendwie, dass die beiden … Glauben Sie, dass das zusammenhängt?«

»Was glauben Sie?«

»Keine Ahnung, vielleicht ist einer von unseren Mitgliedern auf Frauenjagd. Was weiß ich.«

Bergheim hielt Blischke Küttners Foto hin. »Kennen Sie den jungen Mann?«

Blischke nahm das Foto in die Hand, betrachtete es eine Weile und schüttelte dann den Kopf.

»Nein, wer ist das? Hat er was mit diesen Vorkommnissen zu tun?«

»Das wissen wir nicht. Aber er ist ebenfalls tot, und er war Mitglied in Ihrem Club. Wir fragen uns, ob er die beiden Frauen näher gekannt hat.«

»Das nehme ich an, wenn er hier Mitglied war.« Blischkes Handy meldete sich, er warf einen Blick auf das Display und stellte es aus.

»Gibt's jemanden unter den Mitgliedern, der sich auffällig benommen hat? Ist da in der letzten Zeit etwas vorgefallen?«

Wieder Kopfschütteln. »Haben Sie einen Verdächtigen? Ich meine, es muss ja nicht unbedingt etwas mit meinem Club zu tun haben, das ist doch auch möglich.«

128

Bergheim verzog den Mund. »Wir überprüfen grundsätzlich alle Zusammenhänge«, sagte er in einem Ton, der keinen Zweifel darüber ließ, was er für möglich hielt.

»Also, der Typ hat hier vor ungefähr sechs Wochen, Mitte Juni, zum letzten Mal eingecheckt.« Tofall war hinzugetreten. »Das heißt aber nicht, dass er seitdem nicht hier war, das heißt nur, dass er nicht eingecheckt hat. Das machen viele so, obwohl sie das eigentlich sollten. Vergessen ihre Karte oder was weiß ich. Ist aber nicht so schlimm, die meisten Gesichter kennen wir ja.«

Bergheim bedankte sich. »Wir würden gern noch die Mitglieder befragen, die hier sind. Sie haben doch nichts dagegen?«

Blischke sah Bergheim an, als habe der ihn soeben darum gebeten, ihm die Füße zu massieren.

»Ich nehme an, wenn ich was dagegen hätte, würde es auch nichts nützen, oder? Ich meine, Ihre Kollegen haben hier gestern auch schon alles auf den Kopf gestellt. Das macht langsam einen schlechten Eindruck.«

»Und Sie denken, zwei Tote und eine Verschwundene innerhalb einer Woche und im Dunstkreis dieses Studios machen keinen schlechten Eindruck?«

Bergheim war laut geworden, sodass Blischke sich vorsichtig umsah. Einige der Sportler sahen neugierig zu ihnen herüber.

»Na, dann tun Sie, was Sie nicht lassen können«, knurrte Blischke, »aber seien Sie um Gottes willen höflich und vergraulen Sie uns nicht *alle* Leute.«

»Wir sind immer höflich«, murmelte Bergheim und machte sich daran, die anwesenden Sportler über Verena Becker, Katja Schauer und Alexander Küttner auszufragen, während Hohstedt sich von Blischke die Kameraaufnahmen geben ließ.

Keine zwanzig Minuten später traten beide wieder auf die Straße. Niemand von den anwesenden Mitgliedern hatte ihnen weiterhelfen können. Sie kannten zwar die beiden Frauen, wussten aber nichts Näheres über sie. Das Bild von Alexander Küttner hatte die gleichen Aussagen zur Folge. Ja, man begegnete sich, grüßte freundlich, aber mehr wusste niemand. Im Grunde hatte Bergheim nichts anderes erwartet. Schließlich hatte das Studio an die tausend Mitglieder, und so viel Glück, gleich am Anfang der Befragungen einen Treffer zu landen, hatten sie selten. Er blickte sich um.

»Haben Stefan und Norbert die Anlieger hier schon befragt?«

»Keine Ahnung.«

Natürlich nicht, dachte Bergheim. Wann weiß Martin schon mal was.

»Außerdem … was sollen die denn gesehen haben? Ich halte das sowieso für unwahrscheinlich. Meinst du wirklich, das ist nötig?«

»Fandest du diesen Klimt nicht auch ziemlich nervös?«, fragte Bergheim statt einer Antwort. Hohstedt zog es nämlich meistens vor, Dinge für unnötig zu halten, wenn sie ihm Arbeit machten.

Hohstedt kratzte sich am Kinn. »Na ja, irgendwie schon, aber ist doch klar, viele sind nervös, wenn die Polizei Fragen stellt.«

»Und fandest du es nicht merkwürdig, dass dieser Tofall seinen Kollegen keinen Moment aus den Augen gelassen hat?«

Hohstedt guckte verblüfft. »Äh, ja?«

»Ja«, sagte Bergheim trocken. »Entweder diese Typen sind von Natur aus merkwürdig, oder sie haben was zu verbergen. Ich denke, Charlotte sollte sich mit ihrem Undercover-Einsatz beeilen.«

⁎⁎⁎

Charlottes Besuch in der MHH war ergebnislos verlaufen. Inka Volkermann war zwar wach, wurde aber medikamentös ruhiggestellt. Charlotte hatte versucht, mit ihr zu reden, hatte aber buchstäblich kein Wort aus ihr rausgekriegt. Zwar hatte die Kranke ein bisschen vor sich hin gemurmelt, aber Charlotte hatte kein Wort verstanden.

Die diensthabende Krankenschwester hatte nur entschuldigend mit den Schultern gezuckt. »Ich hab's Ihnen ja gesagt, sie steht immer noch unter Schock und bekommt Medikamente, sonst heult sie nur. Kann man ja auch verstehen … ich meine …

immerhin wäre sie beinahe gestorben, und dann auch noch durch ihren Bruder. Das muss man erst mal verdauen.«

Charlotte hatte sich bedankt und war wieder in ihren Golf gestiegen. Es war kurz vor neunzehn Uhr, und sie hatte eine Verabredung, von der sie nicht wusste, wohin sie führen würde, wenn sie sie tatsächlich wahrnahm. Natürlich könnte sie es einfach als netten Restaurantbesuch mit dem Arzt ihres Vaters durchgehen lassen. Hunger hatte sie jedenfalls, und das Essen im Botticelli lohnte sich allemal.

Sie wusste aber auch, dass der Arzt ihres Vaters diese Verabredung nicht unter Patienten-Verwandten-Besuche abhaken würde. Für ihn war das ein Date. Warum er allerdings keine von den knackigen, jungen Krankenschwestern erkoren hatte, sondern eine psychisch angeschlagene Kripobeamtin in den Vierzigern, das fand sie schon rätselhaft.

Aber vielleicht hatte das ja Methode. Frauen in den Vierzigern waren wohl leichter rumzukriegen, wenn man sich einen One-Night-Stand erhoffte. Und falls mehr daraus werden würde, nervten sie einen nicht mehr mit Kinderwünschen und waren beruflich etabliert. Und dass sie psychisch angeschlagen war, hatte er vielleicht noch gar nicht mitgekriegt.

Oder machte sie sich da etwas vor? Vielleicht sah er sie einfach nur als leichte Beute? Oder er hatte nur Lust auf Abwechslung und machte sich nicht halb so viele Gedanken über sie wie umgekehrt.

Was auch immer der Mann im Schilde führte, sie konnte es nur herausfinden, wenn sie die Verabredung einhielt. Und genau das würde sie tun. Bis Bothfeld würde sie eine Viertelstunde brauchen. Dann würde sie sich in netter Gesellschaft ein hervorragendes Essen einverleiben. Nicht mehr und nicht weniger. Sie drehte den Zündschlüssel um und gab Gas.

Das Botticelli war ein gemütlich eingerichtetes, erstklassiges und dementsprechend gut besuchtes Restaurant. Dr. Flentek saß an einem der Zweiertische am Fenster und winkte ihr zu. Als Charlotte den Raum betrat, stand er auf, ergriff ihre Schultern und hauchte zunächst einen Kuss in den Luftraum neben ihrem linken Ohr und dann neben ihrem rechten. Charlotte fand diese französische Art der Begrüßung zwar ein bisschen affig, aber es war besser als die deutsche Händeschüttelei.

Sie wusste, dass sie zu empfindlich war, aber sie konnte es nicht leiden, nicht zu wissen, was oder wen die Hand, die sie gerade schüttelte, vorher angefasst hatte. Vielleicht hatte ihr Besitzer ja in der Nase gebohrt? Noch unappetitlichere Varianten wollte sie sich gar nicht vorstellen.

Immerhin, Dr. Flentek ließ ihre Hand in Ruhe. Klar, er als Arzt wusste, was die Hände der Mitmenschen so alles verteilten. »Schön, dass Sie da sind«, sagte er. »Ich hatte schon die Befürchtung, Sie würden mich versetzen.«

Charlotte sah auf ihre Uhr. Es war zehn nach sieben. Eine leichte Verspätung, die keiner Entschuldigung bedurfte, fand sie.

»Möchten Sie einen Aperitif? Der Sherry ist hervorragend«, empfahl Dr. Flentek.

»Nein danke, ich muss noch fahren und trinke lieber Weißwein.«

Charlotte nahm dem dienstbeflissenen Kellner die Karte ab und bestellte einen Grauburgunder.

Sie entschied sich für Antipasti und Scaloppine in Weißweinsoße, er für einen gemischten Salat und Fischfilet mit Tomaten.

»Wie geht es meinem Vater?«, eröffnete Charlotte die Konversation.

Sie fühlte sich verunsichert durch die glänzenden und erwartungsvollen Augen ihres Gegenübers. Es war am besten, dem Ganzen erst mal einen geschäftlichen Anstrich zu verleihen.

»Ihrem Vater geht es erstaunlich gut, um den müssen Sie sich keine Sorgen machen.«

»Wenn Sie das sagen.« Charlotte nahm ihr Glas und prostete Dr. Flentek zu.

Sie stießen an und tranken. »Wir sollten Du sagen, oder?«, schlug er vor.

»Okay.« In diesem Moment fiel ihr ein, dass sie seinen Vornamen vergessen hatte.

Sie sprachen noch eine Weile über ihren Vater.

»Er hat mir heute gesagt, dass er sich auf den Besuch seiner Frau freut. Sie will wohl am Wochenende kommen.«

Charlotte nahm grinsend einen Schluck Wein. Hatte ihre Mutter sich also die Woche freigenommen. Auch gut.

»Und Ihr ... ich meine, dein Vater hat mir auch eine Menge von einem Rüdiger erzählt.«

Er sah sie aufmerksam an.

»Ach ja?«, sagte Charlotte nur und schwenkte ihr Weinglas.

»Wer immer Rüdiger ist«, Dr. Flentek nahm ihre Hand, »er stört mich nicht.«

»Na, da bin ich aber froh«, blaffte Charlotte. »Ich werd's ihm bestellen.«

Bei dem Gedanken, dass sie Rüdiger wirklich etwas Derartiges bestellen würde, musste sie kichern. Dr. Flentek schien seinen Fauxpas bemerkt zu haben.

»Ich hoffe, ich störe ihn auch nicht«, fügte er hinzu.

Charlotte wiegte zweifelnd den Kopf. »Da bin ich mir nicht so sicher.«

Obwohl ... vielleicht war es Rüdiger ja wirklich schnuppe, was sie machte. Sie musste sich eingestehen, dass ihr dieser Gedanke überhaupt nicht gefiel. Vielleicht sollte sie das herausfinden. Wenn es ihm tatsächlich egal war, mit wem sie ins Bett stieg, dann konnte sie sich ja ohne schlechtes Gewissen amüsieren, mit wem sie wollte. Leider konnte dabei von Amüsieren nicht die Rede sein. Sie wollte das gar nicht, aber die Möglichkeit, Rüdiger einen Denkzettel zu verpassen, hatte etwas Verlockendes. Sie war für ihn doch mittlerweile selbstverständlich. Sogar der Sex war zur Routine geworden, obwohl sie ja immer noch Sex hatten. Von Golfspielen konnte in ihrer Beziehung keine Rede sein.

Charlotte fragte sich aber doch, ob die Protagonisten in ihrem heimischen Sex-Theater nicht austauschbar waren. Nach dem Motto: Nachts sind alle Katzen grau. Apropos Katze. Charlotte sah auf die Uhr und hatte plötzlich ein schlechtes Gewissen. Wahrscheinlich hatte Diva bereits die Küche auseinandergenommen. Mit Recht. Schließlich war sie den ganzen Tag allein, das konnte man einer anspruchsvollen Katze nicht zumuten.

Mittlerweile hatte der Kellner ihnen ihr Hauptgericht gebracht, und sie ließen es sich schmecken. Charlotte versuchte, nicht an Bergheim, die Katze und ihre Wohnung zu denken. Dr. Flentek hatte noch eine Flasche Grauburgunder bestellt, schenkte nach, und Charlotte trank nicht mehr, als sie vertragen konnte.

Als sie bei der Pannacotta angekommen waren, war sie einigermaßen angeheitert und amüsierte sich prächtig. Dr. Flentek war ein guter Unterhalter. Sie sprachen über Reisen, Filme und Bücher. Charlotte musste sich eingestehen, dass sie ihn mochte, obwohl sie sich immer noch nicht an seinen Vornamen erinnern konnte. Sie hatte es bisher erfolgreich umschifft, ihn direkt anzusprechen. Als sie sich nach einem Calvados die Rechnung teilten – darauf hatte sie bestanden –, fühlte sie sich satt, ein bisschen betrunken und rundum zufrieden.

Auf der Straße war nicht mehr viel Verkehr. Es war ein warmer, trockener Sommerabend, und Dr. Flentek legte den Arm um sie.

»Wir können zu mir fahren, ich zeig dir meine Briefmarkensammlung«, hauchte er ihr ins Ohr.

»Oh, gibt's tatsächlich noch Briefmarkensammler? Ich dachte, die wären alle an Langeweile gestorben«, kicherte sie.

»Ich hätte da auch ein Alternativprogramm auf Lager. Garantiert nicht langweilig.«

»Verlockend.«

»Also, kommst du mit?«

Jetzt wurde es ernst, Charlotte seufzte. »Nein, ich muss nach Hause, meine Katze nimmt sonst die ganze Bude auseinander.«

»Tatsächlich.«

»Ja.« Charlotte ließ sich dazu herab, Dr. Flentek einen Kuss auf die Wange zu drücken. Dann kramte sie ihr Handy hervor. »Ich ruf jetzt ein Taxi.«

»Wir können zusammen fahren, ich wohne in der Südstadt.«

Sie nahmen ein Taxi und knutschten auf dem Rücksitz wie zwei Teenager. Als Charlotte in der Gretchenstraße ausstieg und ihrem Date noch eine Kusshand zuwarf, zwinkerte Dr. Flentek ihr zu.

»Übrigens, ich heiße Burkhard.«

»Ich weiß«, sagte Charlotte und schlug die Tür zu.

Bergheim saß auf dem Sofa und zappte sich durchs Fernsehprogramm. Die Katze lag neben ihm, den Kopf auf seinen Schoß. Als Charlotte in der Wohnzimmertür stand, sah sie blinzelnd auf. Charlotte griff mechanisch in ihr Haar, um es zu ordnen.

»Hallo« sagte sie und verschwand im Badezimmer, nachdem sie einen kurzen Blick in die erstaunlich aufgeräumte Küche geworfen hatte.

Bergheim sah ihr nach, ohne die Fernbedienung aus der Hand zu legen.

Charlotte betrachtete sich im Spiegel. Was sie sah, gefiel ihr nicht. Ihre Wangen waren gerötet, die Frisur ziemlich zerzaust. Und angeschickert war sie außerdem. Sie sah aus wie das leibhaftige schlechte Gewissen. Dabei gab es dafür eigentlich gar keinen Grund. Was hatte sie denn getan? Rumgeknutscht. Das war noch kein Fremdgehen. Oder?

Sie stemmte die Hände auf das Waschbecken und wusste genau, dass sie sich etwas vormachte. Bei Rüdiger würde sie Rumknutschen mit einer anderen auf keinen Fall tolerieren. Und ob er es bei ihr tolerierte, wagte sie zu bezweifeln. Das hieß also, sie musste ihn anlügen, wenn er fragte, wo sie gewesen war.

Er hatte sie dreimal angerufen und auf die Mailbox gesprochen. Das hatte sie aber erst gesehen, als sie ihr Handy wieder eingeschaltet hatte, um das Taxi zu rufen. Nein, anlügen konnte sie ihn nicht. Mal davon abgesehen, dass er sie sowieso durchschauen würde. Er war Hauptkommissar bei der Kripo und ließ sich nichts vormachen. Sie wollte ihn auch nicht anlügen, also ging sie zurück ins Wohnzimmer. Er legte die Fernbedienung weg. Diva rührte sich nicht.

»Wo warst du? Ich habe mir Sorgen gemacht.«

»Meine Güte, wenn ich mal zwei Stunden nicht erreichbar bin, musst du nicht gleich in Panik geraten.«

»Fast vier Stunden, es ist halb elf.«

»Du redest wie meine Mutter, als ich ein Teenager war«,

schnappte Charlotte. Angriff war eben doch die beste Verteidigung.

Bergheim musterte sie schweigend. »Gibt es irgendwas, das ich wissen müsste?«, fragte er leise.

Charlotte schluckte. »Nein, wieso?«, antwortete sie lauter als nötig und hätte sich am liebsten selbst geohrfeigt. Nicht nur, weil sie log, nein, sie log auch noch grottenschlecht. Bergheim schien diese Meinung zu teilen, denn er verzog den Mund.

»Wenn du meinst.« Er stand auf, wogegen Diva mit leisem Maunzen protestierte. »Ich gehe schlafen.«

»Gute Nacht«, sagte Charlotte.

SECHS

Sie fuhren zusammen in Bergheims Wagen. Beide schwiegen. Er hatte nicht weiter gefragt, wo sie den gestrigen Abend verbracht hatte, und sie hatte nichts gesagt. Er hatte auch nicht gefragt, wo ihr Auto war. Charlotte war sich nicht sicher, ob das nun ein gutes oder ein schlechtes Zeichen war. Sie tendierte zu Letzterem. Er schien sich nicht dafür zu interessieren, wie und mit wem sie ihre Zeit verbrachte, und war dann auch selbst schuld, wenn sie mit anderen Männern rumknutschte, dachte Charlotte und zog sich wie ein bockiges kleines Mädchen in ihr Kämmerchen zurück.

Um neun Uhr waren alle im Besprechungsraum versammelt, auch die Chefin.

Leo Kramer verteilte Kopien des Fotos, das sie in Verena Beckers Wohnung gefunden hatten, und Bremer saß an seinem Platz wie ein zufriedener Buddha. Charlotte fragte sich, was er wohl zu berichten haben würde. Zuerst studierten alle das Bild, auf dem Verena Becker jetzt deutlicher zu erkennen war und auch, dass es sich bei der zweiten Person um einen Mann handelte.

»Optimal ist es nicht«, sagte Meyer-Bast, während sie das Bild betrachtete, »aber vielleicht haben wir Glück, und jemand erkennt den Mann. Am besten, Sie fangen im Fitness-Studio an.«

»Das wird nicht nötig sein.« Bergheim saß am Tisch, das Kinn auf die Faust gestützt, und starrte auf das Bild.

»Was meinst du?«, fragte Kramer.

»Ich kenne den Mann … Jedenfalls bin ich mir ziemlich sicher, ihn schon mal gesehen zu haben.«

»Wann, wo?«, wollte Meyer-Bast wissen.

»Das ist ihr Vermieter, dieser Pressler«, sagte Bergheim, nachdem er einige Sekunden nachgedacht hatte. »Der heißt doch Pressler, oder?« Er sah sich fragend um.

Bremer tippte auf seinem Laptop herum. »Genau, Pressler«, sagte er, »Willi Pressler.«

137

»Na, das ist 'n Ding«, wunderte sich Wulf. »Der hatte doch ausgesagt, er wüsste nichts über unser Opfer, hätte es nur flüchtig gekannt.« Er starrte Bergheim an. »Bist du sicher, dass der es ist?«

»Ziemlich, ist zwar nicht besonders gut zu erkennen, aber das lässt sich ja leicht herausfinden. Wir werden den Mann herbestellen. Hast du ihn überprüft?«, fragte er Bremer.

»Ja, ich hab alle Namen überprüft, die im Zusammenhang mit Verena Becker aufgetaucht sind. Gefunden hab ich nichts.«

»Das ist doch wirklich seltsam«, murmelte Charlotte, die diese Entdeckung so beschäftigte, dass sie darüber ihr schlechtes Gewissen vergessen hatte. »Ich glaube, wir haben keine Ahnung, was für ein Mensch Verena Becker war. Wahrscheinlich nicht das schöne Mädchen, das ihre großen Augen uns vorgaukeln. Sie war kokainsüchtig, unterhielt sexuelle Beziehungen zu mehreren Männern, war obendrein verheiratet und hat ihre Schwägerin bestohlen.« Charlotte tippte auf das Bild. »Und mal ehrlich, warum sollte sich eine Frau wie Verena Becker mit einem Typen wie diesem Pressler abgeben? Ich meine …«, sie studierte das Foto mit leichtem Kopfschütteln, »das ist zwar kein Superporträt, aber dass der Mann kein jugendlicher Adonis ist, kann man erkennen.«

»Du glaubst, sie hat sich prostituiert«, schlussfolgerte Wulf.

»Allerdings«, antwortete Charlotte, »damit hat sie ihre Sucht finanziert.«

»Du meine Güte«, stöhnte Hohstedt. »Dann kann ja jeder ihr Mörder sein.«

»Äh«, Bremer meldete sich mit erhobener Hand, »ich hätte da auch noch was.«

Na klar, dachte Charlotte, sie sah es Bremer an der Nasenspitze an, wenn er sich schlauer wähnte als alle anderen.

»Die Fingerabdrücke von Alexander Küttner befinden sich auf einer leeren Orangensaftflasche, die wir unter der Spüle in Verena Beckers Küche gefunden haben.«

Nach dieser Eröffnung blickte Bremer erwartungsvoll in die Runde. Charlotte sprach als Erste.

»Das heißt noch nicht, dass sie was mit ihm hatte. Vielleicht hat er sie nur besucht, war verliebt. Er war Student, hatte nicht viel Geld, und ich glaube, die Becker ist nur für Geld mit Männern ins Bett gegangen.«

Björn Petersen räusperte sich. »Das würde ja zu der Aussage von Almuth Krahl passen. Die hat Verena Becker eine durchtriebene kleine Hure genannt.«

»Bleibt die Frage, ob sie wusste, dass die Becker sich verkaufte, oder ob sie nur sauer war, weil ihr Mann sich für Becker interessierte«, sagte Charlotte.

»Könnte auch beides stimmen«, meinte Bergheim. »Womöglich hat Krahl die Becker ja bezahlt.«

»Und was wäre«, überlegte Wulf, »wenn die Becker Zeugin des Mordes an Küttner gewesen wär? Immerhin ist er wahrscheinlich am Donnerstag – und damit einen Tag vor Verena Becker – gestorben. Irgendwer hat Küttner aus welchem Grund auch immer beseitigt, indem er ihm eine Überdosis verabreichte, Verena Becker hat etwas rausbekommen oder gesehen und musste dann auch sterben.«

»Und vielleicht ist es mit Katja Schauer genauso«, sinnierte Charlotte.

»Das hieße ja, dass wir ihre Leiche irgendwann finden werden.« Petersen warf seinen Kugelschreiber auf den Tisch. Er rollte bis ans andere Ende und fiel zu Boden. Wulf hob ihn auf und gab ihn Petersen zurück.

»Das ist nicht gesagt«, meinte er. »Ich meine, dass wir ihre Leiche finden. Auch wenn sie tot ist.«

»Ich finde«, mischte Kramer sich ein, »wir sollten nicht davon ausgehen, dass Katja Schauer etwas zugestoßen ist. Könnte ja sein, dass sie quietschfidel bei einer Freundin in München oder sonst wo ist.«

»Wunschdenken.« Charlotte sah ihn etwas mitleidig an. »Wie erklärst du dir dann den Anruf?«

Kramer antwortete nicht.

Meyer-Bast lehnte sich zurück und seufzte. »Dieser Fall nimmt ja ungeahnte Ausmaße an.«

»Natürlich könnte es so gewesen sein«, sagte Bergheim, »es wäre aber auch möglich, dass Becker und Küttner beide Opfer einer Eifersuchtstat waren. Sie starb durch die Verabreichung eines Allergens, er durch einen Herzinfarkt infolge einer Überdosis Amphetamine. Vielleicht hat das Ganze ja Methode?«

»Und Katja Schauer?«, fragte Bremer.

»Die hat irgendetwas rausbekommen und musste deshalb verschwinden.« Petersen spielte mit seinem Kugelschreiber.

Alle dachten eine Weile nach. »Das würde dann Volkermann wieder in den Fokus rücken«, sagte Charlotte.

»Oder die Krahl.« Petersen.

»Oder die beiden Gladiatoren aus dem Fitness-Studio, Tofall und Klimt. Von denen wissen wir zwar nicht, ob sie was mit der Becker hatten, aber auszuschließen ist es nicht. Und dieser Lukas Blischke hat es ja schon zugegeben«, meinte Bergheim.

»Aber er hat nicht gesagt, dass er dafür bezahlt hat«, sagte Petersen.

»Wer sagt das schon«, wandte Hohstedt ein.

Alle schwiegen. Dann ergriff Bergheim das Wort. »Im Grunde sind alle Mitglieder des Fitness-Studios verdächtig, die kein Alibi haben.«

»Und ihr Vermieter.« Charlotte rieb sich die Stirn. »Und alle Kerle, die sie kannte. Wo sollen wir denn da anfangen?«

»Was ist eigentlich mit dieser Grauhöfer, der Freundin von Küttner?«, fragte Hohstedt. »Die dürfen wir auch nicht außer Acht lassen. Offensichtlich war Küttner ja bei Verena Becker in der Wohnung. Wir wissen zwar nicht, ob sie was miteinander hatten, aber die Grauhöfer könnte es ja geglaubt haben, und Eifersucht ist ein starkes Motiv.«

»Wie soll das denn gehen?« Charlotte musterte Hohstedt ein bisschen von oben herab. »Die war doch auf Rhodos und hat somit für beide Morde ein Alibi.« Sie musterte ihren Kollegen kritisch. »Das hast du doch überprüft, oder nicht?«

»Äh … ja klar, hatte ich vergessen.«

Hohstedt lief rot an. Charlotte argwöhnte, dass er das Alibi nicht überprüft hatte. Aber sie verzichtete darauf, ihn vor der Chefin bloßzustellen, denn sie war sicher, dass die Grauhöfer nichts mit den Todesfällen zu tun hatte, und sie glaubte auch, dass Hohstedt die Überprüfung schnellstmöglich nachholen würde. Wenn man allerdings den Blick sah, den Meyer-Bast dem Kollegen zuwarf, war klar, dass sie sowieso Bescheid wusste. Aber sie überging diese Schlamperei.

»Hat eigentlich noch mal jemand mit diesem Marcel Grauhöfer gesprochen?«

»Ja, ich«, sagte Hohstedt und war offensichtlich froh, von seinem Versäumnis ablenken zu können. »Ist nichts bei rausgekommen. Der kannte Küttner nur durch seine Schwester. Das hatte er ja schon ausgesagt. Auf der Uni hätten sie sich ab und zu getroffen, aber nie was zusammen unternommen. Und Becker und Schauer kannte er nur vom Sehen, hat er gesagt. Er würde auch nicht oft in den Club gehen, wollte sich sowieso abmelden.

Geht jetzt lieber boxen.«

»Ist ja nicht auszuhalten«, raunte Charlotte. »Hat er ein Alibi für Freitagnacht?«

»Nicht wirklich. War wohl mit einer Gruppe auf dem Maschseefest.«

»Meine Güte, war eigentlich in Hannover sonst auch noch irgendwas los am letzten Freitag?«

»Bestimmt nicht viel«, gluckste Petersen.

»Na klasse«, sagte Charlotte. »Wo war er denn, als Katja Schauer verschwunden ist?«

»Auf dem Weg von der Uni zu seiner Bude.«

»Also gehört er auch zum Kreis der Verdächtigen.«

»Wir sollten uns zunächst mal mit diesem Pressler unterhalten«, sagte Meyer-Bast. »Und wir sollten die Kollegen in Hamburg kontaktieren. Von irgendwem wird sie den Stoff ja gekauft haben. Vielleicht kommen wir so weiter. Und nehmen Sie dieses Fitness-Studio auseinander.« »Sie stand auf. »Der Mörder wusste von Beckers Allergie, das beweist, dass er keine Zufallsbekanntschaft war. Wir werden ihn schon ausfindig machen.«

Offensichtlich glaubte die Chefin, ihren Leuten Mut machen zu müssen, womit sie nicht ganz falschlag. Sie nickte Bergheim und Charlotte zu. »Wenn Sie noch Unterstützung benötigen, lassen Sie es mich wissen.«

Nachdem Meyer-Bast den Raum verlassen hatte, guckten alle betreten vor sich hin. Irgendwie schien die gespannte Stimmung zwischen den beiden Chefermittlern auf den Rest des Teams übergegangen zu sein.

Bergheim zuerst. »Wir brauchen jemanden in diesem Fitness-Laden.«

Er sah Charlotte herausfordernd an. Sie blickte trotzig zurück, obwohl sie wusste, dass Bergheim recht hatte. Sie war geradezu prädestiniert für diesen Undercover-Job. Niemand kannte sie, und falls es dort wirklich jemand auf Frauen abgesehen hatte, dann war sie es, die das herausfinden konnte.

Bergheim wartete. Sein Gesicht verriet keine Regung, er schien ganz mit dem Fall beschäftigt zu sein.

»Na gut.« Charlotte griff nach ihren Unterlagen und stand auf. »Ihr wisst, dass ich diese Fitness-Burgen hasse, aber ich werd's machen.«

Alle klopften mit den Knöcheln auf dem Tisch Applaus, außer Bergheim. Der sah ihr nur forschend nach, als sie fluchtartig den Raum verließ.

Die Mittagspause benutzte Charlotte, um mit der Stadtbahn nach Bothfeld zu fahren, ihr Auto wieder abzuholen und dann bei ihrem Vater in Kirchrode vorbeizuschauen. Vielleicht würde sie ja Dr. Flentek, oder besser Burkhard, begegnen. Wobei sie nicht wusste, was sie sich davon versprach. Möglicherweise wollte sie einfach nur herausfinden, welchen Eindruck sie bei ihm hinterlassen hatte.

Weshalb das wichtig für sie war, wollte ihr nicht ganz einleuchten, aber sie hatte in der Nacht schlecht geschlafen. Und Rüdiger hatte kaum mit ihr gesprochen. So war er. Kühl, distanziert, überlegen. Er gehörte nicht zu der Sorte Mann, die anfing zu toben und womöglich handgreiflich wurde, wenn ihnen ihr Weibchen abhandenzukommen drohte. Er war kein bisschen eifersüchtig, und irgendwie störte sie das ganz erheblich. Denn eigentlich wollte sie überhaupt nichts von diesem Arzt.

Klar, er war gut aussehend und ein angenehmer Unterhalter. Und er hatte durchblicken lassen, dass es ihm nur um Sex ging. Er würde sich also nicht als Stalker entpuppen, und sie würde keine verhängnisvolle Affäre erleben wie Michael Douglas in diesem

142

Film, wenn sie sich auf ein kleines Abenteuer einließ. Aber warum sollte sie das tun? Um Bergheim zu ärgern, gab sie sich selbst die Antwort. Nur um ihn zu ärgern. Das war so erbärmlich.

Charlotte schalt sich selbst eine dumme Kuh, als sie über den Messeschnellweg preschte. Aber er war auch selbst schuld! Konnte ein Mann denn nicht mal deutlich machen, was er empfand? Musste er denn immer davon ausgehen, dass sie, seine Freundin und Lebenspartnerin, das wusste? Aber vielleicht irrte sie sich ja auch, und es war ihm egal, was sie tat. Bei diesem Gedanken musste sie schlucken.

Sie verließ den Messeschnellweg und fuhr auf dem Südschnellweg Richtung Kirchrode. Was, wenn Rüdiger sie wirklich nicht mehr liebte? Warum sonst sollte er Hohstedts Gesellschaft der ihren vorziehen? Auf diesen Gedanken war sie noch gar nicht gekommen.

Vielleicht war sie es ja auch, die alles als selbstverständlich ansah, auch, dass er sie immer noch liebte. Rüdiger war mindestens genauso gut aussehend wie Dr. Flentek. Okay, er war Arzt, was ihn für Frauen wohl besonders attraktiv machte. Aber ein Kripo-Ermittler, der obendrein auch noch uneitel war, konnte sich über mangelnde sexuelle Angebote auch nicht beklagen.

Natürlich gab es auch im ZK Typen, die sich wie Pfauen in dieser Aufmerksamkeit sonnten. Schliemann war so einer und Hohstedt, obwohl der verheiratet war. Charlotte fand diese Art Männer einfach zum Abgewöhnen. Aber Rüdiger war nicht so, das war einer der Gründe, warum sie zusammen waren.

Sie war angekommen, parkte den Wagen und ging zur Station. Ihr Vater kam ihr mit einem Stock auf dem Gang entgegen und winkte ihr zu.

»Hallo, meine Tochter«, rief er gut gelaunt, »wie du siehst, übe ich. Hab schon richtig Fortschritte gemacht, siehst du?« Er gab ihr einen Kuss auf die Wange und wies auf den Stock. »Ich brauch keine Krücken mehr.« Dann flüsterte er ihr ins Ohr. »Sag es nur nicht weiter. Ich soll nämlich nicht allein, ohne diesen blöden Rollwagen, hier langlaufen, aber«, er machte eine verächtliche Handbewegung, »die haben ja keine Ahnung, was ich kann.«

»Papa«, sagte Charlotte aufgebracht, »warum bist du bloß immer so leichtsinnig? Wenn du noch mal fällst, landest du noch im Rollstuhl. Und was dann?«

»Ach papperlapapp, außerdem bist du ja jetzt da, lass uns ein bisschen in den Garten gehen.«

»Na, das lassen wir dann doch lieber für heute Nachmittag, wenn Ihre Therapeutin da ist.«

Charlotte fuhr herum. Dr. Flentek war gerade aus dem Arztzimmer getreten und lächelte spitzbübisch.

»Hallo«, sagte sie und spürte, wie ihr das Blut in die Wangen schoss. Das ärgerte sie. Was sollte dieser Mensch jetzt von ihr denken? Dass sie ein schüchternes kleines Mädchen war, das sich in den Herrn Doktor verknallt hatte? »Das wollte ich auch gerade sagen«, murrte sie und griff nach dem Arm ihres Vaters, der die beiden misstrauisch musterte. »Komm, wir gehen am besten in dein Zimmer, und du legst dich hin.«

»Ich will aber nicht.« Störrisch schüttelte der alte Wiegand Charlottes Hand ab. »Liegen tut man auch, wenn man tot ist.«

Dr. Flentek beobachtete die beiden schmunzelnd und wandte sich dann an Charlotte. »Vielleicht können wir uns gleich noch unterhalten. Ich muss jetzt zu einem Patienten, hab aber dann Mittagspause.« Er zwinkerte ihr zu. »Ich warte an der Rezeption.«

Charlotte nickte und sah ihm nach, wie er in einem der Zimmer verschwand.

Vater Wiegand kniff seine Tochter in den Arm. »Was soll das heißen, er wartet auf dich an der Rezeption?« Er legte den Kopf schief und blickte seine Tochter böse an. »Du hast doch nichts mit dem Wichtigtuer, oder?«

»Aua.« Charlotte rieb sich über den Arm. »Quatsch, was du immer denkst.« Das kam ein bisschen zu empört, war aber nicht mehr zu ändern. »Komm jetzt, ich hab nicht viel Zeit.«

»Zu dem Typen kommst du noch früh genug«, sagte Wiegand, und es hörte sich ein bisschen traurig an.

Charlotte hakte sich bei ihm unter, und die beiden gingen gemeinsam ein paar Schritte.

»Mach dir mal keine Sorgen«, versuchte sie, ihren Vater zu beruhigen, »ich bin alt genug und weiß, was gut für mich ist.«

»Alt genug bist du, das stimmt«, schnaufte Wiegand, »aber ob du auch weißt, was gut für dich ist …«

»Papa, ich muss gleich wieder los, wir arbeiten an einem wirklich kniffligen Fall. Ich wollte eigentlich nur sehen, wie es dir geht. Anscheinend ja gut.« Sie warf einen Blick auf seinen Stock. »Ich nehme an, Mutter kommt dich heute besuchen.«

»Nein, deine Mutter war überhaupt noch nicht hier und kommt auch heute nicht mehr.«

»Was?« Charlotte ließ erstaunt seinen Arm los.

»Sie ist total erkältet, sagt sie.«

»Na, dann ist es ja auch besser, wenn sie erst mal wegbleibt«, antwortete Charlotte etwas beunruhigt. Sie musste unbedingt mit ihrer Mutter telefonieren.

»Na, hoffentlich ist das auch der wahre Grund.«

Wiegand klammerte sich an Charlottes Arm. Die blieb stehen und forschte im Gesicht ihres Vaters, der zu Boden blickte und mit der Stockspitze Kreise auf dem Fußboden beschrieb.

»Was soll sie denn sonst für einen Grund haben?«

Wiegand zuckte mit den Schultern, starrte immer noch zu Boden. »Was weiß ich, vielleicht …«

Charlotte ahnte, was ihren Vater beschäftigte. »Mama hat keinen anderen, falls es das ist, was du befürchtest.«

»Woher willst du das wissen?«, fragte Wiegand leise.

Charlotte musste lächeln. Sie wusste das so genau, weil ihre Mutter mit ihrem Gatten schon restlos überfordert war. Sie würde den Teufel tun und sich noch so ein Exemplar der menschlichen Spezies zulegen. Das Einzige, wovor ihr Vater Angst haben musste, war die wachsende Freiheitsliebe ihrer Mutter. Immerhin konnte sie ihn in seiner Besorgnis beruhigen. Sie umfasste seine Arme.

»Ich weiß es, sie will einfach mal ihre Ruhe haben. Ich kenne doch Mama.«

»Auch nicht besser als ich«, maulte Wiegand.

»Offensichtlich doch. Ich rede aber mal mit ihr. Mach dir keine Sorgen.«

Sie brachte ihren Vater auf sein Zimmer.

»Gehst du jetzt zu diesem Kerl?« Wiegand ließ sich schwer auf sein Bett fallen.

145

»Nein, ich muss arbeiten.«

Sie drückte ihm einen Kuss auf die Wange und ging. Natürlich würde sie zu ihrer Verabredung gehen, aber das musste ihr Vater nicht wissen, befand sie. Ein bisschen amüsierte es sie, dass er so grundlos eifersüchtig war, während Rüdiger da völlig schmerzlos zu sein schien. Na ja, sie würde schon dafür sorgen, dass es ihm wehtat. Wenigstens ein kleines bisschen.

Leider wartete an der Rezeption niemand auf sie. Allerdings winkte ihr die Dame hinter dem Tresen zu.

»Sind Sie Frau Wiegand?«, fragte sie, und als Charlotte bejahte, fuhr sie fort: »Dr. Flentek hat gerade anrufen lassen, er hat einen Notfall und kann leider nicht kommen. Er ruft sie später an.«

Na gut, dachte Charlotte, bedankte sich und begab sich mit einem unerklärlichen Gefühl der Erleichterung zu ihrem Auto.

Am Nachmittag um fünfzehn Uhr saß Willi Pressler aufgeregt an Charlottes Schreibtisch. Er fuhr sich mehrmals durch sein volles graues Haar und knetete ein blaues Seidentuch, das er aus seiner Jackentasche gefischt hatte. Charlotte fragte sich, warum der Mann mitten im Sommer und bei den momentan herrschenden hohen Temperaturen überhaupt so ein Tuch mit sich herumschleppte. Sie hielt ihn für einen eitlen Pfau. Aber es war ja nicht verboten, ein eitler Pfau zu sein.

»Sie heißen Wilhelm Pressler, und Ihnen gehört das Haus in der Kriegerstraße, in dem Verena Becker gewohnt hat, richtig?«

Pressler nickte, hüstelte und hielt sich das Tuch vor den Mund. Aha, dachte Charlotte, dafür das Tuch. Der Mann hatte wohl schwache Bronchien. Also vielleicht doch kein eitler Pfau.

»Ja, ich hab ja gehört, dass Frau Becker ... tot ist, aber warum ich deswegen hier bin, das verstehe ich nicht so ganz.« Pressler sprach mit leiser, etwas heiserer Stimme. »Entschuldigung, ich reagiere allergisch auf Staub.« Er hüstelte wieder.

Charlotte warf Bremer, der neben ihr saß, einen Blick zu.

»Herr Pressler, haben Sie Verena Becker näher gekannt?«

»Nein, sie war meine Mieterin, das ist alles. Sonst weiß ich nichts von ihr. Sie hat ihre Miete pünktlich bezahlt, das ist alles, was mich interessiert.«

»Seit wann hat sie denn bei Ihnen gewohnt?«

»Seit fünf oder sechs Monaten, so genau hab ich das nicht im Kopf. Müsste ich die Verträge durchgucken.«

»Wie ist denn der Kontakt überhaupt zustande gekommen?«

Hatten Sie eine Anzeige aufgegeben?«

Pressler schaute unsicher von Brenner zu Charlotte. »Nein, jemand hat sie mir vermittelt.«

»Ach, und wer, haben Sie einen Namen?«

Pressler schluckte und fuhr sich wieder durch die Haare. »Blischke heißt der Mann, Lukas Blischke, er hat früher mal bei mir gewohnt.«

»Sie kennen Frau Becker also nur von der Übergabe der Wohnung?«

»Nein, das hat Lukas gemacht.«

»Ach, dann kannten Sie Frau Becker also nur über Herrn Blischke.«

»Ja klar.«

»Und Sie waren auch nicht in ihrer Wohnung?«

»Natürlich nicht, das ist doch auch verboten.« Pressler zog misstrauisch einen Mundwinkel hoch. »Was stellen Sie denn hier für Fragen?«

Charlotte legte Pressler das Foto hin. »Wir haben das hier bei Frau Becker in der Wohnung gefunden.«

Pressler beugte sich vor und studierte das Bild. »Darauf kann man ja kaum was erkennen.«

Charlotte hatte den Eindruck, der Mann wirkte erleichtert.

»Das sind doch Sie, zusammen mit Frau Becker. Einer unserer Beamten hat Sie gleich erkannt.«

Pressler räusperte sich und warf erneut einen Blick auf das Bild.

»Also, das mag ja Frau Becker sein, aber ich bin das bestimmt nicht.«

Der Mann log, das war offensichtlich. Er knetete mit beiden Händen unruhig an seinem Tuch herum und atmete schwer. Charlotte versuchte es auf die freundliche Tour. »Hören

Sie, Herr Pressler, dieses Foto ist in Verena Beckers Wohnung aufgenommen worden, das haben unsere Spezialisten bereits herausgefunden. Wollen Sie wirklich warten, bis wir Ihre Fingerabdrücke oder sonstige Spuren von Ihnen in der Wohnung finden?«

»Das ist doch nichts Besonderes, schließlich gehört mir ja das Haus. Natürlich können Sie da Spuren von mir finden.«

»Sie haben aber eben gesagt, dass Sie nicht in der Wohnung gewesen sind«, hielt Charlotte dagegen.

Pressler zuckte zusammen. »Das … ich meine, ich war natürlich schon vorher, bevor Ve… bevor Frau Becker dort gewohnt hat, in der Wohnung. Man muss ja mal nach dem Rechten sehen.«

Presslers Atem ging schneller. Charlotte fragte sich, ob der Mann überhaupt durchhalten würde, wenn sie die Daumenschrauben anlegte. Sie wechselte einen Blick mit Bremer.

»Möchten Sie etwas trinken?«

Pressler schüttelte den Kopf, fasste in seine Jackentasche, führte ein Inhalationsgerät an den Mund und sprühte.

Charlotte wartete, bis der Mann wieder zu Atem gekommen war, und beschloss, die Karten auf den Tisch zu legen.

»Herr Pressler«, sagte sie sanft, »wir wissen, dass Sie der Mann auf dem Foto sind, und Sie wissen das auch. Das Einfachste für Sie und für uns wäre, wenn Sie jetzt einfach erzählen, was Sie über Verena Becker wissen, und vor allem, was sie mit Ihnen verband.«

Offensichtlich hatte sie den richtigen Ton getroffen, denn Presslers Unterlippe zitterte. Er senkte den Blick und knetete sein Tuch. Dann schien er einen Entschluss zu fassen.

»Wissen Sie«, schniefte er, »ich habe das Mädchen geliebt. Wirklich!« Er sah Charlotte mit glänzenden Augen an. »Und ich glaube, sie mochte mich auch.«

Charlotte verdrehte die Augen und faltete geduldig die Hände in ihrem Schoß.

»Erzählen Sie.«

»Na ja, Sie wissen doch, wie sie aussah. So schön. Sie … ich …«»Er zögerte und nickte dann. »Ja, das auf dem Bild bin ich. Ich habe sie ab und zu besucht, und … wir haben dann …«

»Sie hatten Sex«, sagte Bremer, dem das Ganze langsam etwas zu blumig wurde.

Pressler starrte Bremer an, als nähme er ihn zum ersten Mal wahr.

»Ja«, antwortete er trotzig. »Wir hatten Sex! Aber mit ihrem Tod habe ich nichts zu tun. Ich bin auch nicht der Einzige, mit dem sie Sex hatte.« Pressler schwieg.

»Sie haben sie bezahlt«, sagte Charlotte.

Pressler stierte sie empört an.

»Ja und? Das ist nicht strafbar!«, rief er und musste gleich darauf wieder sprühen.

»Wie oft waren Sie zusammen?«

Statt einer Antwort schüttelte Pressler den Kopf. »Hören Sie, ich bin verheiratet. Wenn meine Frau das erfährt, dann ...«

Charlotte triumphierte innerlich. Offensichtlich war sich Pressler nicht im Klaren darüber, dass er ihnen gerade ein Motiv geliefert hatte.

»Ich war fast jede Woche bei ihr.« Er sah wütend auf. »Aber ich war nicht der Einzige«, wiederholte er. Er fing an zu schluchzen. »Ich konnte es zuerst gar nicht glauben, aber sie war bloß eine Hure.«

»Wer war noch da, haben Sie jemanden gesehen?«, fragte Charlotte.

»Nein, gesehen hab ich niemanden, aber ...« Er blickte auf.

»Haben Sie denn ihren Computer nicht gefunden?«

Charlotte antwortete nicht. »Erzählen Sie einfach, was Sie wissen«, sagte sie stattdessen.

»Na, als ich das letzte Mal da war, hab ich auf ihrem Computer eine E-Mail gesehen. Sie war von einem Mann, der einen Termin von ihr wollte. Was soll ich da schon denken?« Er wischte sich mit dem Jackenärmel über die Augen. »Es war ernüchternd, das können Sie glauben.«

Bremer musterte Pressler mitleidig.

»Wissen Sie den Namen von dem Mann?«, fragte Charlotte.

Pressler wirkte erstaunt. »Nein, also ...«

»Woher wissen Sie dann, dass es ein Mann war?«

»Weil ... in der Mail stand was von ... *sie soll ihre roten Strapse*

149

anziehen ...« Pressler bekam große Augen. »Oder glauben Sie, sie machte das auch mit ... Frauen?«

Charlotte wechselte das Thema. »Wussten Sie eigentlich, dass Verena Becker eine Allergie hatte?«

»Aber natürlich, wir waren Leidensgenossen. Sie reagierte allergisch auf Nüsse, das hat sie mir gleich beim ersten Treffen gesagt. Und ich hab ihr gesagt, dass ich Asthma habe.« Er schluchzte leise. »Wir haben uns einfach verstanden ... und dann muss ich erfahren, dass sie ...«

»Wo waren Sie Freitagabend?«

»Mit meiner Frau im Theater am Ballhof, und dann sind wir noch zum Maschsee gegangen.«

Na klar, dachte Charlotte. »Wo haben Sie sich hauptsächlich aufgehalten?«

»Wie meinen Sie das?«

Charlotte wurde ungeduldig. »Na, das Maschseefest ist groß, wo waren Sie? Am Nordufer, an der Quelle, an der Löwenbastion?«

Pressler schien zu überlegen. »Na, wir sind einfach am Westufer spazieren gegangen.«

»Auch an der Löwenbastion?«

»Ja, da auch.«

»Und Sie waren immer zusammen?«

»Natürlich.«

»Wann sind Sie heimgekommen?«

Pressler zuckte die Achseln. »Was weiß ich? Um kurz nach Mitternacht.«

»Ihre Frau kann das alles bestätigen?«

Pressler blickte erschreckt auf. »Um Himmels willen, lassen Sie meine Frau aus dem Spiel!«

»Haben Sie vielleicht Freunde getroffen, mit denen Sie noch zusammen waren?«

Pressler schüttelte resigniert den Kopf.

Charlotte beobachtete den Mann. Das blaue Tuch wanderte ununterbrochen von einer Hand in die andere, seine Augen waren unstet, ständig blinzelte er. Sie beugte sich vor und fixierte Pressler.

»Verraten Sie mir doch mal, warum Verena Becker das Bild von Ihrer trauten Zweisamkeit ausgedruckt hat?«

Presslers Hände standen plötzlich still, er schluckte, atmete schwer. Aber Charlotte ließ sich davon nicht beeindrucken. Nur Bremer wurde nervös. Er rutschte auf seinem Stuhl hin und her und sah Charlotte bittend an.

»Wir können die Befragung auch später fortsetzen«, schlug er vor.

»Nein«, fuhr Charlotte dazwischen und sagte an Pressler gewandt: »Sie schaffen das schon, oder sollen wir einen Arzt holen?«

Pressler schien sich beruhigt zu haben. »Nein. Aber woher soll ich wissen, warum Verena das ausgedruckt hat? Was für eine Frage.«

Charlotte faltete erneut die Hände. »Vielleicht wollte sie das Bild Ihrer Frau zeigen.« Ihr Gesichtsausdruck wurde streng. »Hat Verena Becker Sie erpresst?«

Pressler schwieg.

»Herr Pressler, wir kriegen das raus, wir brauchen bloß Ihre Konten zu überprüfen.«

Erstaunlicherweise lächelte Pressler. »Machen Sie doch, da werden Sie nichts finden.«

Dann richtete er sich auf, schien sich zu entspannen. »Erpressung ist nicht der richtige Ausdruck«, sagte er dann, ohne den Blick von seinen Händen zu nehmen, die jetzt ruhig in seinem Schoß lagen. Er lachte auf. »Ja ... nachdem ich diese E-Mail gelesen hatte, bin ich nicht mehr zu ihr gegangen. Man weiß nie, was man sich bei solchen Frauen alles einfängt. Wir hatten immer ungeschützten Sex.«

Charlotte schnappte innerlich nach Luft. Auch noch ein Hypochonder. Hatte der Mann denn wirklich geglaubt, eine Frau wie Verena Becker hätte Interesse an ihm? Manche Kerle hatten wirklich eine übertrieben hohe Meinung von ihrem Sex-Appeal.

»Außerdem war meine Frau schon misstrauisch geworden. Ich habe drei Kinder, meine Familie ist mir wichtig ... wichtiger als ...«

»Tatsächlich«, raunte Charlotte, »wie ging's weiter?«

»Also, zwei Wochen nach unserem letzten Treffen hat sie mir einen Brief geschickt. Drin war dieser Fotoausdruck.«

»Sie meinen, per Post?«, fragte Charlotte ungläubig.

»Ja, sie … sie wollte mich unbedingt sehen und hat einen Treffpunkt angegeben.«

»Welchen?«

»Im Georgengarten, am Leibniztempel.«

»Und?«

»Na, ich bin hingegangen.«

»Und sie wollte Geld«, riet Charlotte.

»Ja, aber nicht viel«, beeilte sich Pressler hinzuzufügen.

»›Vergiss nicht, die vierhundert Euro mitzubringen, die du mir schuldest.‹ Das hat sie geschrieben.«

»Ich nehme an, die vierhundert Euro waren keine Schulden.« Pressler nickte.

»Aha, und haben Sie sie ihr gegeben?«

»Natürlich.«

»Haben Sie den Brief noch?«

»Nein, sie hat gesagt, ich soll ihn wegwerfen. Das habe ich getan.«

»Wie lange ist das her?«

»Das war ungefähr vor drei Wochen.«

»Und, wie oft haben Sie so einen Brief bekommen?« Charlotte wunderte sich immer wieder, wie leicht Männer sich von einem hübschen Gesicht ins Bockshorn jagen ließen.

»Nur dieses eine Mal, ich schwöre!« Pressler hielt seine Rechte mit ausgestreckten Daumen, Zeige- und Mittelfinger in die Höhe.

Fehlte nur noch die Bibel, fuhr es Charlotte durch den Kopf.

»Sie hätten sie anzeigen können«, schlug Charlotte vor.

»Wie denn, womit denn? Dieser Brief sagte doch nichts. Ich hätte ja nicht mal nachweisen können, dass er von ihr ist. Er war mit dem Computer geschrieben, ausgedruckt und dann mit der Post verschickt.«

Deshalb hatte sie die Botschaft nicht per Computer oder Handy verschickt, dachte Charlotte. Damit ihr niemand etwas nachweisen konnte. Einen Postbrief hätte jeder verschicken können. Ganz schön raffiniert. Charlotte musterte Pressler. Er saß da wie ein hilfloser, alternder Held, den Blick gesenkt, sein volles graues Haar fiel ihm in die Stirn. Sie musste an ihren Vater denken. Ob der wohl auch solche Ambitionen hatte?

Sie rief sich zur Ordnung. Was für idiotische Gedanken, aber nicht von der Hand zu weisen. Wer wusste schon, was in den Köpfen älterer Männer vor sich ging. Egal, ermahnte sie sich, konzentrier dich, es gibt hier etwas zu erledigen.

»Herr Pressler«, fragte sie streng, »haben Sie Verena Becker getötet?«

Pressler richtete sich auf und legte theatralisch die Hand mitsamt dem blauen Tuch aufs Herz.

»Nein, ich versichere Ihnen. Niemals hätte ich Verena ... Sie war einfach wunderbar ... auch wenn sie ... Ich ... ich hab mich wieder jung gefühlt ...«

Charlotte schloss für einen Moment die Augen. Entweder war dieser Kerl ein absolutes Weichei oder ein brillanter Schauspieler. Wie auch immer, dass er bezahlten Sex mit dem Opfer hatte und dieses Opfer ihn zumindest einmal erpresst hatte, bedeutete zwar, dass er ein handfestes Motiv hatte, aber nicht, dass er sie ermordet haben musste. Und nach dieser Geschichte konnten sie davon ausgehen, dass Pressler nicht der Einzige war, den Becker erpresst hatte.

Wenn seine Frau seine Angaben bestätigte und ihn entlastete, bewies das allerdings auch nichts. Leider neigten viele Frauen dazu, ihre Männer zu decken, wenn sie in die Bredouille gerieten. War vielleicht auch gar nicht so dumm. Dann schuldeten die Kerle ihnen was. Damit konnte frau durchaus etwas anfangen.

Charlotte packte das Foto wieder ein und stand auf.

»Sie können jetzt gehen, aber Sie verlassen Hannover nicht.«

Sie gab Bremer ein Zeichen, und beide geleiteten den Mann hinaus.

»Was sagst du dazu?«, fragte Charlotte Bremer auf dem Flur. Bremer hob in komischer Verzweiflung die Hände zum Himmel. »Dazu fällt mir rein gar nichts ein, außer dass unser Opfer ein raffiniertes kleines Luder gewesen sein muss.«

»Ja, das Gefühl hab ich auch«, stimmte Charlotte zu und

biss sich auf die Lippe. »Wenn wir doch bloß diesen Computer hätten.«

»Tja, wenn …« Bremer klemmte sich die Akte unter den Arm. »Brauchst du mich noch? Sonst versuch ich's mal im Internet. Womöglich hat sie ihre Dienste ja dort auch angeboten. Vielleicht bringt uns das irgendwie weiter.«

»Ja, mach das«, sagte Charlotte, und die beiden gingen ihrer Wege. Bremer in sein Büro und Charlotte zur Chefin, um ihr Bericht zu erstatten.

»Nun, sind wir weitergekommen?«, empfing sie Meyer-Bast und lugte über die randlosen Gläser ihrer Designerbrille. Charlotte ließ sich auf dem Stuhl vor dem Schreibtisch der Kriminalrätin nieder.

»Ja und nein«, antwortete sie und rümpfte die Nase.

Wenn ihre Chefin doch bloß diese Vorliebe für Jasmin mal ablegen würde, dachte sie und warf einen Blick zur Fensterbank, wo eine ganze Phalanx dieser Pflanzen die Luft verpestete. Egal, gewöhn dich dran, ermahnte sie sich und fuhr dann fort.

»Pressler hat zugegeben, der Mann auf dem Bild zu sein. Er hat die Becker fast jede Woche besucht, sie allerdings für ihre Dienste bezahlt und sie auch eine Hure genannt. Und außerdem hat er noch was anderes gesagt. Er habe bei einem seiner Besuche auf ihrem Computer eine E-Mail gelesen, von einem Mann, der einen Termin bei ihr wollte. Also war das mit der Hure wohl kein bloßes Schimpfwort. Becker hat ihre Sucht mit Prostitution finanziert.«

»Wir haben aber keinen Computer gefunden. Wusste er den Namen des Mannes?«

»Nein.«

»Wäre ja auch zu schön gewesen«, seufzte Meyer-Bast und fügte nach einer Weile hinzu: »Vielleicht hat er sie aus Eifersucht getötet. Oder seine Frau war es.«

»Seine Frau eher nicht, nach seiner Aussage weiß sie nichts von seinen Abwegen, und er hat Angst, dass sie davon erfährt. Und damit kämen wir auch gleich zu einem weiteren Motiv: Verena Becker hat Pressler nämlich erpresst.« Sie schilderte der Chefin, was Pressler gesagt hatte.

Meyer-Bast lehnte sich zurück und stieß einen Pfiff aus. »Alle Achtung, darauf muss man erst mal kommen, per Post also.«

»Ja, damit war sie auf der sicheren Seite. Falls Pressler sie anzeigen wollte, hätte er das kaum beweisen können. Es sei denn, sie war dumm genug, Fingerabdrücke auf dem Papier zu hinterlassen, aber das glaube ich nicht.«

Meyer-Bast tippte mit ihrem Kugelschreiber auf die Schreibtischunterlage. »Aber sie war doch auf dem Bild. Das hätte sie doch verraten.«

»Nicht unbedingt. Das Bild von ihrem Handy kann sonst wer ausgedruckt haben. Wir wissen ja nicht mal, ob sie ihr eigenes benutzt hat. Und wie wollen wir beweisen, wer einen Brief per Post abgeschickt hat? Nur mit Fingerabdrücken. Den Brief hätte jeder verschicken können, der von dem Verhältnis wusste und die beiden kannte. Dieser Blischke käme beispielsweise in Frage, obwohl der sich wohl kaum mit vierhundert Euro begnügt hätte, nehme ich mal an.«

»Wohl wahr.« Meyer-Bast überlegte. »Das ist nicht wirklich eine gute Nachricht. Sie kann ja etliche solcher Briefe verschickt haben. Wahrscheinlich auch an ihren Mörder, der muss das gewusst haben. Er war schlau genug, sich sowohl ihr Handy als auch ihren Computer zu holen.«

»Allerdings. Wir können davon ausgehen, dass ihre Nachbarin in der fraglichen Nacht nicht Verena Becker an ihrer Tür gehört hat, sondern ihren Mörder. Das heißt, der Mord ist wahrscheinlich um Mitternacht herum passiert.«

Die beiden Frauen schwiegen einen Moment nachdenklich. Dann sprach Charlotte weiter.

»Pressler gibt auch zu, von Beckers Allergie gewusst zu haben, und außerdem, dass er mit seiner Frau am Freitagabend bis etwa um Mitternacht, also etwa zur Tatzeit, auf dem Maschseefest gewesen ist. Natürlich hätte er die Gelegenheit gehabt, mit Verena Becker bei den Containern zu verschwinden. Er hatte ja allen Grund, sich nicht mit ihr sehen zu lassen.«

Meyer-Bast nahm ihre Brille ab und lehnte sich zurück. »Das heißt, er hatte Motiv, Mittel und Gelegenheit.« Sie lächelte

Charlotte an. »Und Sie sagen, wir sind nicht wirklich weitergekommen.«

Charlotte zupfte an ihrer Unterlippe, das machte sie gern, wenn ihr etwas Kopfzerbrechen bereitete.

»Ja, aber die Gelegenheit hatten im Grunde alle, die sich zur Tatzeit an der Löwenbastion aufgehalten haben, und das waren mehrere hundert Leute. Das hat die Funkzellenabfrage ergeben, die uns aber im Zusammenhang mit unseren Ermittlungen bisher weder einen Zeugen noch einen Tatverdächtigen geliefert hat. Und wie viele Menschen ein Motiv hatten, das können wir nur vermuten. Erdnusscreme kann sich jeder besorgen. Sie hat ja jedem von ihrer Allergie erzählt, damit alle im Notfall Bescheid wussten.« Charlotte schürzte die Lippen. »Wer denkt sich denn, dass jemand das irgendwann benutzt, um einen umzubringen? Ziemlich perfide.«

»Da haben Sie recht«, sagte Meyer-Bast. »Sie sollten als Nächstes die Frau von Pressler befragen. Wenn sie für ihren Mann kein plausibles Alibi liefern kann, werden wir einen Haftbefehl beantragen.«

Charlotte beschloss, selbst bei Pressler zu Hause vorbeizufahren und mit seiner Frau zu sprechen. Die Presslers bewohnten ein Stockwerk in einer Villa im Hindenburgviertel. Willi Pressler öffnete persönlich. Er wirkte wie ein wütender kleiner Junge, dem man sein Lieblingsspielzeug weggenommen hat. Seine sonst sorgfältig zur Schau getragene Eleganz war einer offensiven Schlampigkeit gewichen. Ein Hemdzipfel hing aus der Hose, das blaue Tuch hing ihm lose um den Hals, an den Füßen trug er dunkle Socken. Die rechte zierte ein Loch am großen Zeh. Es war kurz nach achtzehn Uhr, in der einen Hand einen Cognacschwenker, mit der anderen bat er Charlotte herein.

»Kommen Sie«, sagte er heiser, »kommen Sie ruhig rein und machen Sie mein Leben kaputt!«

Charlotte betrat den geräumigen Flur mit Marmorboden.

»Das machen Sie doch selbst schon«, raunte sie und fügte lauter hinzu. »Könnte ich bitte mit Ihrer Frau sprechen?«

»Ja, natürlich, sie ist im Schlafzimmer und packt.«

Er wies mit dem Cognacschwenker den Flur entlang und wankte dann durch die nächstgelegene Tür, wohl ins Wohnzimmer.

»Frau Pressler?«

Charlotte wanderte bis zum Ende des Flurs, zu einem Zimmer, in dem offensichtlich jemand rumorte. Sie klopfte an und steckte den Kopf durch den Türspalt. Drinnen war in der Tat eine Frau dabei, zu packen. Sie stand an einer Kommode und wollte wohl gerade die oberste Schublade leeren. Sie blickte Charlotte mit zusammengekniffenen Augen entgegen.

»Ach, die Polizei vermutlich«, sagte sie mit rauer Stimme, raffte den Inhalt der Schublade zusammen und warf ihn in den großen Koffer, der auf dem Bett lag. Charlotte schätzte die Frau auf Mitte fünfzig. Ihr blondes, offensichtlich gefärbtes, schulterlanges Haar fiel ihr weich ins Gesicht. Sie trug enge schwarze Jeans, die ihre jugendliche Figur betonten, und eine weiße taillierte Bluse, deren kurze Ärmel braune Arme frei ließen. Das Einzige, das ihr Alter verriet, waren die Falten. Charlotte wunderte sich, dass die Frau diese Falten so offen zur Schau trug, während ihre Kleidung eher der einer Jugendlichen entsprach. Offensichtlich verfügte Martina Pressler über ein gesundes Selbstvertrauen, das es nicht nötig hatte, sich vollends auf Jugendlichkeit zu kaprizieren, wenn sie sie auch zeigte, wo es vorteilhaft war. Zum Beispiel, was ihre Figur anbelangte.

»Sie müssen entschuldigen, aber ich hab's eilig. Ich verreise ... auf unbestimmte Zeit«, rief sie in den Flur, wohl in der Hoffnung, dass Pressler sie hörte. Währenddessen wanderte der Inhalt der Schubladen unkontrolliert in den Koffer.

Charlotte zeigte ihren Ausweis. »Mein Name ist Wiegand, und ich hätte ein paar Fragen zum letzten Freitagabend. Ihr Mann sagte, Sie waren zusammen im Theater und auf dem Maschseefest.«

Martina Pressler wandte sich um und sah Charlotte an, in ihren Augen schimmerte es.

»Sie wollen wissen, ob mein Mann und ich zusammen gewesen sind ...« Sie atmete schwer. »So leid es mir tut, das sagen zu müssen, aber ja, wir waren den ganzen Abend zusammen, er hatte keine Zeit, seine ...«, sie hob wieder ihre Stimme und rief an Charlotte vorbei Richtung Tür, »... *Geliebte umzubringen!*«

Charlotte zuckte unwillkürlich zusammen und blickte auf den Flur hinaus, aber von Pressler war nichts zu sehen.

»Äh, können Sie mir kurz schildern, wie Sie den Abend verbracht haben und wann Sie zu Hause waren?«

Martina Pressler sank auf ihr Bett, bedeckte das Gesicht mit den Händen und schluchzte. Charlotte hätte sich am liebsten neben sie gesetzt, aber niemand hatte sie aufgefordert, Platz zu nehmen, also blieb sie, die Finger in ihre Jeanstaschen geklemmt, mitten im Schlafzimmer der Eheleute stehen und wartete.

Martina Pressler schien sich zu beruhigen, sie stand auf, riss ein Kosmetiktuch aus einem Spender und schnäuzte sich. Dann sah sie Charlotte an.

»Wissen Sie, was das für ein Gefühl ist, wenn die Kinder aus dem Haus sind, man sich als Ehepaar wieder mehr um sich selbst kümmern kann und der Mann dann anfängt, *sich anderswo zu amüsieren!*« Die letzten Worte gingen wieder lautstark in Richtung Flur.

Charlotte konnte das nur verneinen, tat es aber nicht. Sie wollte ja eigentlich nur ein Alibi überprüfen und war hier in den übelsten Ehekrach geraten.

»Ich will Ihnen sagen, wie das ist«, gab Martina Pressler sich selbst die Antwort. »Es ist *erniedrigend!*« Sie stand auf und fuhr fort, ihren Koffer zu füllen.

»Okay«, sagte Charlotte beschwichtigend. »Ich muss aber trotzdem von Ihnen wissen, wie Sie den Freitagabend verbracht haben.«

»Ich kann Sie beruhigen«, sagte Martina Pressler ruhig. »Mein Mann ist zwar offensichtlich ein kleiner Nuttengänger, aber einen Mord kriegt er nicht hin.«

Sie fing wieder an, Sachen aus dem Schrank zu räumen. Auf Charlotte wirkte das Ganze eher wie eine Theatervorstellung als wie eine wirkliche Ehekrise. »Mein Mann und ich waren den ganzen Freitagabend zusammen, zuerst im Theater, dann auf dem Maschseefest. Mein Mann war die ganze Zeit bei mir. Glauben

Sie mir, ich hätte es gemerkt, wenn er zwischendurch seine Nutte um die Ecke gebracht hätte. Brauchen Sie noch mehr?«

Charlotte wollte noch fragen, ob den beiden an der Löwenbastion irgendetwas aufgefallen war, als Pressler mit seinem Glas wankend in der Tür erschien.

»Da sehen Sie's«, lallte er und wies mit dem Cognacglas auf seine Frau. »Ich bringe keine Frauen um, ich bumse sie nur.« Er kicherte und hielt sich an der Klinke fest. »Aber lieben tu ich nur meine Frau. Das könnt ihr glauben oder nicht.«

Er prostete ihnen zu, leerte sein Glas und verschwand wieder.

Martina Pressler sah ihrem Mann nach, mit ihren Armen umfing sie diverse Kleider, die sie aus dem Schrank genommen hatte. Sie ließ sie fallen und sank auf das Bett. Auf dem Koffer türmte sich ein Berg von Kleidungsstücken. Den Koffer würde sie im Leben nicht zukriegen, fuhr es Charlotte durch den Kopf.

Sie entschloss sich zu gehen. Das hier war Privatsache. Wenn die beiden etwas gesehen hätten, hätten sie das längst gesagt. Es würde Pressler ja entlasten.

Als sie wenig später in ihrem Golf saß, hasste sie sich und ihren Beruf. Einerseits konnte sie Typen wie Pressler nicht ausstehen. Männer im fortgeschrittenen Alter, deren Ehefrauen sich wahrscheinlich ein Leben lang hauptsächlich um die Familie gekümmert hatten und nun im Alter nicht mehr die Vorliebe der Männer nach knackigem, jugendlichem Fleisch bedienen konnten. Und diesen Männern gönnte sie es von Herzen, dass ihre Ehefrauen sich gegen deren evolutionäres Streben nach Vervielfältigung wehrten. Andererseits gingen dadurch womöglich Beziehungen zugrunde, die man nicht auf Sexualität reduzieren sollte. Konnte man Sexualität und Liebe trennen?

Nein, konnte man nicht, fand Charlotte. Sie drehte den Zündschlüssel, und der Golf antwortete mit einem zufriedenen, leisen Schnurren. Sie würde sich jetzt noch im Fitness-Studio anmelden.

* * *

Bergheim hatte beschlossen, gemeinsam mit Bremer im Paulaner am Thielenplatz zu Abend zu essen und dabei mit Janina Grauhöfer zu sprechen, die dort Dienst hatte. Das Paulaner war wie immer gut besucht, aber sie ergatterten einen Tisch am Fenster, an dem Janina Grauhöfer bediente. Sie brachte ihnen die Speisekarte und strahlte Bergheim an. Beide bestellten die Schweinshaxe mit Kraut und Knödeln und ein Bier.

»Sakrament«, staunte Bremer, »die füllt ihr Dirndl aber auch aus.«

»Ein bisschen mehr Political Correctness, wenn ich bitten darf, sonst ist am Ende noch irgendwer total beleidigt«, frotzelte Bergheim.

»Mir doch wurscht, um es mal bayrisch auszudrücken.«

Als Janina ihnen ihr Paulaner brachte, bat Bergheim sie, sich einen Moment zu ihnen zu setzen, was sie mit einem koketten Lächeln quittierte.

»Bin sofort da«, sagte sie, verschwand aber vorerst, um den Nebentisch, an dem eine Runde Japaner fröhlich an ihren Biergläsern nippte, mit Würstchen, Haxe und Schnitzeln zu versorgen.

Bremer trank einen großen Schluck und wischte sich den Schaum von den Lippen.

»Wir sollten denen mal eine Runde Lütje Lage spendieren, was meinst du?«

Er wies mit dem Kinn zum Nebentisch, wo alle ausgiebig ihre eigenen Portionen und die auf den Nachbartellern bestaunten, bevor sie respektvoll deren Vernichtung in Angriff nahmen.

Dann kam Janina, setzte sich neben Bergheim an den Tisch und rückte ihre Rüschenbluse mit dem weiten Ausschnitt ins rechte Licht. Bergheim fragte sich, inwieweit ihr Dekolleté wohl zur Höhe ihres Umsatzes beziehungsweise Trinkgelds beitrug.

»Haben Sie schon rausgefunden, wie Alex in die Leine geraten ist?«, fragte sie Bergheim mit glänzenden Augen.

»Nein, wir arbeiten daran«, antwortete er. »Wussten Sie, dass Ihr Freund Rauschgift konsumierte?«

Grauhöfer riss die Augen auf, und ihr Busen hob sich. »Alex? Rauschgift?« Sie schüttelte den Kopf. »Nie im Leben.«

»Woher wissen Sie das so genau?«, fragte Bremer.

Grauhöfer blickte ihn an, als sähe sie ihn zum ersten Mal. »Alex war das totale Weichei. Der hat doch schon Panik geschoben, wenn er mal Gummi gerochen hat. Hat mich dann immer gefragt, ob ich das auch rieche. Einmal hab ich gesagt, ich rieche nichts. Nur aus Spaß! Da hat er voll die Panik gekriegt und gesagt, er hätte einen Tumor im Kopf.« Am Nebentisch wurde laut gelacht. Grauhöfer sah hinüber, stellte aber fest, dass niemand etwas bestellen wollte, und sprach weiter. »Ich hab ihm dann gesagt, er sollte sich mal nicht aufregen. Ich würd's auch riechen. Da war er echt stinksauer.« Grauhöfer griff nach ihren falschen Perlen. »Das wäre nicht witzig, hat er gesagt. Und ich hätte keine Ahnung.«

»Wovon hätten Sie keine Ahnung?«, hakte Bergheim nach.

»Na, von Krankheit und so ... denke ich.«

Bergheim konnte nicht umhin, Küttner zu verstehen. Janina Grauhöfer schien wirklich keine Ahnung zu haben.

»Hat er mal die Namen Verena Becker oder Katja Schauer erwähnt?« Er legte die Fotos auf den Tisch.

Grauhöfer betrachtete sie neugierig. »Nein, die kenn ich beide nicht. Und ich kann mich auch nicht erinnern, dass Alex die Namen je erwähnt hätte.« Sie blickte Bergheim forschend an. »Was haben Sie denn mit denen? Haben die was mit seinem Tod zu tun?«

»Das wissen wir nicht«, antwortete Bergheim wahrheitsgemäß. »Wir wissen nur, dass er sie kannte.«

»Und warum fragen Sie sie dann nicht einfach?«Janina Grauhöfer sprach in einem Ton, als hätte sie es mit zwei dummen Jungen zu tun.

»Weil eine von ihnen ebenfalls tot ist. Sie wurde ermordet. Und die andere ist verschwunden.« Er steckte die Fotos wieder ein.

Grauhöfer schluckte und legte die Hand auf ihr Dekolleté. »Ach du Scheiße!«, entfuhr es ihr ganz undamenhaft. »Und ... Sie glauben, dass Alex was damit zu tun hat ... hatte?«

»Auch das wissen wir nicht genau, aber er ist nicht der Mörder.«

»Natürlich nicht«, hauchte Grauhöfer.

»Hallo! Junge Frau! Wir hätten gern noch sechs Halbe!«, rief ein Mann mit rotem Gesicht von einem der voll besetzten langen Tische zu ihnen herüber. »So schön sind die Herren doch auch nicht, dass Sie uns so vernachlässigen!«

Grauhöfer sprang auf, ging zu dem fraglichen Tisch, sammelte die leeren Gläser ein und brachte sie zur Theke, wo der Zapfer bereits fleißig am Nachschub arbeitete. Nachdem sie einen Berg schmutziges Geschirr zur Küche getragen hatte, zog sie das mittlerweile mit sechs frischen Halben gefüllte Tablett auf ihren rechten Handteller und jonglierte es routiniert zu den durstigen Gästen, die sie mit Gejohle empfingen.

»Ganz schön kräftig, die junge Frau, findest du nicht auch?«, stellte Bergheim fest, während Bremer einen Schluck nahm und dann nickte.

»Denkst du auch, was ich denke?«

»Möglich wäre es immerhin. Die könnte ein Püppchen wie Verena Becker doch glatt unterm Arm verhungern lassen.«

»Allerdings, und ein Motiv hätte sie auch: Eifersucht.«

»Aber sie hat ein Alibi«, fuhr Bergheim fort, während er Grauhöfer, die sich an einem weiteren Tisch schmutzige Teller auf den linken Unterarm lud, beobachtete.

»Hat Martin sich mittlerweile um die Bestätigung gekümmert?«, fragte Bremer leise.

»Na, das will ich doch hoffen«, antwortete Bergheim. »Außerdem ... wenn sie wirklich etwas mit Verenas Tod zu tun hat, dann ist sie die beste Lügnerin, die mir in meiner bisherigen Laufbahn als Bulle begegnet ist.«

Grauhöfer setzte sich wieder neben Bergheim. Sie schien sich gefangen zu haben, was Bergheim schade fand, verunsicherte Menschen verrieten mehr von sich als solche, die glaubten, alles im Griff zu haben.

»Ich weiß nicht, was Sie denken, aber Alex war voll okay, bisschen schräg vielleicht, aber ein netter. Und vor allen Dingen nicht eingebildet.« In Grauhöfers Augen blitzte es. »Es gibt nämlich eine Menge Studenten, die sich für was Besseres halten und Leute wie mich, die in Kneipen bedienen, für blöd. Alex

162

war nicht so so einer. Der war einfach ... süß.« Sie malte mit dem Zeigefinger kleine Kreise auf den Holztisch. »Und jetzt ist er tot.« Sie blickte die beiden an. »Sagen Sie, ist er auch ermordet worden?«

»Das versuchen wir herauszufinden«, sagte Bergheim.

»Und Sie hatten nie das Gefühl, dass er unter Drogen stand?«, hakte Bremer nach.

»Nein, hat er nicht. Das hätte ich gemerkt.«

»Woran?«

Bergheim ritt der Teufel. Manchmal neigte er zum Provozieren. Er sah, wie Bremer sein Glas hob, wahrscheinlich um sein Grinsen zu verbergen. Grauhöfer lächelte plötzlich und rückte näher an Bergheim heran.

»Er war manchmal tierisch geil, meinen Sie, das hatte was mit Drogen zu tun?«

Bremer hätte sich beinahe an seinem Bier verschluckt und hustete.

Bergheim versuchte, Haltung zu bewahren. Wieso konnte er auch nicht sachlich bleiben? Das hatte er jetzt davon.

»Schon möglich«, sagte er dann. »Der Konsum von Speed macht euphorisch, steigert das Selbstwertgefühl und die körperliche Leistungsfähigkeit, man braucht weniger Schlaf oder gar keinen, manchmal reden die Leute ohne Punkt und Komma. Es kommt aber auch zu Krämpfen, Magenschmerzen, Unruhe, Zittern, Paranoia und vor allem zu Herzrhythmusstörungen.« Bergheim kam sich vor wie ein Beipackzettel.

Janina Grauhöfer war während Bergheims Aufzählung still geworden und starrte auf einen Punkt auf dem Tisch. Einige Gäste wurden unruhig, wollten zahlen oder bestellen, aber die junge Frau schien sie nicht wahrzunehmen.

Bremer und Bergheim sahen sich an und warteten. »Hallo.« Bergheim legte seine Hand auf ihre Schulter. »Kommt Ihnen das bekannt vor?«

Grauhöfer sprang auf. »Nein, ich ... kann Ihnen da leider nicht helfen. Mir ist nichts dergleichen aufgefallen. Wenn das stimmt, was Sie sagen, muss Alex sehr leichtsinnig gewesen sein.« Sie atmete schwer, und ihr Busen hob und senkte sich wirkungsvoll. Dann drehte sie sich auf dem Absatz um und ging zu einem Gast, der ostentativ mit einem Fünfzig-Euro-Schein herumwedelte.

»Was sagst du dazu?«, fragte Bremer.

»Äußerst seltsam«, sagte Bergheim.

»Hoffentlich hat sie unsere Haxen nicht vergessen, ich hab einen Mordshunger. Und hoffentlich spuckt sie uns nicht ins Essen. Ich hab nicht den Eindruck, dass sie uns für liebe Bullen hält.«

»Wieso plötzlich der Stimmungswechsel? Irgendwas muss ihr eingefallen sein.«

Bergheim kratzte sich am Kopf. »Etwas, das sie uns auf keinen Fall mitteilen will.«

»Glaubst du, sie hatte wirklich keine Ahnung?«

»Wenn sie Bescheid wusste, ist sie reif für den Oscar.« Bergheim sah auf. »Unser Essen kommt.«

Grauhöfer stellte ihnen die Teller vor die Nase, ohne sie anzusehen, und machte sich dann flugs davon. Die beiden Ermittler sahen ihr verwirrt nach und ließen sich dann ihre Mahlzeit schmecken. Dem seltsamen Verhalten von Janina Grauhöfer würden sie später auf den Grund gehen.

***

Im »fit & power« herrschte Feierabendverkehr. Das Wort fiel ihr unwillkürlich ein, als Charlotte die zahlreichen, sich emsig trimmenden Männer und Frauen in verschwitzten T-Shirts betrachtete. Fast alle Crosstrainer waren besetzt, und von den Laufbändern hallten die Schritte der Läufer durch den dezent mit Radiomusik beschallten Raum. An den Geräten herrschte ein reger Wechsel, und ein Dutzend Männer quälten ihren Körper mit Hanteln und sonstigen Gewichten. Der Raum schwitzte.

Charlotte rümpfte die Nase, sie war nie ein Sportfreak gewesen und würde auch keiner mehr werden. Nicht in diesem Leben, ermahnte sie sich selbst, damit sie nicht auf dumme Gedanken kam und eventuell noch Gefallen am Gewichtheben finden würde. Sie war so vertieft in ihre Betrachtungen, dass sie die junge Frau, die hinter dem Empfang aufgetaucht war, nicht bemerkte.

»Hallo, ich bin Mareike, kann ich etwas für Sie tun?«

»Oh, ja klar, ich ... wollte mich erkundigen, wie das hier bei Ihnen so läuft. Können Sie mich da beraten?« Was für ein Einstieg!, schalt sich Charlotte. Sie hätte sich besser vorbereiten sollen.

»Ja, gern, ich arbeite zwar erst seit gestern hier, sozusagen als Vertretung, aber ich studiere Sport und bin schon sehr lange Mitglied und kenne mich gut aus.«

»Aha.« Ja klar, Vertretung, dachte Charlotte. Schließlich muss-ten die vermissten und getöteten Mitarbeiter ja irgendwie ersetzt werden. Makaber.

Sie fragte sich, ob die junge Frau wohl wusste, auf welchem Pulverfass sie arbeitete. Vielleicht sollte sie sie warnen? Aber was sollte sie sagen? Sie wussten nicht, was mit Katja war, vielleicht war sie einfach nur abgehauen. Und sie selbst war undercover und wollte ihre Tarnung nicht schon aufgeben, bevor sie über-haupt damit angefangen hatte, sich zu tarnen. Außerdem hoffte sie, diesen dubiosen Club bald auffliegen lassen zu können.

Sie erwiderte das breite Lächeln und fand es genauso aufge-setzt wie das der jungen Frau.

»Ich ... äh, ich dachte, ich müsste mal wieder ein bisschen was für mich tun. Beweglichkeit und so ... Sie wissen schon.«

»Aber klar«, erwiderte Mareike strahlend, »da sind Sie, äh, ich meine, da bist du ...« sie lächelte entschuldigend, »hier duzen sich alle, das vergess ich immer ... bei uns genau richtig. Wir bieten diverse Kurse an, Bodypower, Rückenfit, Yoga, Zumba, und wir haben auch eine spezielle Abnehmgruppe.« Mareikes Blick fuhr an Charlotte hinab und blieb an ihren Hüften hän-gen. »Und Ernährungsberatung machen wir auch, ist alles im monatlichen Preis inbegriffen.«

Charlotte war so verblüfft, dass sie sich nicht entscheiden konnte, ob sie beleidigt oder erfreut reagieren sollte. Sie ent-schied sich für die Mitte.

»Nun ja ... mir geht es um die Fitness, nicht so uns Äußere.«

Das war zwar nur die halbe Wahrheit, aber das war egal, sie spielte ja hier sowieso nur Theater.

»Natürlich.« Mareike verzog leicht den Mund, als wollte sie sagen, dass zwar viele so dachten, aber mit dieser Formel auf dem Holzweg waren.

Dabei war Mareike auch nicht gerade magersüchtig, fand Charlotte. Oder waren das alles Muskeln? Und dieses rote Shirt mit dem gelben »fit-&-power«-Emblem auf der linken Brustseite machte die Sache auch nicht besser.

»Wie ist es denn mit den Geräten, wird man da eingewiesen, oder wie funktioniert das?«

»Selbstverständlich.« Mareike überschlug sich fast vor Entgegenkommen. »Das ist ebenfalls inklusive, du bekommst eine Trainerstunde.«

»Machen Sie … machst du die?« Charlotte bemühte sich, nicht misstrauisch zu klingen.

»Nein, das machen die Fitnesstrainer, Andreas oder Boris, manchmal auch Lukas, der Chef. Wir können gleich einen Termin machen, wenn du willst.«

»Aha.« Charlotte schürzte die Lippen. Ein Termin war ihr zwar recht, aber sie hatte gehofft, heute zumindest den einen oder anderen Mitarbeiter persönlich zu treffen und sich ein großes Bild vom Miteinander in diesem Studio machen zu können.

»Könnte mich denn jetzt mal jemand ein bisschen rumführen?«, fragte sie. »Damit ich's mir nicht gleich wieder anders überlege.«

Mareike reckte den Hals und sah sich im Studio um. »Moment, ich frage mal, ob Andreas Zeit hat.«

»Das wäre nett.«

Mareike ging in die Hantelabteilung, wo ein Athlet inmitten einer Horde junger Männer stand, die bewundernd auf seine Muskelberge glotzten, über denen sich das rote Clubshirt spannte. Die beiden wechselten ein paar Worte, und Mareike wies in Richtung Rezeption, wo Charlotte sie mit ihrem falschen Grinsen beobachtete.

Der Mann im roten Shirt grinste zurück, entschuldigte sich kurz bei seinen Bewunderern und folgte Mareike zur Rezeption. Er reichte Charlotte die Hand und stemmte dann seine

Hände in die Hüften, was seine breiten Schultern aufdringlich betonte.

»Hallo, ich bin Andreas«, sagte er. »Ich kann dich kurz herumführen. Wir duzen uns hier alle.«

Sag bloß, dachte Charlotte.

»Schön«, sagte sie, »ich heiße Charlotte und möchte mir gern ein Bild von eurem Club machen, bevor ich mich fest anmelde.«

Das war endlich mal nicht gelogen, dachte sie und fühlte sich gleich besser in ihrer Rolle.

»Gern.« Andreas ging voraus. »Also das hier ist unser Circuittraining ...«, begann er, während Charlotte sich den Kopf zerbrach, wie sie am besten vorgehen sollte. »Man übt immer so etwa eine Minute und geht dann weiter zum nächsten Gerät.«

»Soso, und ... ist es denn immer so voll wie jetzt?«

»Nein, tagsüber eigentlich nicht, jetzt ist Abendbetrieb, da kommen die ganzen Berufstätigen. Ich weiß ja nicht, was du beruflich machst ...« Er sah sie fragend an.

»Öffentlicher Dienst«, antwortete Charlotte. Warum lügen, wenn es sich vermeiden ließ, dachte sie.

»Aha, ja dann hast du ja wahrscheinlich ganz normale Arbeitszeiten, oder?«

Eher nicht, wollte sie sagen. »Ja«, sagte sie dann.

»Ja, zu den üblichen Zeiten abends und am Wochenende sind wir immer sehr gut besucht, aber das macht ja auch Spaß. Man lernt neue Leute kennen ... und so weiter.«

Genau, vollendete Charlotte im Stillen. »Wie viele Leute arbeiten denn eigentlich hier? Ich meine, falls man mal Probleme mit einem Gerät hat, ist dann immer jemand da?«

»Aber klar, ich arbeite mit meinem Kollegen Boris zusammen. Einer von uns ist immer da, wenn es sehr voll ist, auch wir beide. Und Lukas, der Chef, springt auch immer mal ein.«

»Und Frauen arbeiten hier gar nicht? Ich meine, außer Mareike.«

Charlotte hatte sich eine Hantel aus einer Halterung gegriffen und hätte sie beinahe fallen lassen.

Andreas griff eilig nach ihrer Hand und nahm sie ihr lächelnd ab.

»Lass dir bloß so ein Ding nicht auf die Füße fallen«, sagte er und verstaute die Hantel wieder sicher.

»Du meine Güte, ja.« Charlotte schüttelte ihre Hand. »Die sind ja schwer. Was passiert denn, wenn einem so ein Ding wirklich mal aus der Hand fällt und jemanden verletzt? Seid ihr denn hier auch medizinisch geschult?«

Charlotte musste sich eingestehen, dass es ihr schwerfiel, sich wie eine dumme Nuss aufzuführen, aber was blieb ihr übrig?

»Na klar, wir haben alle einen Kurs in Erster Hilfe absolviert. Und …« Andreas schwieg plötzlich, und sein Blick verdunkelte sich.

»Was, und …?«, hakte Charlotte nach und beobachtete den jungen Mann unauffällig.

Der antwortete nicht und wirkte gedankenverloren, fing sich dann aber wieder.

»Und wenn wirklich mal was passiert, rufen wir eben den Notarzt.«

»Ja klar«, sagte Charlotte. »Scheint ja hier alles gut zu klappen. Ihr Club ist mir auch empfohlen worden von einer Bekannten, Verena heißt sie. Ich dachte, sie arbeitet auch hier.«

Andreas' Kopf ruckte herum, in seinen Augen glomm Misstrauen.

»Verena … was hat sie denn gesagt?«

Charlotte gab die Harmlose, Naive.

»Na ja, dass das hier eben ein toller Club ist. Geile Typen und so.« Sie zwinkerte Andreas zu und kam sich selten dämlich vor.

Der wandte sich ab. »Nein, Verena ist nicht mehr hier. Sie … hatte einen Unfall.«

»Echt? Ich hoffe, es ist nicht so schlimm.«

»Doch. Sie ist tot.«

Charlotte warf die Hände vor den Mund und tat entsetzt. »Wirklich? Wann ist denn das passiert? Das ist ja furchtbar. Was denn für einen Unfall?«

Sie hasste sich für diese Schmierenkomödie und rief sich ins Gedächtnis, dass in manchen Fällen eben der Zweck die Mittel heiligt.

»Letzten Freitag«, gab Andreas knapp zurück. »Genaueres weiß ich auch nicht.« Er nahm eine Packung Reinigungstücher von einem Tisch, zog eines heraus und wischte die Griffe eines Gerätes ab. »Willst du das hier mal ausprobieren?«, fragte er, ohne sie anzusehen.

Ganz offensichtlich hatte er nicht die Absicht, sich weiter über Verena zu unterhalten. Auch gut, dachte sich Charlotte, sie würde die Herrschaften hier schon weichklopfen. Sie setzte sich an das Gerät, während der junge Mann abwesend mit dem Tuch hantierte.

»Wie funktioniert das denn?«

»Das ist für den Schultergürtel und die Oberarme.«

Andreas schien sich etwas zu entspannen, und Charlotte schnappte sich zwei Griffe auf Höhe ihrer Schultern und versuchte, sie von ihrer Brust wegzudrücken, aber es bewegte sich nichts.

»Ist da was blockiert?«, schnaufte sie.

»Nein«, Andreas grinste, »da fehlt wohl ein bisschen Kraft in den Oberarmen, was? Du musst das Gewicht anpassen.« Er verringerte das Gewicht von fünfundvierzig Kilo auf fünfundzwanzig. »So, jetzt versuch's noch mal.«

Charlotte biss die Zähne zusammen, schaffte es mit Anstrengung, die Griffe mitsamt dem Gewicht nach vorn zu drücken, und ließ sie dann zurückschnellen, sodass die Gewichte mit einem lauten Knall zurück in die Ausgangsposition fielen. Charlotte zuckte zusammen.

»Vorsicht«, ermahnte sie Andreas und sah sie schräg an. »Du warst wohl noch nie in einem Fitness-Studio, was?«

»Nein, ihr müsst mir das dann genau zeigen«, antwortete Charlotte. Besser, sie halten mich für doof als für einen Spitzel, dachte sie.

»Genau, am besten, wir machen gleich einen Termin.«

»Ja.« Sie folgte Andreas zur Rezeption, wo Mareike inzwischen von einem Goliath abgelöst worden war. »Das ist Boris«, stellte Andreas seinen Kollegen, der ihn um Haupteslänge überragte, vor. Er nickte Charlotte freundlich zu.

»Wann hättest du den Termin denn gern?«, fragte Andreas.

»Oh, möglichst bald. Morgen? So gegen sechs?« Charlotte wollte keine Zeit verlieren.

»Okay, um achtzehn Uhr. Das macht Boris dann, ich hab morgen Abend frei.«

Boris blickte auf. »Nein, hast du nicht«, sagte er mit einer Stimme, die so dunkel war, dass sie bei Charlotte durch die Ohren direkt in den Bauch gelangte anstatt ins Hirn.

Ein Frauentyp, dachte sie und fragte sich sofort, wie Verena und Boris wohl zueinander gestanden hatten. Das war eines der Dinge, die sie brennend interessierten und die sie herauszubekommen gedachte.

»Doch, ist mit Lukas so abgesprochen«, antwortete Andreas ein bisschen trotzig.

»Du weißt doch, wer morgen hier ist.« Boris flüsterte fast, aber Charlotte lauschte mit gespitzten Ohren.

»Ist mir egal, ich kann nicht«, erwiderte Andreas, und Charlotte hatte das Gefühl, dass seine Stimme zitterte. Er notierte den Termin auf einem Kärtchen und gab es Charlotte.

»Okay«, sagte sie betont fröhlich, »dann bis morgen.« Sie wandte sich zum Ausgang, machte aber auf halbem Wege kehrt. »Das hatte ich ganz vergessen, gibt's hier was zu trinken, oder muss ich das mitbringen?« Sie bekam gerade noch mit, wie Boris Andreas' Handgelenk losließ.

»Das bringst du am besten mit«, beantwortete der Charlottes Frage etwas atemlos.

Er rieb sich das Handgelenk, während Boris sich mit grimmiger Miene über die Computertastatur beugte.

Charlotte nickte und ging. Es war ihr erster Besuch im »fit & power« gewesen, und er hatte nicht mal eine Stunde gedauert, aber ihr war bereits sonnenklar, dass dort etwas Seltsames vorging. Und sie würde herausbekommen, was es war, selbst wenn sie sich dafür jeden Tag durch den Gerätepark quälen musste.

Sie fuhr nach Hause, wo sie außer der Katze niemand erwartete. Sie hatte keine Ahnung, wo Rüdiger war, er hatte sich nicht gemeldet. Die Katze lag auf dem Küchentisch und hob träge den Kopf, als Charlotte eintrat, sprang dann vom Tisch und

170

setzte sich vor den Schrank, der das Katzenfutter beherbergte. Charlotte öffnete eine der Dosen und stellte sie ihr hin.

Diva ließ sich herab, den Inhalt ausgiebig zu beschnüffeln, bevor sie einen kleinen Bissen kostete. Es schien ihr zu munden, denn sie hockte sich hin und nahm noch einen zweiten Happen. Charlotte beobachtete dieses Ritual fasziniert. Die Katze sah auf und starrte ihr Frauchen an, als wollte sie sagen, dass sie keine Zuschauer mochte.

Okay, dachte sich Charlotte achselzuckend, dann eben nicht. Vielleicht sollte sie ihre Mutter anrufen, anstatt der Katze beim Fressen zuzugucken. Sie versuchte es über Festnetz und auf ihrem Handy, erreichte sie aber nicht. Verflixt, das war schon merkwürdig. Hoffentlich war sie nicht ernsthaft krank. Ihre Mutter neigte in dieser Beziehung zum Untertreiben. Da konnte sich ein bisschen Muskelkater, wie sie es nannte, auch schon mal als Bandscheibenvorfall entpuppen.

Sie sprach auf den Anrufbeantworter und bat ihre Mutter, sie zurückzurufen. Dann ging sie ins Bad. Sie hatte das Bedürfnis, sich das schlechte Karma des »fit & power« aus allen Poren zu waschen.

★★★

Boris Tofall und Andreas Klimt standen sich mit geballten Fäusten im Büro von Lukas Blischke gegenüber.

»Ich will mit der Sache nichts mehr zu tun haben, das wird mir zu heiß«, zischte Klimt sein Gegenüber an.

»Das könnte dir so passen, jetzt, wo's eng wird, machst du dich vom Acker. Das kannst du knicken. Du hängst drin in der Sache, und ich rate dir, mich nicht zu reizen, sonst wird am Ende alles an dir hängen bleiben.«

Tofall war nahe an seinen Kollegen herangetreten, sodass dieser einen Schritt zurückwich.

»Aber wir wissen doch nicht, was die alles erzählt hat«, jammerte Klimt. »Wir werden noch alle im Knast landen.«

»Das ist ziemlich wahrscheinlich, wenn du so weitermachst«, knurrte Tofall. »Wir haben keine andere Wahl, als stillzuhalten.«

»Aber morgen Abend bin ich nicht dabei. Ich … halte das nicht durch.«

»Oh doch, das bist du! Du wirst morgen hier gebraucht, ich muss mich um unseren Gast kümmern.«

Klimt blickte zu Boden und scharrte mit den Füßen.

»Also«, Tofall packte Klimt am Kragen und zog ihn zu sich heran, »du wirst weitermachen, als wäre nichts geschehen, alles andere hätte böse Folgen. Hast du kapiert?« Er ließ seinen Kumpel los. »Ich muss jetzt raus, und du hältst dich an die Abmachung, sonst …«

Er warf Klimt noch einen drohenden Blick zu und verließ dann das Büro seines Chefs.

***

Volkermann war noch immer in seiner Zelle und sprach mit niemandem. Nicht mit seinem Anwalt und nicht mit den Ermittlern. Er lag auf seiner Pritsche und rührte auch sein Essen nicht an. Man hatte beschlossen, ihn für zwei weitere Tage hinter Schloss und Riegel zu behalten, auch wenn seine Schwester ihn bisher nicht angezeigt hatte und auch keinerlei Anstalten gemacht hatte, es tun zu wollen. Aber man konnte mit Fug und Recht behaupten, dass er gewalttätig war. Und solange er sich nicht äußerte und sich obendrein tot stellte, konnte niemand etwas für ihn tun.

Seine Schwester lag traumatisiert in der MHH und weigerte sich ebenfalls, zu sprechen, jedenfalls bis jetzt. Bergheim war nach dem Besuch im Paulaner zur MHH gefahren. Vorrangig deshalb, weil es ihn interessierte, wie es Inka Volkermann ging, aber auch weil er hoffte, dass sie ihm irgendetwas zu erzählen hatte. Immerhin hatte er ihr das Leben gerettet. Das verpflichtete.

Nun saß er an ihrem Bett und betrachtete die schlafende Frau. Ihr linkes Auge war blutunterlaufen, die Wange ein einziges großes Hämatom. Am Hals waren die Würgemale deutlich zu sehen.

Der Kerl hatte es ernst gemeint, dachte Bergheim, der nichts übrig hatte für Typen, die Frauen schlugen. Der hätte seine eigene Schwester erwürgt, wenn nicht zufällig er und Charlotte vor Ort gewesen wären.

Er merkte, wie sein Herz schneller schlug, weil er wütend wurde. Er bekam das einfach nicht in den Griff, diese Unnahbarkeit, die man wohl brauchte, um als Beamter bei der Kripo nicht durchzudrehen. Er fragte sich, wie Charlotte damit zurechtkam. Sie redete nicht oft über diese Dinge, bestimmt ihre Art der Verdrängung. Manchmal wünschte er sich, das auch zu können: verdrängen. Wie machte man das?

Inka Volkermann seufzte im Schlaf. Sie tat ihm leid. Auch Verena Becker tat ihm leid. Was sie in dieser Ehe wohl durchgemacht haben mochte? Für ihn war der Ehemann immer noch der Hauptverdächtige in diesem Mordfall. Wie und ob Alexander Küttner in der Sache mit drinhing, dazu hatte er noch überhaupt keine Idee.

Inka Volkermanns Augen flatterten. Sie wachte auf, sah sich um und dann Bergheim zuerst fragend, dann wissend an.

»Sie haben mich gerettet«, flüsterte sie schwach.

Bergheim nahm ihre Hand und streichelte sie. »Warum hat Ihr Bruder das getan?«

Sie wandte den Blick ab und drückte seine Hand. »Mein … Bruder ist, wie er ist«, sagte sie.

»Hat er das schon mal gemacht?«

»Nicht bei mir«, flüsterte Inka Volkermann.

»Aber bei seiner Frau.«

Sie schwieg und drückte Bergheims Hand.

»Hat er sie oft geschlagen?«

In ihren Augen glitzerte es. »Carsten ist … er ist kein schlechter Mensch, wissen Sie? Aber … er war Verena total verfallen. Es hat ihn schwer getroffen, als sie … gegangen ist.« Sie hustete, was ihr Schmerzen zu bereiten schien.

»Lassen Sie sich Zeit, erzählen Sie ganz in Ruhe«, sagte Bergheim, der froh war, dass die Frau endlich mit jemandem sprach.

»Ja, er war ihr verfallen, aber er hat sie auch oft geschlagen … das war seine Art, sie zu schützen.«

»Wie meinen Sie das?«

»Ach … er glaubte, sie so von den Drogen wegzubekommen.«

»Indem er sie verprügelte?«

Volkermann zog ihre linke Schulter hoch. Die kastanienbraunen Haare waren feucht, klebten an ihrer Stirn. Ihr Gesicht war ein ziemliches Schlachtfeld. Und trotzdem ist sie noch schön, dachte Bergheim.

»Ja, er … hat sie abgöttisch geliebt und wollte sie zwingen … verstehen Sie? Aber man kann einen Menschen nicht zwingen, einen anderen zu lieben.«

»Hat er sie deshalb getötet?«

Inka Volkermann riss die Augen auf. »Aber … nein … was denken Sie? Mein Bruder hat doch Verena nicht getötet.« Sie lächelte und schloss die Augen. »Obwohl sie ihn nie geliebt hat.«

»Aber sie hat ihn doch geheiratet«, warf Bergheim ein.

»Ich weiß nicht, warum sie das getan hat«, sagte Volkermann nach einer Pause kaum hörbar.

Bergheim betrachtete die Frau, die wieder einzuschlafen drohte. »Warum sie *was* getan hat?«

»Alles.«

Bergheim wollte mehr wissen, für ihn war Verena Becker ein fernes Wesen, das er nicht zu fassen bekam. Niemand schien sie wirklich gekannt zu haben. Er konnte das einfach nicht glauben.

»Erzählen Sie mir von ihr. Wie hat sie ihre Tage verbracht? Wen mochte sie? Welche Vorlieben hatte sie? Da muss doch etwas gewesen sein.«

Volkermann öffnete die Augen und sah Bergheim mitleidig an. »Sehen Sie, genau so geht es mir auch. Verena war ein Mysterium.« Sie drückte seine Hand. »Ich danke Ihnen, dass Sie mich gerettet haben. Aber ich möchte nicht mehr über Verena reden. Und auch nicht über meinen Bruder. Und jetzt muss ich schlafen. Meine Kehle schmerzt.«

Kein Wunder, dachte Bergheim, betrachtete die Kranke noch eine Weile und stand dann auf.

»Ich komme wieder«, sagte er und ging zur Tür.

»Sie wissen nichts«, hörte er die Kranke noch murmeln, bevor er die Tür geöffnet hatte. Er warf einen Blick zurück und wusste nicht, ob Inka Volkermann träumte oder wach war.

174

»Was meinen Sie?«

Doch sie antwortete nicht mehr.

***

Charlotte saß mit einer Tasse Kakao und der Hannoverschen Allgemeinen auf dem Sofa. Diva hatte es sich neben ihr bequem gemacht. Der Mordfall während des Maschseefestes erregte nach wie vor die Gemüter. Ein Leserbrief sprach von einer Entweihung der Löwenbastion, ein anderer gab den Politikern die Schuld, die nicht für Kameras sorgten und somit der Paranoia einiger den Vorrang gaben vor dem Sicherheitsbedürfnis aller.

Ja, seufzte Charlotte, die die britischen Kollegen beneidete, die in solchen Fällen oft auf detaillierte Kameraaufzeichnungen zurückgreifen konnten. Niemand schien sich dort – in der ältesten Demokratie Europas – an Überwachungskameras zu stören. Warum auch? Sie wirkten abschreckend auf Straftäter, wer wollte schon erwischt werden? Frauen konnten sich sicherer bewegen und Kinder auch. Kameras konnten Leben retten oder zumindest dafür sorgen, dass Mörder schneller gefasst wurden und nicht noch einmal zuschlagen konnten.

Andererseits hatten ihnen die Kameraaufnahmen des Fitness-Studios bisher auch nicht weitergeholfen. Trotzdem, eine Kamera am Tatort wäre ein Sechser im Lotto gewesen. Aber Sechser im Lotto waren nun mal nicht einfach zu haben.

Nun mussten sie mühsam nach Zeugen suchen, von denen es zu viele und zu wenige gab, je nachdem, wie man die Sache betrachtete. Es gab bisher niemanden, der jemanden hinter den Sichtschutzwänden hatte verschwinden sehen. Und wer immer dahinter gestanden hatte, würde sich hüten, sich zu melden.

Charlotte nahm einen Schluck Kakao, die Katze warf einen neugierigen Blick auf die Tasse.

»Wag es nicht«, drohte Charlotte.

Das Telefon klingelte, endlich ihre Mutter.

»Mama, was ist los mit dir? Papa macht sich Sorgen«, plapperte sie los.

»Was hat er denn jetzt schon wieder?«, kam es heiser vom

175

anderen Ende. »Ich hab ihm doch gesagt, dass ich erkältet bin«, krächzte ihre Mutter.

»Nicht zu überhören«, antwortete Charlotte und lächelte still.

»Er denkt, du hast einen anderen.«

Diese Aussage provozierte bei Mutter Wiegand einen Lachanfall, dem ein Hustenanfall folgte.

»Das ist ja großartig«, flüsterte sie nach einer Minute schwer atmend. »Ich dachte, sein Bein wäre lädiert. Dass das so weit nach oben ausstrahlt, hätte ich nicht für möglich gehalten.«

»Du solltest dich hinlegen und Tee trinken, ich kümmere mich schon um Papa. Dem geht's schon viel besser«, sagte Charlotte, jetzt auch ein bisschen um ihre Mutter besorgt.

Für einen Moment war es still in der Leitung.

»Hast du wirklich was mit diesem Arzt, oder halluziniert dein Vater jetzt tatsächlich?«, piepste ihre Mutter dann.

Charlotte fluchte innerlich.

»Letzteres natürlich«, erwiderte sie empört. »Der spinnt wohl!«

»Na hoffentlich«, kam es pfeifend vom anderen Ende. »Ich muss jetzt auflegen, meine Stimme ist weg.«

»Stimmt, ich verstehe dich kaum«, sagte Charlotte erleichtert.

»Gute Besserung.«

Sie beendete das Gespräch und hatte den Impuls, ohne Rücksicht auf die späte Stunde sofort ihren Vater anzurufen und ihn zur Schnecke zu machen. Wie kam er zu solchen Verdächtigungen und, was noch schlimmer war, wieso erzählte er das auch noch ihrer Mutter?

Sie legte den Kopf in die Hände. Aber das waren ja keine Verdächtigungen, sie wilderte tatsächlich in anderen Revieren. Zwar hatte sie noch kein Wild erlegt, aber es stand zu befürchten, dass es so weit kommen würde, wenn sie nicht zur Vernunft kam. Was sie aber am meisten wunderte, war, dass ihr Vater sie durchschaute. Sie war immer davon überzeugt gewesen, ihre Beobachtungsgabe von ihrer Mutter geerbt zu haben, aber vielleicht hatte sie ihren Vater unterschätzt. Dabei fiel ihr etwas ein.

Sie ging in die Küche, wo ihr Handy auf dem Tisch lag, und kontrollierte ihre Mailbox. Er wollte sich doch melden, dieser

176

Doktor. Was war jetzt damit? Tatsächlich, er hatte Wort gehalten und eine SMS geschickt. Wollte sie sie am Montagabend zum Essen einladen. In seine Wohnung.

Na prima, dachte Charlotte, hatte sie doch halbwegs gehofft, er hätte sie vergessen. Dann wäre die Sache erledigt gewesen. Aber so. Natürlich könnte auch sie die Sache erledigen. Das wäre kein Problem. Und es würde ihr obendrein eine Menge Sorgen ersparen. Das war klar. Es wäre vernünftig. Und naheliegend. Sie sollte jetzt einfach absagen. Fertig. Sie legte das Handy weg und ging ins Bad.

Nach einer Minute kam sie zurück und informierte Dr. Flentek per SMS, dass sie gern komme. Ohne weiter darüber nachzudenken, legte sie das Handy auf den Tisch und ging wieder ins Wohnzimmer, wo Diva auf der Hannoverschen Allgemeinen hockte und sie in aller Seelenruhe mit ihrer Schnute in kleine Streifen zerlegte.

In diesem Moment wurde die Wohnungstür aufgeschlossen, und wenige Sekunden später trat Bergheim ein.

Er trug Jeans und ein weißes T-Shirt, was seine braune Haut wunderbar zur Geltung brachte. Aus seinem markanten Gesicht blickten sie die hellen Augen forschend an. Er kam zu ihr und hauchte ihr einen Kuss auf die Wange. Charlotte fühlte sich schuldig und senkte den Blick, was er kommentarlos zur Kenntnis nahm.

»Gibt's was zu essen?«, fragte er stattdessen.

Seine Mahlzeit im Paulaner hatte er abrupt abbrechen müssen, um einen Taschendieb zu verfolgen, der einem Gast die Geldbörse aus der Jackentasche geklaut hatte. Erst am Bahnhof hatte er ihn erwischt und ihn dort einem Uniformierten übergeben. Bremer hatte sich derweil nicht stören lassen. Er sei sowieso nicht so schnell unterwegs wie Bergheim, war seine Entschuldigung gewesen. Immerhin hatte er die Rechnung übernommen.

»Gersterbrot und Serranoschinken«, sagte Charlotte spitz.

»Und das nur, weil *ich* es gekauft habe.«

Sie sah nicht, wie Bergheim die Augen verdrehte, vermutete es aber, weil er in diesem besonderen Ton »Verzeihung« sagte. »Verzeihung« und: »Das nächste Mal gehe *ich* einkaufen.«

»Das sagst du jedes Mal«, rief Charlotte ihm nach, aber er hatte seinen Kopf bereits im Kühlschrank versenkt und antwortete nicht.

Wahrscheinlich hatte er wieder nichts gehört. Oder wollte nichts hören. Es war eben kein Wunder, dass sie sich freute, wenn jemand sie bekochen wollte. Geschah ihm recht. Sie zertrat eine winzige Spinne, die es gewagt hatte, ihr gerade jetzt über den Weg zu laufen.

Bergheim kam mit einem Schinkenbrot in der einen Hand und einer Flasche Herrenhäuser in der anderen ins Wohnzimmer und starrte auf das Sofa, wo Diva die Hannoversche Allgemeine mittlerweile in einen ansehnlichen Haufen Papierfetzen verwandelt hatte.

»Was macht die da?« Er wies kauend auf die Katze, die sich nicht stören ließ.

»Oh Mist.« Charlotte war so in Gedanken gewesen, dass sie nicht auf ihr Haustier geachtet hatte.

Sie scheuchte die Katze vom Sofa, was die sich nur ungern gefallen ließ, und sammelte die Papierfetzen ein. Sie fragte sich, ob alle Katzen so waren oder ob Diva ein besonders schwieriges Exemplar dieser Gattung war.

Bergheim stellte die Flasche auf den Tisch und ließ sich aufs Sofa fallen.

»Ich war bei Inka Volkermann«, begann er und biss von seiner Stulle ab.

»Ach.« Charlotte warf die Fetzen in den Papierkorb und setzte sich neben ihn. »Und? Hat sie was gesagt?«

»Wenig. Nichts, was uns weiterhilft.« Er trank einen Schluck Bier und schüttelte den Kopf. »Ich verstehe das nicht. Ich habe versucht, etwas über Verena zu erfahren. Über ihr Wesen, über das, was sie bewegte. Aber ich komme dieser Frau einfach nicht näher. Es ist, als ob sich alle verweigern würden.«

»Vielleicht gibt es nichts über sie zu wissen«, überlegte Charlotte.

Bergheim schien sie nicht gehört zu haben. »Ihre Klassenkameraden wussten nichts über sie, ihre Pflegefamilie nicht und ihr Ehemann und die Schwägerin auch nicht. Jedenfalls sagen sie nichts. Alle Kerle hatten einen Narren an ihr gefressen. Ihr Vermieter und ihr Chef hatten ein Verhältnis mit ihr. Ihren Vermieter hat sie damit erpresst. Da fragt man sich doch ... ob sie diesen Blischke auch erpresst hat.«

Beide hingen für einen Moment ihren Gedanken nach.

»Inka Volkermann hat gesagt, dass Verena ein Mysterium war«, sagte Bergheim dann. »Was hat sie damit gemeint?«

»Wenn ich das wüsste.« Charlotte überlegte. »Vielleicht hat einfach nur niemand Verena verstanden.«

Diva sprang auf den Tisch und schnüffelte an Charlottes leerer Kakaotasse. Es war ihr egal.

»Und warum nicht? Alles, was wir über sie wissen, spricht nicht gerade für ihren Charakter. Die Männer waren scharf auf sie, und sie hat das ausgenützt und die Typen erpresst. Ich möchte nicht wissen, wer noch alles ihr Opfer war. Und wie sie das angestellt hat. Mit welcher Raffinesse, diese Briefe per Post zu verschicken und die Summe in bar abzukassieren. Wie sollen wir diese Opfer finden?« Bergheim stopfte sich den Rest seines Schinkenbrotes in den Mund. »Ich möchte wissen, ob sie selbst so raffiniert war oder ob sie einen Helfer hatte.«

»Mit anderen Worten einen Zuhälter?«

Bergheim nahm einen Schluck Bier. »Möglich wär's.«

»Und du glaubst, dass dieser Zuhälter dann auch ihr Mörder ist?«

Bergheim zuckte mit den Schultern. »Dieser Blischke ist mir suspekt. Ich wette, er weiß mehr, als er sagt. Vielleicht ist er sogar der Komplize.«

»Könnte sein«, stimmte Charlotte zu. »Ich war übrigens im Fitness-Studio und hab mich ein bisschen mit diesen beiden Gorillas unterhalten.«

»Boris Tofall und Andreas Klimt«, sagte Bergheim. »Und, hast du was rausgefunden?«

»Nein, nur dass Tofall morgen Abend wichtigen Besuch im Studio erwartet. Und ich hatte den Eindruck, dass Klimt davon nichts wissen wollte. Jedenfalls schien er irgendwie Angst zu haben, und Tofall hat ihn ... ja, ich würde sagen, er hat ihn fast bedroht. Irgendwas hecken die beiden da aus. Entweder nur die beiden oder der Chef hängt auch mit drin. Und auch der Besuch, den sie für morgen erwarten, nehme ich an.«

»Ach, und wer soll das sein?«

»Das weiß ich nicht.« Charlotte streckte sich und ließ sich dann zurückfallen. »Gibt es irgendwas Neues von Katja Schauer?«

»Nein, sie haben alle Freunde und Bekannten, die sie ausfindig machen konnten, befragt. Ergebnislos. Ihre Handykontakte sind unverdächtig, und der Zeugenaufruf in der Presse hat bisher auch nichts ergeben.«

Beide schwiegen, nur das beruhigende Schnurren der Katze war zu hören.

»Glaubst du, dass sie noch lebt?«, fragte Charlotte.

Bergheim antwortete nicht sofort. Er leerte seine Bierflasche und stellte sie auf den Tisch. »Ich hoffe, ja, aber ich fürchte, nein.«

Charlotte nickte. »Weißt du, was ich nicht verstehe, ist, dass wir absolut nichts Verdächtiges gegen Blischke und Co. finden können. Ich würde meine rechte Hand dafür verwetten, dass alle zusammen oder zumindest zwei von denen in dieser Sache drinhängen.«

Bergheim zog ihren Kopf zu sich heran und küsste ihren Scheitel.

»Das wird sich bald ändern, immerhin haben wir ja die beste Ermittlerin dort eingeschleust.«

Charlotte schluckte. »Erwarte nur nicht zu viel.«

SIEBEN

Den Samstag verbrachte Bergheim hinter seinem Computerbildschirm, wo er zunächst die Hannoversche online las. Dann klickte er sich durchs Internet in dem müßigen Versuch, etwas zu den Protagonisten ihrer beiden Fälle zu finden, das Bremer übersehen hatte.

Charlotte kümmerte sich um ihre Wäsche, bezog die Betten neu und absolvierte einen längst überfälligen Anruf bei ihrer Freundin Miriam. Diva beobachtete sie kritisch bei all ihrem Tun, erprobte sofort die neue Bettwäsche, indem sie aufs Bett sprang, sich dort ausbreitete, wie ein nasser Sack liegen lieb und ihr Frauchen unschuldig ansah. Die Schwanzspitze klopfte leicht auf das Laken. Charlotte verscheuchte sie nach einigen erfolglosen Versuchen mit Hilfe eines nassen Handtuchs.

Es war früher Nachmittag, als Bergheim sich nach dem Mittagessen erkundigte.

»Kochst du was, oder gehen wir essen?«

»Weder noch«, antwortete Charlotte, »jedenfalls ich nicht.« Bergheim lehnte am Türrahmen, die Hände in den Taschen vergraben.

»Ich wollte sowieso gegen fünf ins Studio«, fügte Charlotte etwas weicher hinzu.

»Vielleicht sollte ich mitfahren und warten«, schlug Bergheim vor.

»Nein, meinst du, ich kann das nicht allein?« Charlotte, die das Bügelbrett aufbaute, sah ihn nicht an.

»Na gut, ich geh dann noch zum ZK.«

»Mach das.« Charlotte stöpselte das Bügeleisen ein.

Als er gegangen war, fühlte sie sich elend. Er merkt, dass etwas nicht in Ordnung ist, dachte sie. Es war ja auch etwas nicht in Ordnung. Aber was? Sie verstand sich selbst nicht mehr, fand ihr Verhalten indiskutabel.

Das Bügeleisen fuhr heftig über das unschuldige T-Shirt, so heftig, dass Charlotte sich verbrannte und beschloss, das Bügeln später zu erledigen. Während sie ihren verbrannten Finger unter einen kalten Wasserstrahl hielt, schwor sie sich, am Montag nur mit Dr. Flentek zu essen.

Sonst nichts. Nur essen. Das durfte man. Sie drehte den Wasserhahn zu und fühlte sich besser.

Um kurz nach siebzehn Uhr betrat Charlotte das »fit & power«. An der Rezeption erwartete sie Mareike mit einem freundlichen Lächeln, sonst war niemand zu sehen.

»Heute ganz allein?«, fragte sie scheinheilig.

»Nein, nein, Lukas, der Chef, ist da. Du hast eine Trainingsstunde, stimmt's? Bist ein bisschen früh, aber macht nichts, Boris kommt gleich.«

Charlotte ging in die Umkleide, zog ihren Trainingsanzug an und beschloss, sich erst mal auf eins der Fahrräder zu setzen. Sie nahm neben einer jungen Frau mit Stöpseln in den Ohren Platz und machte es sich gemütlich. War eigentlich ganz bequem, sich hinzusetzen und ein bisschen zu strampeln, dachte sie und sah sich um. Es war ziemlich voll, vor allem junge Männer tummelten sich bei den Hanteln.

Nachdem sie fast eine halbe Stunde geradelt war, wurde es ihr zu langweilig, und sie ging zu den Geräten. Das hier schien für die Muskulatur des Schultergürtels zu sein, wenn man dem Schild am Gerät glauben wollte. Okay, Schultergürtel war gut.

Charlotte stellte das Gewicht ein, probierte, stellte neu ein, probierte wieder. Mit anderen Worten, sie versuchte, Zeit zu schinden. Von hier aus hatte sie einen wunderbaren Blick zur Rezeption, an der Boris Tofall wohl gerade Mareike verabschiedete. Sie stand auf und ging zu dem Bistrotisch, auf dem ihre Wasserflasche stand, und trank. Drei Leute waren an den Geräten beschäftigt, einige trabten über die Laufbänder, aber die Mehrzahl quälte sich bei den Hanteln.

Charlotte ging zum nächsten Gerät und wiederholte die Prozedur. Dann kam Tofall auf sie zu. Er ging ein bisschen wie ein Roboter, fand Charlotte. Die Leichtigkeit fehlte. Aber war das ein Wunder, wenn man solche Muskelpakete mit sich herumschleppen musste?

»Hi«, sagte der Roboter und tippte sich an die Stirn. »Wie ich sehe, kommst du schon ganz gut zurecht.«

Die dunkle Stimme brachte erneut einen Nerv in Charlottes Magengegend zum Vibrieren.

»Ja, ich hab mich schon mal ein bisschen umgesehen. Ich hoffe, das ist okay.«

Sie klimperte ein bisschen mit den Wimpern. Manchmal war es einfach nützlich, unterschätzt zu werden, dachte sie. Und hier und jetzt war es nützlich.

»Klar, ich schlage vor, du probierst die Geräte einfach der Reihe nach aus, und ich erkläre dir alles Nötige dazu.«

»Prima«, sagte Charlotte.

Die nächsten zwanzig Minuten ließ sie sich alles detailliert erklären, stellte Fragen, probierte aus, beobachtete ihren Trainer ganz genau und versuchte dabei, die Rezeption im Auge zu behalten, was sich als ziemlich schwierig herausstellte. Aber Tofall kam ihr zu Hilfe, indem er mindestens genauso häufig zum Eingang blickte wie sie. Sie waren schon am letzten Gerät angelangt, als ein kräftig gebauter junger Mann, der Charlotte irgendwie bekannt vorkam, das Studio betrat und Tofall es plötzlich eilig hatte.

»Äh, ich glaub wir sind durch. Wenn du noch Fragen hast, kannst du dich jederzeit melden.«

»Alles klar«, sagte Charlotte, und Tofall machte sich davon.

Der Mann stand an der Rezeption und sprach mit Andreas Klimt. Charlotte grübelte. Woher kannte sie den Typen? Er hatte was mit Verena Becker zu tun, aber wer war er? Sie beobachtete, wie Tofall den Mann begrüßte und die beiden hinter einer der Türen neben der Sauna verschwanden. Verdammt!

Charlotte fluchte innerlich. Was sollte sie tun? Hingehen und die Herrschaften fragen, was sie da machten? Was würde das nützen? Schließlich konnte jeder ein Fitness-Studio besuchen. Wenn sie jetzt mit ihrer Polizeimarke herumfuchtelte und Fragen stellte, würde sie das keinen Schritt weiterbringen, und sie konnte ihre Undercover-Ermittlung vergessen.

Mitterweile hatte ein merkwürdiger Exodus eingesetzt. Einige der jungen Männer hatten die Hanteln weggepackt und

183

schienen es plötzlich eilig zu haben. Zwei begaben sich zu den Duschen, zwei blieben vor der Tür stehen, hinter der Tofall und der Unbekannte mit dem bekannten Gesicht verschwunden waren.

Was ging da vor? Charlotte kramte ihr Handy aus der Innentasche ihrer Trainingsjacke und wählte Bergheims Nummer. Aber sie erreichte nur die Mailbox und hinterließ ihm die Nachricht, er möge auf der Stelle im »fit & power« aufkreuzen.

»Hier tut sich was«, zischte sie, bevor sie auflegte.

Sie steckte das Handy weg, nahm ihre Flasche vom Bistrotisch, trank und versuchte, nicht aufzufallen. Ein älterer Herr gesellte sich zu ihr.

»Na, wohl zum ersten Mal hier, was?« Er wischte sich mit seinem Handtuch über den Nacken. »Ist ganz schön anstrengend am Anfang. Aber da gewöhnt man sich dran.«

Charlotte nickte nur, verzog sich zu den Laufbändern und bestieg eines mit guter Sicht auf die Rezeption. Die Halle hatte sich weitgehend geleert. Gerade verließen zwei Leute den Raum, den vorher schon Tofall mit dem anderen Mann betreten hatte, und gaben zwei weiteren, die aus der Umkleide kamen, die Klinke in die Hand. Charlotte beschloss abzuwarten und joggte tapfer weiter.

Dann trat der Unbekannte aus der Tür, marschierte an der Rezeption vorbei, an der Andreas Klimt nervös an seinen Fingernägeln kaute, und betrat, ohne anzuklopfen, das Büro. Charlotte trabte weiter und zermarterte sich das Hirn, woher ihr der Kerl so bekannt vorkam. Dann fiel es ihr ein. Ein Computerausdruck seines Gesichts hing im Besprechungsraum der KFI 1 an der Pinnwand neben dem von Alexander Küttner.

Sie hielt vor Verblüffung im Laufen inne und stolperte rücklings vom Laufband gegen einen Crosstrainer, an dem sie sich festhielt. Leise fluchend sah sie sich um und stieg vorsichtig wieder auf. Der Raum war mittlerweile leer, nur der ältere Mann, der es sich auf einem der Räder bequem gemacht hatte, winkte ihr grinsend zu.

Sie griff erneut zu ihrem Handy, um Bergheim noch mal anzurufen. Wo zum Kuckuck blieb der? Glücklicherweise mel-

184

dete er sich und war bereits unterwegs. Charlotte gab knapp und etwas atemlos einen Lagebericht.

»Okay«, sagte Bergheim. »Bleib, wo du bist, und unternimm vor allem nichts. Ich brauch noch fünf Minuten.«

Dann legte er auf. Charlotte lief und beobachtete weiter. Monoton hallten ihre Schritte wider. Zwei Frauen betraten jetzt das Studio, begrüßten Klimt und gingen kichernd in die Frauenumkleide. In diesem Moment öffnete sich die Bürotür, und Blischke trat mit seinem Besucher heraus. Die beiden verließen das Studio. Klimt ließ von seinen Fingernägeln ab, starrte einige Sekunden auf die Ausgangstür, verließ die Rezeption und begab sich in den Raum neben der Sauna, den eben ein weiterer junger Mann verließ und in dem sich jetzt nur noch Tofall und Klimt befanden. Es sei denn, es gab noch einen anderen Ausgang.

In diesem Moment betrat Bergheim das Studio, wunderte sich über die verwaiste Rezeption und bemerkte Charlotte, die ihm zuwinkte und mit dem Finger auf die Tür neben der Sauna wies. Er nickte und verschwand wenig später hinter der Tür. Mittlerweile hatte auch der ältere Mann sein Training beendet und ging in die Umkleide, ohne Charlotte eines Blickes zu würdigen.

Die beiden Frauen betraten schwatzend den Raum. Charlotte stieg vom Laufband. Hatte Rüdiger Blischke und seinen Besucher nicht gesehen? Sie mussten doch quasi aneinander vorbeigelaufen sein. Und was sollte sie jetzt tun? Abwarten oder sich einmischen? Abwarten war aufreibend, sie hasste es, und Einmischen bedeutete, die Tarnung aufzugeben.

Ich geb ihm noch eine Minute, dachte sie. Wenn sich bis dahin nichts getan hat, geh ich rein. Scheiß auf die Tarnung.

***

Bergheim hatte zuerst nicht glauben können, was Charlotte ihm da erzählte, und machte sich vom ZK gleich auf den Weg zum Lister Kirchweg. Wer hätte gedacht, dass sie so bald Erfolg haben würde mit ihrer Mission?, dachte er noch und musste lächeln.

Ja, beruflich arbeiteten sie wie immer hervorragend zusammen. Privat wusste er allerdings nicht, was er von ihrem Verhalten ihm gegenüber halten sollte.

Sie verschwieg ihm etwas, das war offensichtlich, und das machte ihm Sorgen. Charlotte war eigentlich ein offener Mensch, und genau das erwartete sie ja auch von ihm. Offenheit, bloß keine Lügen und Heimlichkeiten. Es passte überhaupt nicht zu ihr, dass sie selbst nun diesem Anspruch nicht mehr zu genügen schien.

Er hatte immer noch die Hoffnung, dass er sich irre, aber irgendwie war ihm doch klar, dass er sich mit dieser Hoffnung etwas vormachte. Und wenn ihre Beziehung nun wirklich auf eine Krise zuschlitterte? Wenn sie ihm womöglich nicht mehr liebte oder sich in jemand anderen verliebte? Das mochte er sich lieber nicht vorstellen.

Andererseits wurde er den Gedanken an diesen Arzt nicht los. Charlotte war unterwegs gewesen und hatte nicht darüber gesprochen. Das war neu. Und dann hatte auch noch Vater Wiegand bei ihm angerufen und ihn unbeholfen ausgefragt. Ob auch alles in Ordnung wäre, hatte er wissen wollen, mit ihm und Charlotte.

»Natürlich«, hatte er geantwortet und gefragt, ob Vater Wiegand da andere Informationen habe. »Nein, nein«, hatte der geantwortet und dann auch bald das Gespräch beendet. Nun ja, Bergheim war Hauptkommissar bei der Kripo und hatte eins und eins zusammengezählt. Es musste etwas mit diesem lackierten Arzt zu tun haben, wie sonst sollte sein Schwiegervater in spe auf solche Gedanken kommen?

Mit ihm über ihre Beziehung reden würde Charlotte auf keinen Fall, also musste er etwas gesehen haben. Etwas, das er selbst auch gesehen hatte, nämlich dass dieser Gelackte neulich das Sabbern bekommen hatte, als er Charlotte angesehen hatte.

Bergheim seufzte. Darum würde er sich später kümmern müssen. Jetzt musste er einen Mörder fangen. Er bog in den Lister Kirchweg ein, hatte Glück, als ein Mercedes mit dunkel getönten Scheiben direkt vor dem Club ihm seinen Parkplatz überließ. Als er das »fit & power« betrat, war außer Charlotte, die sich auf dem Laufband nicht wirklich zu amüsieren schien, und zwei weiteren Frauen niemand zu sehen.

Charlotte hatte ihm am Handy schon alle wichtigen Informationen durchgegeben. Jetzt deutete sie auf die Tür neben der Sauna. Er nickte ihr zu und trat ein, ohne anzuklopfen. Schließlich war niemand da, der ihn aufhalten wollte.

Die Sekunden tröpfelten dahin. Plötzlich, noch bevor eine Minute vergangen war, kam Andreas Klimt sichtlich erregt aus dem Raum, preschte zur Rezeption, fingerte etwas aus einem Fach unter dem Tresen hervor und machte sich davon. Die ganze Szene dauerte nur wenige Sekunden, Charlotte hatte keine Chance, einzuschätzen, was dort vor sich ging. Allerdings war Klimts Flucht kein gutes Zeichen. Es war Zeit, sich einzumischen. Sie lief schnurstracks zu dem Raum, aus dem lautes Poltern zu hören war, und stolperte geradewegs in eine handfeste Schlägerei.

»Aufhören! Polizei!«, schrie sie und stürzte sich auf Boris Tofall, der Bergheim am Kragen gepackt hatte und ihn gegen die Wand schleuderte.

Mit einer lässigen Bewegung fegte er Charlotte von seinem Rücken und wandte sich wieder Bergheim zu, der angeschlagen war, aber sich tapfer wehrte. Charlotte rappelte sich auf, hechtete zurück in den Fitnessraum, klaubte mit beiden Händen eine Hantel aus der Halterung, die sie kaum tragen konnte, und warf sich wieder ins Getümmel. Bergheim und Tofall stolperten durch den Raum. Tofalls Hände waren um Bergheims Hals gelegt, während Bergheim versuchte, mit seinen Daumen die Augen seines Kontrahenten zu erreichen. Leider waren seine Arme zu kurz. Er röchelte.

Charlotte nahm ordentlich Schwung und platzierte einen Schlag gegen Tofalls Nieren, was den Koloss aber nicht sonderlich beeindruckte. Bergheim stand mit dem Rücken zur Wand, seine Kräfte ließen nach. Charlotte hatte Mühe, die Hantel auf Tofalls Haupthöhe zu schwingen und ihm dann einen Schlag

187

gegen den Hinterkopf zu versetzen. Das Gewicht der Hantel ließ sie zur Seite stolpern, aber Tofall war ausgeknockt. Er sackte weg.

»Von wegen nichts in den Oberarmen«, murmelte Charlotte vor sich hin und ließ die Hantel fallen.

Sie landete krachend auf dem Boden. Bergheim rang keuchend nach Luft. Charlotte fasste besorgt nach seiner Hand, aber er winkte nur schwer atmend ab. Charlotte holte mit zitternder Hand ihr Handy aus der Tasche und forderte einen Kranken- und einen Streifenwagen an.

»Was ist denn hier los?«

Erst jetzt bemerkte Charlotte, dass die beiden Frauen, die eben noch im Fitnessraum trainiert hatten, und der ältere Herr in der Tür standen.

»Wir haben jemanden schreien hören«, sagte die eine der Frauen, während sie misstrauisch auf den am Boden liegenden Fitnesstrainer starrte, »und an der Rezeption ist niemand, und da haben wir gedacht …«

»Schon gut, polizeiliche Ermittlung, gehen Sie bitte wieder zurück«, sagte Charlotte energisch.

Die drei sahen sich an, schienen unschlüssig, begaben sich dann aber zögernd zurück in den Fitnessraum. Tofall kam stöhnend zu Bewusstsein. Charlotte beeilte sich, ihm Bergheims Handschellen anzulegen, bevor er sich erholte. Der konnte sie beide glatt an seinen Baumstämmen von Armen verhungern lassen. Gegen dieses Kraftpaket hatten sie auch gemeinsam keine Chance, schon gar nicht mit einem arg mitgenommenen Bergheim. Der hatte die Arme auf den Tisch gestützt, schnappte immer noch nach Luft und griff sich an die Kehle.

»Wasser«, krächzte er.

Charlotte biss sich besorgt auf die Lippen und beeilte sich, ihre Wasserflasche zu holen.

Eine Stunde später befand sich Charlotte in der Notaufnahme des Siloah-Krankenhauses und wartete auf Bergheim, der sich gerade – nur auf Charlottes Drängen – einer Kehlkopfspiegelung unterzog. Er hatte eigentlich nichts davon wissen wollen, wollte lieber nach Hause und sich auf dem Sofa mit Hilfe eines anspruchslosen Fernsehprogramms und eines kalten Getränks von seinen Halsschmerzen ablenken. Aber Charlotte hatte darauf bestanden, in die Klinik zu fahren.

Immerhin war Tofall mit den Krankenwagen in Begleitung von zwei bewaffneten Polizeibeamten ebenfalls in den Genuss einer ärztlichen Untersuchung gekommen. Er hatte aber wohl statt einer Gehirnerschütterung nur eine Beule davongetragen, was Charlotte einerseits freute, weil sie ihn jetzt noch im Verhörraum des ZK auseinandernehmen konnte, andererseits hätte sie ihm auch einen Schädelbruch gegönnt.

Nun ja, Tofall war auf jeden Fall glimpflich davongekommen. Welchem Umstand dieses Ergebnis zu verdanken war, wusste Charlotte nicht. Wahrscheinlich der Tatsache, dass sie in der Eile eine für sie viel zu schwere Hantel gegriffen hatte, aber zum Austauschen war ihr ja keine Zeit geblieben. Womit der Beweis erbracht war, dass auch eine starke Waffe in sanften Händen nicht viel Unheil anrichtete. Und was Tofall dazu getrieben hatte, einen Beamten der Kripo anzugreifen, das war ihr immer noch ein Rätsel.

Aus Bergheim hatte sie nur das Nötigste herausbekommen. Das Reden fiel ihm schwer, und zum Schreiben hatte er keine Lust. Jedenfalls hatte er Tofall dabei überrascht, wie er Geld in eine Sporttasche warf, infolge dessen Bergheim – nach seiner Angabe – höflich darum gebeten hatte, einen Blick hineinwerfen zu dürfen. Das habe ihm Tofall unter Hinweis auf Hausfriedensbruch verwehrt. Bergheim habe die Tasche dann wegen Verdunkelungsgefahr beschlagnahmen wollen, woraufhin Tofall sich ohne Vorwarnung auf ihn gestürzt habe. Klimt habe fluchtartig den Raum verlassen. Den Rest habe er vergessen.

Klar, dachte Charlotte, da, wo ihre Heldentat ins Spiel kam, hatte Bergheim sich geistig verabschiedet. Sie schluckte, ihr Herz klopfte schneller, wenn sie sich vorstellte, wie die Sache ausgegangen wäre, hätte sie sich nicht eingemischt. Wäre Rüdiger dann jetzt tot? Ziemlich wahrscheinlich. Es sei denn, Tofall hätte von ihm abgelassen, was wiederum nicht sehr wahrscheinlich war.

189

Sie hatte Rüdiger also das Leben gerettet. Einerseits ein gutes Gefühl, wäre da nicht das schlechte Gewissen, dass sie ihn ja erst in diese Situation gebracht hatte. Aber welche Möglichkeiten hätte sie gehabt? Okay, sie hätte selbst hineingehen können, aber dann wäre *sie* jetzt wahrscheinlich tot. Nein, am sichersten wären sie zu zweit gewesen. Sie musste sich eingestehen, dass sie beide ziemlich leichtsinnig gewesen waren. Aber wer konnte denn ahnen, dass der Kerl durchdrehen würde?

Sie schloss seufzend die Augen. Was für ein Samstag. Ein Samstag, der ihr bewusst machen sollte, sich keine Experimente in ihrem Leben zu erlauben. Es war einfach zu zerbrechlich. Wenn sie sich vorstellte, dass Rüdiger jetzt tot und kalt ... Sie wischte den Gedanken weg, massierte ihre Schläfen. Ihr Handy hatte sie auf Bitten der Schwester ausgeschaltet.

In der Sporttasche, die Charlotte dann an sich genommen und durchsucht hatte, befanden sich mehr als zweitausend Euro und an die vier Kilo Amphetamin. Andreas Klimt, Lukas Blischke und ihr Kompagnon waren zur Fahndung ausgeschrieben, aber noch nicht aufgegriffen worden.

Das war nur eine Frage der Zeit, tröstete sich Charlotte. Auf jeden Fall hatten sie nicht nur einen Drogenring ausgehoben, sondern standen auch kurz davor, zwei mysteriöse Todesfälle zu klären. Das brachte die Waagschale der Beurteilung dieses turbulenten Samstags wieder ein bisschen ins Gleichgewicht.

In diesem Moment öffnete sich die Tür des Behandlungsraums. Die Notärztin trat heraus und nahm Charlotte mit ernstem Gesicht zur Seite.

»Das war wirklich knapp. Wer immer da Hand angelegt hat, muss Bärenkräfte haben. Ihr Freund ist ja auch nicht gerade ein Schwächling, wenn ich das richtig sehe. Die Würgemale sind jedenfalls stark ausgeprägt. Er wird noch einige Zeit Schmerzen und Schluckbeschwerden haben.«

»Danke«, sagte Charlotte matt. »Meinen Sie, dass er ... ich meine, könnte es Folgeschäden geben? Im Gehirn oder so?«

Die Ärztin schüttelte den Kopf. »Nein, da kann ich Sie beruhigen. Der Patient war ja nicht bewusstlos, wenn ich richtig informiert bin, und er ist auch jetzt hellwach, wenn auch teilweise unter Schock. Er wird sich wieder erholen. Er sollte allerdings zur Beobachtung für eine Nacht hierbleiben. Nur zur Sicherheit.«

Charlottes Mundwinkel zuckten. »Versuchen Sie mal, ihn dazu zu überreden.«

»Wie auch immer. Wenn er nach Hause geht, bekommen Sie ein paar Schmerztabletten, die wird er brauchen.«

Charlotte bedankte sich noch einmal und verließ zusammen mit Bergheim, der sich ein Kühlkissen an den Hals drückte, die Klinik.

Bis gegen Mitternacht saßen sie in Divas Gesellschaft schweigend auf dem Sofa in ihrer Wohnung. Charlotte rechts neben Bergheim, den rechten Arm um seine Brust geschlungen, den Kopf an seine Schulter gelehnt. Er hatte den rechten Arm um sie gelegt, mit der linken Hand hielt er hin und wieder das Kühlkissen an seinen Hals.

Im Fernsehen lief eine Talkshow. Es lief immer irgendeine Talkshow.

»Willst du nicht doch was essen?«, fragte Charlotte. »Ich kann dir Spinat mit Kartoffelbrei machen, das kannst du bestimmt schlucken.«

Bergheim verzog leicht den Mund und drückte ihr sanft einen Kuss auf die Stirn.

»Ich kann es immer noch nicht fassen. Was hat der Kerl sich bloß dabei gedacht?«, sagte Charlotte.

»Er hat überhaupt nicht gedacht, das ist ja das Problem«, krächzte Bergheim.

»Wenn ich das geahnt hätte …«, murmelte Charlotte.

»So was ahnt doch kein Mensch.« Bergheims Stimme versagte.

Charlottes leidender Blick wurde hart. »Jedenfalls werde ich diese Herrschaften auseinandernehmen. Vor allem diesen Grauhöfer.« Sie dachte eine Weile nach. »Weißt du, ich will ja kein Spielverderber sein, aber ich finde, Hohstedt braucht mal einen Einlauf. Er hat Grauhöfer befragt und sich einwickeln lassen.«

»Willst du ihm einen verpassen? Einen Einlauf, meine ich«, flüsterte Bergheim.

»Uh, nicht doch, aber wieso bist du eigentlich immer derjenige, der die Prügel bezieht?«

»Das wüsste ich auch gern.«

»Du solltest das gerechter aufteilen, damit Hohstedt auch was abkriegt.« Charlotte deutete auf die Hämatome an seinem Hals.

»Allerdings«, Bergheim röchelte, »ein paar schlechte Erfahrungen und er ist der perfekte Ermittler.«

ACHT

Lukas Blischke und Marcel Grauhöfer waren am Sonntagmorgen in ihren Wohnungen gestellt und für den Montagmorgen in den ZK bestellt worden. Dort warteten sie jetzt auf ihre Befragungen. Boris Tofall war bereits dem Haftrichter vorgeführt worden. Andreas Klimt war verschwunden.

Für das Team begann der Tag mit einer kurzen Besprechung, der Bergheim ferngeblieben war. Ersten, weil er über alles Bescheid wusste und folglich nicht in Kenntnis gesetzt werden musste, und zweitens, weil er aufgrund mangelnder Stimmkraft auch nicht in der Lage war, die anderen in Kenntnis zu setzen. Das erledigte Charlotte.

Bremer hatte bereits alles, was er über Marcel Grauhöfer in Erfahrung bringen konnte, gesammelt und nahm Anlauf zu einer kurzen Rede.

»Also, um es kurz zu machen. Es gibt nichts über ihn, jedenfalls nichts, was ihn für uns interessant gemacht hätte. Polizeilich gesehen ein absolut unbeschriebenes Blatt. Seine Mutter wohnt in Limmer in einer Zwei-Zimmer-Wohnung, die Eltern sind seit sechs Jahren getrennt, der Vater hatte wohl Alkoholprobleme. Marcel Grauhöfer ist siebenundzwanzig, hat an der IGS Linden ein mittelmäßiges Abitur gemacht.« Bremer räusperte sich. »Das ist jedenfalls meine Einschätzung, die Mutter hielt den Schnitt von drei Komma eins für herausragend. Wie auch immer, nach einem Jahr Work & Travel in Australien hat er sich in Hannover an der Leibniz-Uni eingeschrieben und studiert dort seit sechs Jahren Wirtschaftswissenschaften, Abschluss hat er allerdings noch keinen. Seine Mutter sagt, er finanziert sein Studium selbst, mit Nebenjobs.« Bremer konnte sich ein Kichern nicht verkneifen.

»Allerdings«, stimmte Wulf zu. »Und was das für Nebenjobs sind, das wissen wir ja mittlerweile.«

Meyer-Bast wandte sich an Leo Kramer. »Was ist mit der Tasche?«

»Wird im Labor untersucht. Fingerabdrücke gibt's wie erwartet reichlich, sind aber noch nicht alle ausgewertet. Die von Grauhöfer und Tofall konnten wir aber schon nachweisen.«

»Alles gut und schön«, sagte Meyer-Bast. »Dass das Studio vom Blischke ein Umschlagplatz für Amphetamine war, ist offensichtlich. Aber was ist mit den Todesfällen Becker und Küttner, und wo ist Katja Schauer? Hat sich jemand schon dazu geäußert?«

»Nein«, sagte Wulf, der die Verdächtigen bereits am Sonntag dazu befragt hatte, »keiner hat was dazu gesagt. Blischke hat nur den Mund aufgemacht, um nach seinem Anwalt zu verlangen, und dieser Grauhöfer hat so getan, als wüsste er überhaupt nicht, wovon ich rede. Der war ziemlich nervös, putzt sich auch andauernd die Nase. Ich glaube, der dealt nicht nur, der schnieft auch das Zeug.«

»Und dieser Tofall?«

»Keine Chance, der ist ein verdammt harter Brocken.«

»Auch gut.« Meyer-Bast stand auf. »Diesen Tofall würde ich mir gern mal ansehen. Ich mag Leute nicht, die sich an meinen Ermittlern vergreifen. Und Sie kommen mit.«

Sie nickte Charlotte zu. Die sprang sofort auf, denn sie konnte es kaum erwarten, diesem Kerl auf den Zahn zu fühlen.

Als Tofall ihnen eine Viertelstunde später gegenübersaß und zwei kräftige Beamte an der Tür Wache hielten, fing Charlottes Herz an zu klopfen. Sie musste sich zur Ordnung rufen, sie wollte auf keinen Fall riskieren, dass Meyer-Bast sie gegen Wulf oder Bremer austauschte, weil sie sich nicht unter Kontrolle hatte. Das hier war ihre Sache.

Tofall saß da wie ein Berg. Ein schweigender Berg. Meyer-Bast konfrontierte ihn mit den Beschuldigungen, während Charlotte ihn anstarrte und dabei versuchte, ihren Zorn zu ignorieren.

»Möchten Sie dazu eine Aussage machen?«, fragte Meyer-Bast. Doch Tofall setzte ein hämisches Grinsen auf und fixierte Charlotte.

»Wie geht's dem Bullen?«

Charlotte schwieg. Schließlich war sie nicht hier, um Fragen zu beantworten.

»Herr Tofall«, Meyer-Bast redete mit Engelszungen, nur der Inhalt des Gesagten passte nicht zu ihrem Ton, »Sie werden auf jeden Fall wieder im Knast landen. Wenn Sie etwas über den Verbleib von Katja Schauer wissen, dann sagen Sie es. Es kann Ihre Situation nur verbessern.«

Tofalls feistes Grinsen klebte immer noch in seinem Gesicht. Nur, dass er sich jetzt an die Kriminalrätin wandte. »Wie kommen Sie denn darauf, dass ich etwas über Katja weiß?« Er beugte sich vor und leckte sich über die Lippen.

Meyer-Bast betrachtete Tofall ruhig. »Dann vielleicht über Alexander Küttner oder Verena Becker.«

Tofall lachte auf. »Selbst wenn ich etwas wüsste, glauben Sie wirklich, ich würde Ihnen auch nur ein Wort sagen?«

»Warum haben Sie unseren Ermittlungsbeamten angegriffen?«

Tofall legte den Kopf schräg. »Weil er mich zuerst angegriffen hat.«

»Zeugen?« Charlotte bewunderte Meyer-Bast, die sich ob dieser abstrusen Beschuldigung nichts anmerken ließ.

»Natürlich, fragen Sie Andreas Klimt.«

»Wie hat er Sie angegriffen?«

»Wie?« Tofall lachte auf. »Er hat mich gegen die Wand geschubst.«

Nun musste Charlotte innerlich lächeln. Dass Bergheim einen Kerl wie Tofall *gegen die Wand geschubst* haben sollte, war ein schlechter Witz.

»Wir überprüfen das. Aber das ist doch sicherlich kein Grund, ihn gleich zu erwürgen, oder?«

»Wer sagt, dass ich ihn erwürgen wollte? Ich wollte ihn mir bloß vom Leib halten.«

»Indem Sie ihn erwürgen? Dafür haben wir ja eine Zeugin. Und Ihre Vorstrafe wird Sie auch nicht gerade entlasten.«

Tofall grinste nicht mehr. Seine Kieferknochen traten hervor. Er war kurz vorm Ausrasten. Charlotte frohlockte, warf aber den beiden Beamten an der Tür vorsichtshalber einen warnenden

Blick zu. Der eine trat einen Schritt nach vorn. Aber Tofall fing sich wieder.

»Ihr Bullen haltet euch für sehr schlau, aber das seid ihr nicht«, sagte er leise und setzte wieder dieses Grinsen auf.

Charlotte juckte es in den Fäusten, aber sie riss sich zusammen. Meyer-Bast bewies viel Vertrauen in ihre Selbstbeherrschung, und Charlotte würde sie nicht enttäuschen.

»Haben Sie noch etwas zu sagen?«, fragte die Kriminalrätin.

»Ja, ihr habt einfach keine Ahnung.« Er lächelte breit. Meyer-Bast beendete das Verhör. Zumindest für den Moment. Sie würden sich später noch mit Tofall befassen.

»Der weiß etwas«, sagte Charlotte, als Tofall den Raum verlassen hatte.

»Ja, das glaube ich auch, aber er ist zu abgebrüht, um etwas zu sagen. Und zu rachsüchtig. Er will uns Bullen mal richtig eins auswischen.«

»Glauben Sie, dass er Verena und Küttner getötet hat?«

Die Kriminalrätin seufzte. »Gut möglich, aber ich frage mich, wie wir ihm das nachweisen sollen. Wir können nur hoffen, dass einer von den anderen uns etwas zu sagen hat.«

Bevor sie sich mit Marcel Grauhöfer beschäftigten, tauschten sie sich kurz mit Bremer und Hohstedt aus, die Blischke nochmals befragt hatten oder vielmehr versucht hatten, ihn zu befragen. Sie hatten nichts Relevantes aus ihm herausbekommen. Alles, was er zu sagen hatte, war, dass er nichts zu sagen hatte, nichts von einem Drogenhandel wusste und seinen bisherigen Aussagen nichts hinzuzufügen sei. Auf die Frage, was ihn mit Marcel Grauhöfer verbinde, zuckte er nur mit den Schultern und sagte: »Lockere Bekanntschaft.«

Sie mussten ihn zähneknirschend laufen lassen, denn sie konnten ihm keinerlei Verbindung zu dem Drogenhandel oder eine Entführung oder gar einen Mord nachweisen. Seine Fingerabdrücke waren auch nicht auf der Sporttasche aufgetaucht, und weder in seinem Wagen noch in seiner Wohnung hatten die Ermittler Spuren von Amphetaminen oder anderen Drogen oder sonstige Hinweise auf eine Straftat gefunden.

Charlotte und Meyer-Bast nahmen sich Marcel Grauhöfer vor. Er saß unruhig auf seinem Stuhl, seine Hände zitterten.

»Möchten Sie etwas trinken?« Meyer-Bast gab sich mütterlich. »Wasser oder einen Kaffee?«

»Ja bitte, ein Wasser, wenn das geht.«

Charlotte war beeindruckt. So viel Höflichkeit begegnete ihr selten im Vernehmungsraum. Sie war geneigt, dem jungen Mann eine Chance zu geben.

»Herr Grauhöfer, wir haben Ihre Fingerabdrücke auf einer Tasche mit fast vier Kilogramm Amphetamin gefunden. Möchten Sie dazu etwas sagen?«

Grauhöfer rang die Hände. Er war so jung und so gut aussehend. Charlotte wollte nicht begreifen, was in Menschen vorging, die von der Natur so überaus großzügig beschenkt wurden und trotzdem mit dem Leben nicht zurechtkamen. Aber vielleicht wurden sie ja nur rein äußerlich großzügig beschenkt und kamen bei der Verteilung der Alltagstauglichkeit zu kurz. Und vielleicht hatte ihnen die Natur ja auch einfach eine Affinität zu Drogen mit in die Wiege gelegt. Immerhin war sein Vater ebenfalls Alkoholiker. War das jetzt wieder politisch unkorrekt? Charlotte kam nicht mehr dazu, diesen Gedanken weiter nachzuhängen, denn Grauhöfer rannen Tränen die Wangen hinunter.

»Erzählen Sie einfach«, sagte Meyer-Bast sanft, »dann sind wir schnell hier fertig, und ich kann entscheiden, ob Sie gehen können.«

Grauhöfer wischte sich mit dem Ärmel seiner Lederjacke über die Augen.

»Hören Sie«, begann er, »ich ... bin da so reingerutscht. Irgendwie muss ich doch mein Studium finanzieren.«

Charlottes Mitgefühl für den jungen Mann schwand. Andere hatten es auch schwer und wurden deshalb noch lange nicht straffällig.

»Wie sind Sie reingerutscht?« fragte Meyer-Bast.

»Na ja, ich bin halt Mitglied in dem Club, und irgendwann hat mich der ... eine Typ angesprochen ...«

»Welcher Typ?«

Grauhöfer blickte zu Boden. Es war offensichtlich, dass er Angst hatte.

»Na, der Boris. Er wusste, dass ich sniefe, und hat gesagt, ich könnte 'ne Menge Geld machen.«

»Wann war das?«

Grauhöfer zuckte mit den Schultern. »Vor ein paar Monaten, vielleicht einem halben Jahr.«

»Und seitdem dealen Sie. Wie funktioniert das Ganze? Erzählen Sie.«

Grauhöfer zögerte und faltete die zitternden Hände. »Na, ich treff mich mit einem Typen auf einer Raststätte an der A7. Er übergibt mir die Tasche, und ich …« Er sprach nicht weiter.

»Und verteilen das Zeug in Hannover, und weiter?«

»Na ja, diese Tasche, die bring ich eigentlich nur ins ›fit & power‹.«

»Und bekommen dafür was?«

»Na ja … Stoff.«

»Und Geld.«

Grauhöfer zierte sich, wischte mit dem Handballen über seine Augen. »Hören Sie, ich weiß wirklich nicht viel. Ich fahre zu dieser Raststätte, hole die Tasche und geb sie hier ab. Dafür werd ich bezahlt. Das ist alles.«

»Welche Raststätte, wer gibt Ihnen die Tasche, und wo kommt der Stoff her?«

»Bei Soltau, die Typen kenn ich nicht, sind immer andere. Wir sprechen auch nicht miteinander. Sie kommen aber aus Hamburg, das hatte Boris mal erwähnt. Ich bekomme die Tasche und fertig.«

»Und Sie behaupten, Sie verkaufen den Stoff nicht selbst.« Grauhöfer antwortete nicht.

»Hören Sie«, Charlotte gefiel ihre Rolle als Zuhörerin nicht, »wir haben zwei ungeklärte Todesfälle, und eine junge Frau wird vermisst. In allen drei Fällen gibt es eine Verbindung zu Ihnen, und für den Mord haben Sie kein handfestes Alibi. Was, glauben Sie, denken wir?«

Grauhöfers Kopf ruckte hoch. »Sie wollen doch nicht sagen, dass ich irgendwas mit Verenas Tod zu tun habe oder mit Alexanders? Ehrlich, davon weiß ich nichts … aber …«, er schluckte und zog schuldbewusst die Schultern zusammen, »der Alex, der war voll verknallt in die Verena. Ich hab das meiner Schwester nicht gesagt, warum auch. Er hatte sowieso keine Chance bei der.«

Die beiden Frauen musterten den jungen Mann einen Moment. »Hatten Sie was mit Verena?«, fragte Charlotte dann.

Grauhöfer blickte erstaunt auf.

»Ich?« Er lachte auf. »Nee, ganz bestimmt nicht, obwohl …«

»Obwohl was?«

»Sie hat es versucht.«

»Sie hat es versucht?«, wiederholte Charlotte ungläubig.

»Ja, ob Sie's glauben oder nicht. Sie hatte auch Alex am Haken. Sie hatte alle am Haken. Aber … ich stehe nicht auf Frauen.«

Aha, dachte Charlotte. Gutes Argument. Wenn es stimmte.

»Und was verbindet Sie mit Lukas Blischke?«

Grauhöfer guckte unschuldig. »Nichts weiter, er hat mich nur zum Essen eingeladen, das macht er manchmal.«

»Warum?«, fragte Meyer-Bast.

»Tz, weiß ich doch nicht. Das müssen Sie ihn fragen.« Er nahm mit zitternden Händen sein Glas und trank. »Kann ich jetzt gehen?«

»Wissen Sie etwas über den Aufenthalt von Katja Schauer?«

Die Kriminalrätin verschränkte die Arme und lehnte sich zurück.

Grauhöfer sah die beiden an wie ein leidender Hund. »Ganz ehrlich, ich hab keine Ahnung, was da los ist. Ich bring dem Boris die Tasche, das ist alles. Und sagen Sie ihm bloß nicht, dass ich Ihnen das gesagt habe!«

»Aber Sie sind doch Mitglied in dem Club«, wandte Charlotte ein.

»Nur auf dem Papier«, antwortete Grauhöfer ein bisschen abfällig. »Am Anfang fand ich's ja noch ganz nett, die Quälerei an den Hanteln, aber mittlerweile … Ist einfach nicht mein Ding. Ich trainiere jetzt für den Ironman und gehe boxen.«

Meyer-Bast und Charlotte tauschten einen Blick.

»Okay«, sagte die Kriminalrätin, »das war's fürs Erste.«

Grauhöfer musste warten und das Protokoll unterschreiben. Dann konnte er gehen.

Kurze Zeit später war auch Bergheim eingetroffen und ließ sich von der Kriminalrätin und Charlotte auf den neuesten Stand bringen.

»Dann sieht es mit der Beweislage ja ziemlich schlecht aus, wenn ich das richtig verstanden habe«, resümierte Bergheim.

»Allerdings«, stimmte Meyer-Bast zu. »Wir haben das Studio gründlich durchsucht, aber nirgends einen Hinweis zu den Todesfällen oder Katja Schauer entdeckt und keine Spur von Rauschgift gefunden, auch nicht in den Schließfächern. Ich könnte mir vorstellen, dass Blischke und Tofall darauf bestanden haben, dass das Zeug nicht im Studio konsumiert wird und auch nicht dort aufbewahrt.«

»Und die Käufer haben sich offensichtlich alle dran gehalten«, sagte Charlotte ein bisschen resigniert. »Unsere Hoffnung liegt jetzt auf Andreas Klimt. Der weiß bestimmt über alles, was sich dort abspielt, Bescheid. Und den müssen wir dann eben knacken.«

»Dazu müssen wir ihn erst mal finden.« Meyer-Bast erhob sich von ihrem Stuhl an Charlottes Schreibtisch. »Und ebenso diese Katja«, fügte sie hinzu und verließ das Büro.

Bergheim stand gegen die Fensterbank gelehnt und fuhr sich über den Dreitagebart. Die Spuren seiner Raufereien ließen ihn ziemlich verwegen aussehen.

Volkermann hatten sie wieder laufen lassen. Er hatte den Leichnam seiner Frau abholen und nach Ellerbek bringen lassen, wo sie nach der Einäscherung auch beerdigt werden sollte. Dann hatte er sich für einige Tage in einem Hotel am Bahnhof einquartiert, nachdem ihm im Courtyard Hausverbot erteilt worden war. Er wartete wohl auf die Entlassung seiner Schwester. Zu ihr hatte er seit dem Übergriff keinen Kontakt gehabt. Seine Schwester hatte auf eine Anzeige verzichtet, Bergheim allerdings nicht.

Es ging ihm dabei weniger darum, dass er selbst das Opfer

gewesen war. Nein, er wollte einfach, dass dieser Mensch für seine Unbeherrschtheit, vor allem den Frauen gegenüber, bezahlen sollte. Auch, wenn Frauen solche Ausfälle immer wieder verziehen. Merkwürdigerweise.

Inka Volkermann hatte sich von dem Schock noch nicht erholt, obwohl sie körperlich wieder fit war. Die Ärzte überlegten, sie in die psychiatrische Abteilung zu verlegen.

Nach dem Mittagessen versammelte sich das Team, um das weitere Vorgehen zu besprechen. Die Mitglieder des Studios und die Anwohner am Lister Kirchweg mussten befragt werden ebenso wie das persönliche Umfeld von Andreas Klimt und Katja Schauer. Von beiden fehlte noch immer jede Spur. Meyer-Bast hatte die Kripo in Hamburg kontaktiert und erhoffte sich mögliche Hinweise von dort. Vielleicht waren die Kollegen den offensichtlich gut organisierten und weitverzweigten Dealerring ja schon länger auf der Spur.

Auch im Bekannten- und Freundeskreis von Alexander Küttner wurde weiter ermittelt. Lukas Blischke hatte sein Studio nach dem Polizeieinsatz vorübergehend geschlossen. Ob die Aktion für seinen Club nun den Bankrott zur Folge haben sollte oder eine erfolgreiche PR-Maßnahme gewesen war, würde sich noch herausstellen.

Bergheim zog sich in sein Büro zurück, um noch einmal in Ruhe die Akte durchzugehen. Vielleicht hatten sie ja alle etwas übersehen. Für verbale Ermittlungen war er noch nicht wieder zu gebrauchen.

Charlotte wollte sich gerade auf den Weg zum Henriettenstift machen, als Hohstedt mit einer jungen Frau in ihr Büro trat.

»Oh, war Rüdiger nicht eben hier? Die junge Dame«, er wies mit dem Daumen auf die fesche Blondine mit dem üppigen Dekolleté, »möchte unbedingt mit einem Herrn Bergheim sprechen.«

Er zwinkerte Charlotte zu. Die erhob sich und reichte der Frau die Hand.

»Hallo, Frau Grauhöfer, ich bin Hauptkommissarin Charlotte Wiegand.«

Janina Grauhöfer nahm etwas fahrig die dargebotene Hand. »Ich … ich möchte eine Aussage machen.«

»Ja bitte, setzen Sie sich doch.«

Janina sah sich um. »Aber ich wollte eigentlich mit Herrn Bergheim sprechen.«

»Natürlich.« Charlotte griff zum Telefon und bat Bergheim in ihr Büro. »Herr Bergheim ist ein bisschen angeschlagen …«, die Stimme«, erklärte Charlotte, »aber er ist gleich da.«

Wenige Sekunden später klopfte es, und Bergheim trat ein. Janina brach in Tränen aus und warf sich in seine Arme. Bergheim guckte hilflos, Charlotte verblüfft, und Hohstedt machte ein langes Gesicht. Bergheim legte beruhigend die Arme um die schluchzende junge Frau.

»Ist alles gut«, krächzte er. »Erzählen Sie.«

Er gab Hohstedt mit dem Kopf ein Zeichen, zu verschwinden, was der nur zögernd tat. Offensichtlich hätte er zu gern gewusst, was sich hier in Charlottes Büro abspielen würde und ob Bergheim sie ebenfalls auffordern würde, zu gehen. Das tat er nicht. Und er hätte wohl auch keinen Erfolg damit gehabt, denn Charlotte war ebenso neugierig wie Hohstedt. Außerdem brauchte Bergheim jemanden, der für ihn sprach. Dazu war sie am geeignetsten, und sie war fest entschlossen, sich nicht aus ihrem Büro wegzubewegen, ohne zu wissen, was ihr Freund und diese attraktive junge Frau hier miteinander zu besprechen hatten.

Sie überließ Bergheim ihren Stuhl, und er bat Janina flüsternd, sich zu setzen, was sie tat, wobei sie Bergheims zerschundenes Gesicht verstohlen musterte.

»Was möchten Sie mir erzählen?«, flüsterte Bergheim.

Janina schob ihre Tasche von der Schulter, kramte eine Packung Tempotücher heraus und stellte die Tasche neben ihren Stuhl. Dann putzte sie sich die Nase und knüllte das Taschentuch zusammen. Bergheim wartete geduldig. Charlotte weniger geduldig, sie verdrehte die Augen.

Janina räusperte sich.

»Also, als Sie neulich mit Ihrem Kollegen im Paulaner waren und mir diese ganzen Nebenwirkungen erzählt haben. Von den

Drogen und so. Da ... ist mir was aufgefallen. Ich meine, nicht
an Alex, bei dem hab ich nichts bemerkt«, fügte sie eilig hinzu,
»aber ... bei meinem Bruder. Der hat seit einiger Zeit ... öfter
mal so was. Quatscht ohne Punkt und Komma und feiert zwei
Tage durch, ohne müde zu werden und so. Und ... so ist er
normalerweise nicht. Er ist eigentlich eher ein stiller Typ. War
er jedenfalls immer. Und jetzt macht er noch diesen Quatsch
mit dem Ironman. Er spielte mit ihrem Taschentuch. »Na
ja, ich hab ihn dann einfach ... danach gefragt. Zuerst hat
er's abgestritten, aber dann ...« »Sie fing wieder an zu heulen.
»Dann hat er's zugegeben und gesagt, ich soll mich nicht so
anstellen. Schließlich würden das alle machen, und er hätte das
im Griff.«

Sie warf das zerknüllte Taschentuch auf den Schreibtisch und
fischte ein neues aus der Packung. Charlotte rümpfte die Nase,
aber das konnte Janina nicht sehen. Bergheim verzog keine
Miene und wartete schweigend.

»Und ...«, sie wand sich ein bisschen, »na ja, mein Bruder ist
schwul«, brach es dann aus ihr heraus.

Sie sah Bergheim scharf an, als erwarte sie eine abfällige Äußerung, und blickte sich dann nach Charlotte um.

»Ja, und was weiter?«, fragte die.

»Und in dem Fitness-Studio, wo er früher öfter war und wo
diese ganzen Sachen passiert sind, da arbeitet jemand ...«

»Andreas Klimt«, schlug Charlotte vor.

Janina drehte sich abrupt um. »Das wissen Sie? Ich meine,
das die beiden ...«

Charlotte ging zum Schreibtisch und setzte sich auf den freien
Stuhl neben Janina.

»Erzählen Sie einfach weiter«, sagte sie ruhig.

»Na ja, dieser Andreas wollte nicht, dass das jemand weiß.
Ich meine, dass er schwul ist. Er hatte wohl Angst um seinen
Job. Jedenfalls sind die beiden zusammen, und ... ich ...«, sie
schluchzte wieder, »ich hab einfach Angst, dass ... das alles irgendwie zusammenhängt. Dass vielleicht dieser Andreas dem
Alex diese Drogen gegeben hat. Ich meine, immerhin hat er sie
ja auch meinem Bruder gegeben, und ... ich will auf jeden Fall

nicht, dass mein Bruder mit so einem Typen zusammen ist, der meinen Freund auf dem Gewissen hat.«

Der letzte Satz sprudelte nur so aus ihr heraus. Bergheim und Charlotte tauschten einen Blick, waren sich wortlos einig, dass es nicht ihre Aufgabe war, Janina Grauhöfer darüber aufzuklären, dass ihr Bruder die Wahrheit ein bisschen zu seinen Gunsten modifiziert hatte. Das würde sie früh genug erfahren.

»Weiß Ihr Bruder, wo dieser Andreas ist?«, fragte Charlotte sanft.

»Ich glaube, ich weiß, wo er ist. In der Wohnung von einem Freund von Marcel. Der macht ein Praktikum in München. Da haben wir vor meinem Urlaub noch eine Fete gefeiert. Mit Alex, und jetzt ist Alex tot, und dieser Typ ist schuld.«

Sie blickte zu Boden, und ihre Schultern zuckten.

»Kennen Sie die genaue Adresse der Wohnung?«

Janina nickte. »Ja, in Linden in der Limmerstraße, in der Nähe vom Apollo Kino. Die Nummer weiß ich nicht mehr, aber der Typ heißt Malik Aslan.«

Charlotte stand sofort auf, um die genaue Adresse von Malik Aslan herauszufinden, und überließ es Bergheim, Janina Grauhöfer zu verabschieden. Zwei Minuten später stand sie bei der Chefin im Büro.

»Am liebsten würde ich mit Bergheim allein hingehen. Ich denke nicht, dass der Mann bewaffnet ist. Er hat einfach Angst und versteckt sich. Es ist bestimmt sinnvoller, wenn wir nicht gleich mit dem SEK dort auftauchen. Das wird ihn nicht unbedingt mitteilsamer machen, und schließlich ist er ja ein wichtiger Zeuge.«

Dabei dachte sie auch an Bergheims Prügelei mit Tofall. Wenn Letzterer die Frechheit besaß, Bergheim zu beschuldigen, wäre es sehr hilfreich, einen Augenzeugen präsentieren zu können, der das widerlegte.

Meyer-Bast schien nicht glücklich über diesen Vorschlag zu sein und überlegte. Es klopfte, und Bergheim betrat ebenfalls das Büro. Er steckte schweigend die Hände in die Hosentaschen und sah die beiden Frauen fragend an.

»Wie fühlen Sie sich?«, fragte ihn Meyer-Bast. »Kräftig genug, um im Notfall einen kräftigen Mann zu überwältigen?«

»Aber klar«, krächzte Bergheim und hob den Daumen.

Meyer-Bast grinste. »Okay, Sie beide gehen. Und ... nehmen Sie Hohstedt mit. So was kann er.«

Die Kriminalrätin wandte sich wieder den Papieren auf ihrem Schreibtisch zu, und Bergheim und Charlotte machten sich auf die Socken.

Bergheim chauffierte nach Linden, während Charlotte Hohstedt, der in Befragungen unterwegs war, anrief und ihn ebenfalls dorthin beorderte.

»Wir treffen uns vor dem Apollo. Beeil dich«, sagte sie ein bisschen aufgeregt.

Es dauerte fast eine halbe Stunde, bis Hohstedt endlich auftauchte. Charlotte und Bergheim traten sich derweil die Beine in den Bauch. Normalerweise hätte Charlotte den Besuch in Linden genossen. Es gab hier eine Fülle von Kneipen, Restaurants und Geschäften unterschiedlichster Couleur. Linden war multikulti par excellence und die Limmerstraße im Besonderen.

Die Stadtbahn ratterte vorbei, und es wimmelte von Radfahrern und vornehmlich jungen Menschen, die sich in einem der Straßencafés ihren Latte macchiato oder eine Bionade schmecken ließen. Zwar bedeckten hohe Wolken den Himmel, aber es war warm und trocken. Vielleicht würde es heute noch gewittern, dachte Charlotte. Es wäre eine Erleichterung nach der Schwüle und auch eine für Charlottes Gemüt. Zumindest würde sie einen ordentlichen Donnerschlag als solche empfinden.

Hohstedt schwelgte in seiner Wichtigkeit, schien sich darüber zu freuen, dass man in der Chefetage seine Fähigkeiten zu würdigen wusste.

Charlotte instruierte ihn. »Also, er wohnt im dritten Stock. Wir haben keinen Schlüssel, ich werde daher klingeln und übernehme das Reden. Einen Hinterausgang gibt es nicht. Du sicherst das Treppenhaus, und Rüdiger bleibt in deiner Nähe. Ich glaube nicht, dass der Typ gefährlich ist, also Vorsicht mit der Schusswaffe, aber pass auf, dass er uns nicht entwischt. Alles klar?«

»Logisch«, antwortete Hohstedt.

Sie klingelten in den unteren Stockwerken, bis jemand die Haustür öffnete, und marschierten dann zügig und leise die schmale Holztreppe hinauf. Es roch nach Knoblauch, Curry und Hasch. Malik Aslans Wohnung lag unter dem Dach. Es war stickig, warm und dunkel. Vor der grünen Wohnungstür, von der die Farbe abblätterte, lag ein zerfledderter Fußabtreter.

Charlotte stellte sich vor die Tür, Bergheim drückte sich an die Wand, um nicht sofort gesehen zu werden. Hohstedt hielt sich am Treppenabsatz versteckt. Charlotte klingelte. Nichts rührte sich. Sie klingelte erneut, wieder ohne Erfolg. Sie war aber sicher, leise Musik aus der Wohnung gehört zu haben, die nach ihrem Klingeln leiser gedreht worden war.

Na, dann eben auf die harte Tour, dachte sie und hämmerte gegen die Tür.

»Aufmachen, Polizei, wir wissen, dass Sie da sind. Wir müssen sonst die Tür aufbrechen!«

Drinnen klappte eine Tür, etwas wurde über den Boden geschoben. Dann öffnete sich die Eingangstür, und vor Ihnen stand … Katja Schauer. Sie war in Tränen aufgelöst und wies unter heftigen Schluchzern mit dem Daumen auf eine geschlossene Zimmertür.

»Er … er hat sich im Bad verbarrikadiert.«

Inzwischen hatten alle drei Ermittler den kleinen Flur betreten, Hohstedt stand mit der Waffe in beiden Händen in der Tür zum Treppenhaus. Charlotte war unendlich erleichtert, Katja Schauer lebend und wohlauf gefunden zu haben. Sie nahm die schlotternde junge Frau in den Arm und sprach beruhigend auf sie ein.

»Es kommt alles in Ordnung. Warten Sie hier«, sagte sie und übergab sie Bergheim, der den Arm um ihre Schulter legte. Dann klopfte sie sachte an die Badezimmertür.

»Herr Klimt«, sagte sie ruhig, »machen Sie bitte die Tür auf. Das bringt doch nichts.«

Klimt antwortete nicht.

»Andreas«, rief Katja mit tränenerstickter Stimme, »nun komm da raus, ich halt das nicht mehr aus!«

Im Bad ging die Spülung, dann der Wasserhahn, einen kurzen

Moment später öffnete sich die Tür, und Andreas Klimt trat heraus. Sein Versteckspiel schien ihm jetzt peinlich zu sein.

»Ist ja gut, man wird doch wohl noch mal auf die Toilette gehen dürfen«, sagte er und bemühte sich, seine Nervosität zu überspielen, was ihm gründlich misslang. Er zitterte wie Espenlaub. Als er Charlotte sah, zog er die Stirn kraus und zeigte mit dem Finger auf ihre Brust. »Sie … du … Sie sind Polizistin«, stellte er resigniert fest.

»Allerdings«, sagte Charlotte. »Ist noch jemand in der Wohnung?«

»Nein«, schluchzte Katja Schauer, »und ich will jetzt endlich hier raus.«

Klimt starrte Charlotte immer noch ungläubig an. Die gab Hohstedt ein Zeichen, woraufhin der, vielleicht ein bisschen enttäuscht, die Waffe wegsteckte. Offensichtlich hatte er mehr Action erwartet. Ausnahmsweise stimmte seine Einschätzung mit Charlottes überein, die sich diesen Einsatz auch ein wenig aufregender vorgestellt hatte, aber im Gegensatz zu Hohstedt froh war, dass alles so glimpflich abgelaufen war.

Sie chauffierten die beiden zur Polizeidirektion. Schauer fuhr mit Hohstedt, Klimt mit Charlotte und Bergheim.

Natürlich hatte man sofort Katjas Mutter benachrichtigt, die vor Erleichterung einen hysterischen Anfall erlitten hatte, jedenfalls nach den Worten der Beamtin, die ihr die frohe Botschaft mitgeteilt hatte.

Am frühen Abend saß Klimt in einem der Befragungsräume und wartete auf sein Verhör, das Charlotte zusammen mit der Chefin durchführen würde. Bergheim und Hohstedt würden sich mit Katja Schauer unterhalten.

Klimt saß auf seinem Stuhl wie ein geschlagener Ritter. Als Meyer-Bast und Charlotte sich ihm gegenüber niederließen, sah er nur kurz auf. Meyer-Bast eröffnete das Verhör mit den nötigen protokollarischen Angaben und konfrontierte Klimt mit der Beschuldigung des Drogenhandels. Mehr war ihm ja nicht nachzuweisen, und selbst das stand auf wackligen Füßen.

»Möchten Sie dazu etwas sagen?«, begann Meyer-Bast.

Klimt schüttelte den Kopf. »Ich kann gar nichts sagen.«

»Können Sie nicht, oder wollen Sie nicht?«

Er schluckte schwer. »Beides.«

»Herr Klimt, warum haben Sie sich versteckt gehalten?«, begann Meyer-Bast.

Klimt biss sich auf die Lippen und schwieg.

Charlotte mischte sich ein. »Herr Klimt, bisher stehen Sie nur unter dem Verdacht, mit Speed gehandelt zu haben. Das allein wird Sie nicht den Kopf kosten. Aber wir haben immer noch zwei ungekläre Todesfälle. Und Ihr Kollege Tofall wird wegen versuchten Mordes angeklagt. Er hätte beinahe meinen Kollegen erwürgt. Wenn Sie nicht reden, dann werden wir im Fall Alexander Küttner Anklage gegen Sie beide wegen Körperverletzung mit Todesfolge erheben. Immerhin haben Sie ihm ja das Amphetamin, an dessen Folgen er gestorben ist, verkauft.«

Das war zwar nicht bewiesen, und ein guter Anwalt würde diese Anschuldigung in kürzester Zeit als blanke Spekulation entlarven, aber einen Versuch war es wert, dachte Charlotte.

Klimt schien mit sich zu ringen, knibbelte an seinen Fingernägeln herum, wie Charlotte das sonst nur bei kleinen Jungen gesehen hatte. Dann schien er einen Entschluss zu fassen. Er schöpfte Atem, als ob eine kaum zu bewerkstelligende Aufgabe auf ihn wartete.

»Ich … ich kann nicht reden, die … die bringen mich um und Katja auch.«

»Wer?«

Klimt sah Charlotte an. »Na, wer wohl?«

»Tofall und Blischke«, schlug Charlotte vor.

Klimt nickte, wich aber den Blicken der beiden Ermittlerinnen aus.

»Na, Tofall dürfte das schwerfallen, der wird einige Jahre im Knast verbringen, auch ohne dass Sie reden.«

Zumindest hoffte Charlotte, dass sie auf einen Richter treffen würden, der Bergheims Darstellung der Auseinandersetzung Glauben schenken würde.

»Hören Sie«, sagte Meyer-Bast, »wenn Sie nicht reden wollen, beenden wir das hier, und Sie gehen nach Hause. Wollen Sie sich dann wieder irgendwo verstecken? Ich meine, Blischke ist frei. Und sucht Sie womöglich immer noch.«

Klimt schloss die Augen.

»Okay«, sagte er, »es ist so oder so beschissen, dann können die auch bezahlen.«

Die beiden Frauen hoben erwartungsvoll die Brauen.

»Ich sag aber gleich, ich hab eigentlich überhaupt nichts mit diesem ganzen Mist zu tun. Ich hab nur geholfen, das Zeug im Studio zu verkaufen, das ist alles.«

»Okay«, sagte Charlotte. Mehr können wir dir sowieso nicht nachweisen, dachte sie, aber das behielt sie für sich.

»Was war mit Alexander und Verena?«

Klimt blickte erschrocken auf. »Also was Verena angeht, da hab ich echt keinen Schimmer, was da passiert ist. Die hab ich beim Maschseefest zuletzt gesehen. Sie ist gegangen, und was sich sonst noch abgespielt hat, davon hab ich keine Ahnung. Das müssen Sie mir glauben!« Er sah Charlotte beschwörend an.

»Alles klar«, sagte sie, »und was war mit Alexander Küttner?«

»Ja, der … ist einfach umgefallen. Er ging in den Aufenthaltsraum, wo Lukas und Boris dabei waren … Jedenfalls war er voll auf Speed und ziemlich aggressiv, hat echt getaumelt, hatte auch eine Riesenbeule am Kopf. War wohl wegen Verena, in die war er total verknallt. Also er ist da rein, ich war gerade mit einem Kunden beschäftigt, konnte ihn nicht aufhalten, bin ihm aber nach. Und dann wollte er sich mit Lukas anlegen, und plötzlich … hat er sich an die Brust gegriffen und ist umgekippt.«

Klimt schwieg und knabberte an seinen Fingernägeln. Die Erinnerung schien ihn zu schmerzen.

»Und, was weiter? Haben Sie den Notarzt gerufen?«

Klimt lachte auf. »Eben nicht, Boris wollte das nicht. Der Notarzt hätte doch gleich gesehen, was los ist, dass der voll war mit Speed, und dann …« Er sah auf. »Dann wären doch sofort die Bullen bei uns aufgekreuzt.«

Na, so sind die Bullen auch aufgekreuzt, dachte Charlotte, also die Rechnung ist schon mal nicht aufgegangen.

»Wir haben alle dagestanden und … Alex hat nur rumgezuckt, und dann auf einmal war er still, ganz still. Ich … ich bin noch hin und hab seinen Puls gefühlt, aber … da war nix mehr.« Ihm rannen jetzt Tränen über die Wangen. »Wenn ich diesen Moment bloß wieder rückgängig machen könnte …«

»Welchen Moment?«, hakte Meyer-Bast nach.

»Na, den Moment, als Lukas gesagt hat, wir müssen ihn wegschaffen, und ich keinen Krankenwagen gerufen hab. Aber … ich konnte irgendwie nicht, hab einfach dagestanden. Und dann hat Boris ihn einfach auf den Stuhl gesetzt und ihm eine Ohrfeige gegeben. Hat wohl gedacht, Alex würde bloß so tun, als ob. Aber Alex war tot. Und dann meinte Boris eben, es wär kein Problem, wir würden den Raum abschließen, ihn da sitzen lassen und in den Morgenstunden in der Dunkelheit wegbringen. Ja, und das haben wir beiden dann gemacht. Lukas hat jedem von uns einen Tausender in die Hand gedrückt. Das war's. Wir haben dann bis zwei Uhr nachts gewartet, seine Klamotten zusammengepackt, ihn in Boris' Wagen geladen und ihn dann mitsamt seinen Sachen von der Brückstraße in die Leine geworfen.«

Klimts Schultern zuckten. Charlotte glaubte ihm seine Reue. Aber diese Reue änderte nichts daran, dass ein junger Mensch tot war, nur weil zwei andere skrupellos waren und ein weiterer feige. Immerhin war das Rätsel um Alex Küttners Tod jetzt gelöst, vorausgesetzt, Klimt sagte die Wahrheit. Und davon ging Charlotte aus.

»Wo war Verena währenddessen? Hat sie mitgekriegt, was los war?«

Klimt schniefte. »Verena war an der Rezeption. Sie hat nichts gesagt, aber sie hat mit Sicherheit was mitgekriegt.«

»Was war mit Katja Schauer?«, fragte Meyer-Bast.

»Oh Mann, ja, Katja hat mit dem ganzen Scheiß nichts zu tun. Die hatte keine Ahnung von dem Speed oder von dem, was mit Alex passiert ist. Außerdem rennt sie unserem Chef hinterher, obwohl der ja was mit Verena hatte, weiß jeder. Und dann hat sie vorgestern mitgekriegt, wie Boris und Lukas von Alex gesprochen haben. Da hat sie wohl Panik gekriegt und ist abgehauen und Boris hinter ihr her. Was genau passiert ist, weiß ich auch nicht, jedenfalls hat er versucht, sie zurückzubringen, und hat ihr das Handy geklaut. Sie ist aber weggelaufen und hat vor meiner Wohnung auf mich gewartet. Sie hatte einfach Schiss. Ich hab ihr gesagt, sie kann bleiben, aber als dann das mit ... mit Ihrem Kollegen passiert ist, da bin ich nach Haus, und wir beide sind dann zusammen zu Maliks Bude. Da würde uns keiner finden ... haben wir gedacht. Na ja, war ganz nett da.«

Charlotte musste sich zusammenreißen. *War ganz nett da!* Hatte dieser Dummkopf überhaupt eine Ahnung, wie viel Ermittlungsarbeit und -kosten hinter einer Vermisstenfahndung standen?

Charlotte übte sich in Geduld. »Und wovor genau hatten Sie nun eigentlich Angst?«

»Na, vor Lukas und der Organisation. Die sind echt nicht zimperlich. Und außerdem ... wer soll Verena denn umgebracht haben? Wir haben gedacht, wir warten, bis Sie ihn endlich eingebuchtet haben. Aber haben Sie ja nicht gemacht.« Das klang ein bisschen vorwurfsvoll.

»Um jemanden einzubuchten, braucht man Beweise«, erklärte Charlotte, »jedenfalls hierzulande. Also, können Sie uns irgendetwas liefern, das Ihren Ex-Chef hinter Gitter bringt?«

Klimt faltete die Hände und sah Charlotte an, als wäre sie schwer von Begriff.

»Ich hab doch gesagt, ich hab keine Ahnung, wie das mit Verena passiert ist.«

Charlotte versuchte es anders. »Sie konsumierte doch Kokain. Woher kommt der Stoff? Verkaufen Sie den auch im Studio?«

Klimt riss die Augen auf. »Kokain?«, hauchte er. »Scheiße, ehrlich, ich bin doch nicht verrückt, wenn da einer auch noch mit Kokain handelt, hab ich damit nichts zu tun.«

»Sie können uns also nicht weiterhelfen, was den Tod von Verena Becker anbelangt?«, fragte Meyer-Bast.

»Nein. Aber es war bestimmt Lukas.«

Charlotte seufzte. »Mal angenommen, es war nicht Blischke, hätten Sie noch eine Idee, wer sie getötet haben könnte?«

Klimt ließ sich diese Möglichkeit eine Weile durch den Kopf gehen.

»Also, könnte schon sein. Verena lebte gefährlich. Die war echt nicht zimperlich, stieg mit jedem ins Bett. Ich glaube, sie war Nymphomanin.« Klimt guckte halb versonnen, halb ehrfürchtig auf den Tisch.

»Woher wissen Sie das? Können Sie Namen nennen?«

»Na, bei Lukas weiß ich's genau, ansonsten ... Ja, Mann, sie hat halt jedem, der kam, schöne Augen gemacht, und alle haben angefangen zu sabbern. Schon möglich, dass dann mal einer wütend geworden ist.«

»War Ihr Chef eifersüchtig?«

Klimt überlegte. »Lukas ... könnte schon sein.« Ihm schien etwas einzufallen. »Dann hätte ja Lukas zwei Motive gehabt.« Er blickte von Charlotte zu Meyer-Bast. »Das macht ihn doch noch verdächtiger, oder?«

Charlotte rieb sich über die Stirn. Das führte sie nicht weiter.

Meyer-Bast ergriff das Wort. »Sagen Sie, wie hat sich denn das eigentlich abgespielt, in Ihrem Club? Haben Sie unseren Kollegen ebenfalls angegriffen?«

Klimt sprang auf. »Ich? Sind Sie verrückt? Ich doch nicht! Boris hat voll die Nerven verloren und ist ihm an den Hals gesprungen. Der hat was gegen Bullen.«

Es hatte funktioniert, dachte Charlotte. In dem Bemühen, seine eigene Haut zu retten, hatte Klimt Bergheims Aussage bestätigt.

»Können Sie uns das etwas genauer schildern?«

»Na klar. Der B... ich meine, Ihr Kollege kam rein, als Boris gerade das Geld zählte. Er hat es schnell in die Tasche geworfen, und Ihr Kollege wollte die Tasche beschlagnahmen. Da hat Boris sich auf ihn gestürzt.«

»Aha, und Sie sind sicher, dass es sich genau so abgespielt hat?«

»Natürlich, das ist alles, was ich gesehen habe, und dann bin ich weg.«

»Wieso haben Sie unserem Kollegen nicht geholfen?«

Klimt starrte Meyer-Bast an, als zweifle er an ihrem Verstand. Dann tippte er sich an die Stirn.

»Na, der sah nicht so aus, als würde er Hilfe brauchen. Ich hab natürlich gedacht, er wird mit Boris fertig.«

Meyer-Bast und Charlotte betrachteten Klimt eine Weile schweigend.

Dann sagte Meyer-Bast: »Wissen Sie was? Ich glaube, es war Ihnen vollkommen egal, ob unser Kollege draufgeht oder nicht. Ja, ich bin sogar geneigt zu glauben, dass Sie davon überzeugt waren, dass er ihn umbringen würde. Und mit einem Polizistenmord wollten Sie nichts zu tun haben, also sind Sie abgehauen, anstatt Ihren Kollegen zur Vernunft zu bringen. Das erfüllt den Tatbestand der unterlassenen Hilfeleistung.«

Klimt schluckte. »Sie spinnen doch. Als ob Boris sich von irgendwem zur Vernunft bringen lassen würde! Und von mir schon gar nicht. Der hätte mich auch noch kaltgemacht!«

Meyer-Bast klappte die Akte zu. »Wir werden sehen, wie der Richter Ihr Vorgehen beurteilt. Auf jeden Fall wird die Staatsanwaltschaft Anklage erheben.«

Nach der erkennungsdienstlichen Behandlung konnte Klimt gehen.

Bergheim, Hohstedt, Bremer und Petersen warteten bereits, als Charlotte und Meyer-Bast den Besprechungsraum betraten. Schliemann und Wulf waren noch dabei, Zeugenhinweisen nachzugehen. Die Kriminalrätin gab kurz den Inhalt von Klimts Befragung wieder.

»Immerhin«, schloss sie, »der Fall Küttner wäre gelöst. Ich gehe davon aus, dass Klimt die Wahrheit gesagt hat. Und …«, sie wandte sich an Bergheim, »was Tofalls Anschuldigung betrifft, denke ich, die können wir ebenfalls ad acta legen. Damit wird er vor Gericht keinen Erfolg haben.«

Nach allgemein zustimmendem Gemurmel in der Runde berichtete Bergheim, dass die Aussage von Katja Schauer im Wesentlichen mit der von Klimt übereinstimmte. Sie hatte in dem Gespräch mitbekommen, was mit Küttner geschehen war, hatte ihre Tasche gegriffen und war davongeeilt. Blischke hatte Tofall beauftragt, sie aufzuhalten, was ihm nicht gelungen war. Er konnte zwar ihr Handy an sich reißen, aber sie hatte ihm in die Hand gebissen, war ihm entwischt und hatte sich zu Klimt geflüchtet.

»Eine wehrhafte Frau«, schmunzelte Meyer-Bast. »Wieso hat sie die Polizei nicht eingeschaltet?«

»Sie hatte einfach Angst, dass wir ihr nicht glauben würden, was ja nicht ganz abwegig ist. Tofall und Blischke hätten ja nur alles abstreiten müssen. Wir hätten nichts in der Hand gehabt, und dass Klimt auch mit drinhing, wusste sie anfangs nicht. Das hat er auch tunlichst für sich behalten, ebenfalls den Verfolgten gemimt und ihr noch zusätzlich Angst gemacht, damit sie stillhielt. Er hatte ja allen Grund, sich zu verstecken. Also hoffte sie, die Sache würde sich von selbst erledigen und die Polizei würde die ganze Bande hochgehen lassen.«

Meyer-Bast stützte den Kopf auf die gefalteten Hände.

»So weit, so gut, der Fall Küttner ist also gelöst, aber was ist mit Verena Becker? Lukas Blischke ist zweifellos verdächtig, aber wir haben nicht den kleinsten Beweis. Alles, was wir ihm nachweisen können, sind Drogenhandel, unterlassene Hilfeleistung und das Wegschaffen einer Leiche. Und das auch nur, wenn Klimt bei seinen Aussagen bleibt. Wenn wir aber bedenken, dass unser Opfer eine ziemlich ausgefuchste Erpresserin war, könnte ihr Mörder auch im Kreis ihrer Opfer zu finden sein. Und ich bin nach wie vor der Überzeugung, dass der Mörder Mitglied in diesem Fitness-Club ist, denn dort hatte sie die beste Möglichkeit, Kontakte herzustellen.« Sie wandte sich an Bremer. »Haben wir den Täterkreis weiter einengen können?«

»Wir sind immer noch dabei, jedes männliche Mitglied des Clubs zu befragen und DNA-Proben zu nehmen. Bisher haben wir über sechzig, aber bis jetzt keine Übereinstimmung mit der in ihrer Wohnung gefundenen DNA. Das braucht also noch Zeit. Leider geben die Kameraaufnahmen aus dem Studio nicht viel her. Die Kamera ist so schlecht justiert, dass man eigentlich kein Gesicht erkennen kann. Man könnte fast meinen, das ist Absicht.«

»Ja, gut möglich, dass Blischke das Kommen und Gehen in seinem Club nicht unbedingt dokumentieren wollte«, sagte Charlotte. »Er hat sie wahrscheinlich nur installiert, damit die harmlosen Mitglieder das Gefühl haben, alles sei unter Kontrolle.«

»Vermutlich«, meinte Bremer, »wir prüfen aber weiter, obwohl Kruse sagt, er hat langsam die Schnauze voll, sich immer nur Beine mit Füßen dran anzugucken.«

»Kann ich mir vorstellen«, sagte Bergheim. »Was machen wir mit Volkermann? Sollen wir den jetzt außer Acht lassen?«

»Für mich kommt er als Verdächtiger erst in der zweiten Reihe«, sagte Charlotte. »Wir sollten nicht zu viel Energie auf ihn verschwenden. Ich halte ihn für einen Choleriker, der im Affekt töten könnte. Der Mord an Verena Becker war geplant, das passt einfach nicht zu Volkermann. Außerdem war er verrückt nach seiner Frau, der hätte sie nicht umgebracht, nicht auf diese Weise.«

»Das sehe ich auch so«, sagte Meyer-Bast. »Zu Blischke passt so ein Mord aber genau. Wir landen immer wieder bei ihm.«

Die Kriminalrätin überlegte einen Moment. »Ich denke, wir sollten ihn beschatten. Damit würden wir auch Katja Schauer schützen. Falls sie wirklich von ihm bedroht wird.« »Sie warf einen Blick in die Runde. »Wer übernimmt die erste Schicht?«

Bergheim verzog den Mund, Bremer verschwand unter dem Tisch und suchte nach einem imaginären Krümel, Petersen zog die Schultern hoch, wohl um sich zu verstecken. Charlotte saß bewegungslos und gab keinen Laut von sich. Mit anderen Worten, sie stellte sich tot. Und Hohstedt saß doch tatsächlich mit geschlossenen Augen da. Ganz nach dem Motto: Wenn ich nix sehe, bin ich auch unsichtbar. Endlich erbarmte sich Bergheim.

»Okay, ich mach das, zusammen mit Martin«, fügte er grinsend hinzu.

Dieser Aussage folgte kollektives Aufatmen.

»Na gut, ich lös euch ab.« Petersen gab sich großzügig und sah Bremer fragend an.

Der konnte sich partout nicht dazu durchringen, eine Nachtschicht zu übernehmen, genauso wenig wie Charlotte, die ja noch ein Date hatte, das sie ungern absagen wollte. Schließlich hatte sie Dr. Flentek etwas Wichtiges mitzuteilen. Das könnte sie zwar theoretisch auch per Handy, aber warum sollte sie sich ein opulentes Dinner entgehen lassen?

Das Schweigen wurde peinlich, und Charlotte wollte schon einknicken, als Bremer sich unerwartet opferte.

»Na gut, wenn's sein muss.«

»Prima.« Die Kriminalrätin strahlte. »Ich schlage vor, Sie teilen Ihre Schicht selbst ein. Bis morgen habe ich Verstärkung organisiert.«

Charlotte musste den Besuch bei ihrem Vater ausfallen lassen, wenn sie ihre Verabredung einhalten wollte. Und das wollte sie. Für eine kosmetische Runderneuerung war es allerdings schon zu spät. Dr. Flentek würde sie also ungeschminkt ertragen müssen.

Sie brauchte fast eine Viertelstunde bis zur Geibelstraße, obwohl die nur knapp drei Kilometer von der Kriminaldirektion entfernt war. Aber am Maschsee stockte der Verkehr, weil eine Gruppe junger Männer in Teufelskostümen ihre Junggesellenparty feierten, indem sie in einer Art Großraumfahrrad mit integrierter Theke saßen und beim Trinken das Trampeln vergaßen.

Ja, amüsiert euch nur, dachte Charlotte wohlwollend. Sie hatte die Befürchtung, nie wieder an der Löwenbastion feiern zu können, ohne die Leiche von Verena Becker in dem Müllcontainer vor Augen zu haben.

Dr. Flentek bewohnte den ersten Stock in einem weißen dreistöckigen Bau. Auf ihr Klingeln antwortete die Gegensprechanlage.

»Ich hab schon auf dich gewartet. Komm rein.«

Der Türsummer ging, und Charlotte betrat ein helles, marmorgefliestes Treppenhaus. Die Tür zu Dr. Flenteks Wohnung war angelehnt. Sie klopfte an. Es duftete nach Knoblauch und Olivenöl. Charlotte schob sachte die Tür auf, und ihr Gastgeber kam ihr mit einem strahlenden Lächeln und in eine kurze karierte Schürze gewandet entgegen.

Charlotte konnte nicht anders. Sie brach in Gelächter aus. Konnte sich gar nicht mehr beruhigen. Die Schürze war nämlich das Einzige, was er trug. Reiß dich zusammen!, schalt sie sich und hoffte, dass Dr. Flentek ihr diesen Heiterkeitsausbruch nicht übel nehmen würde. Das tat er offensichtlich nicht. Er stand ihr in dem hellen, freundlichen Flur gegenüber, in der Hand einen Kochlöffel, und grinste vielsagend.

»Dachte mir, dass du das lustig findest«, sagte er und gab ihr einen Kuss auf den immer noch lachenden Mund. »Willst du mir nicht helfen?«

»Hast du denn noch eine Schürze?«, fragte sie unter Tränen.

»Nein, du bekommst einen Hut und einen Schlips.« Diese Vorstellung provozierte einen weiteren Lachanfall.

»Nimm's mir nicht übel, aber ich bleibe lieber so, wie ich bin.«

»Langweilig, aber okay.« Er schwang den Kochlöffel und ging voraus in die Küche. Dabei präsentierte er ihr seinen strammen Hintern.

»Was gibt's denn eigentlich?«

Charlotte war dieser Einstieg nicht ganz geheuer. Er hatte ihr gleich zu Anfang gezeigt, wie er sich den Abend vorstelle. Das kam ein bisschen plötzlich.

Wie auch immer, sie setzten sich zu Tisch. Es gab Beuf bourguignon und zum Nachtisch Heidelbeer-Eiscreme mit Mandeln und Sahne.

Sie ließen es sich schmecken, und Charlotte unterhielt sich blendend, auch wenn sie manchmal etwas unkonzentriert war. Ihr schlechtes Gewissen machte ihr zu schaffen, wenn sie daran dachte, dass Bergheim jetzt mit Hohstedt zusammen Blischke beschattete. Ob sich wohl schon was getan hatte?

»Hey, woran denkst du?«, fragte Dr. Flentek und prostete ihr mit seinem überdimensionierten Weinglas zu.

»Nichts weiter«, antwortete Charlotte, stieß mit ihm an und trank.

Er trug immer noch nichts weiter als seine Schürze, was Charlotte beim Essen ziemlich irritierend gefunden hatte.

Der Wein schmeckte einfach wunderbar. Dr. Flentek stellte sein Glas weg, stand auf, nahm Charlottes Hand und zog sie hoch.

»Wollen wir?«

Er küsste ihren Hals. Und plötzlich war Charlotte klar, dass sie

217

hier völlig fehl am Platze war. Was war denn in sie gefahren? Das war doch nicht sie! Sie blickte verstohlen auf ihre Armbanduhr. Halb zehn. Sie nahm Dr. Flenteks Gesicht in beide Hände und küsste ihn auf den Mund.

»Du bist ein sehr lieber Mann und ein wundervoller Koch, ich danke dir für das Essen, aber ich muss jetzt gehen. Das hier ist nichts für mich. Sei mir nicht böse.« Sie streichelte ihm die Wange und ging.

Sie hatte sich nicht einmal umgesehen, hatte die Tür geöffnet und hinter sich zufallen lassen. Sie hatte keine Ahnung, wie er diese Abfuhr aufnehmen würde, hoffte aber, dass er Manns genug war, sie wegzustecken.

Nun ja, sie würde es wohl erfahren, wenn sie das nächste Mal ihren Vater besuchte. Davor graute ihr jetzt schon.

Es dämmerte, die Luft war warm, am Himmel waren schwach die ersten Sterne zu sehen. Sie atmete erleichtert auf und bestieg ihren Wagen. Glücklicherweise hatte sie sich bei dem köstlichen Wein zurückgehalten, was ihr ziemlich schwergefallen war.

Sie würde jetzt nach Hause fahren und auf Bergheims Rück-kehr warten.

NEUN

Bergheim saß mit seinem mürrischen Kollegen Hohstedt im Auto vor dem »fit & power«. Blischke hatte das Studio wieder geöffnet, es würde um zweiundzwanzig Uhr schließen.

»Ich halte das hier für ziemlich sinnlos«, sagte Hohstedt gerade, als Bergheim stutzte.

»Was zur Hölle macht der denn hier?«

»Wer?« Hohstedts Kopf ruckte herum. »Oh. Das ist interessant. Sollen wir reingehen?« Hohstedt wollte schon die Autotür öffnen.

»Wir warten noch.«

»Worauf?«

»Vielleicht kommen sie beide wieder raus, wenn Blischke abschließt, dann sehen wir weiter.«

Das schien Hohstedt nicht zu gefallen.

»Nun überleg doch mal, der Völkermann ist ein Choleriker, wer weiß das besser als du? Und der Blischke hatte was mit seiner Frau. Was, meinst du, passiert da drin?«

Bergheim musste Hohstedt recht geben. Ausnahmsweise.

»Stimmt, wir gehen besser rein.«

Sie stiegen aus und betraten das Studio, das ein junger Mann gerade verließ. Bergheim fragte sich, ob er Speed im Gepäck hatte, wollte sich aber damit jetzt nicht aufhalten. In der Halle war niemand, die Rezeption war leer. Aus Blischkes Büro drang ein Poltern.

Die beiden Beamten zogen ihre Waffen, stellten sich rechts und links in Deckung neben der Tür zum Büro auf, aus dem deutlich Kampfgeräusche zu hören waren. Hohstedt öffnete, und die beiden stürmten in den Raum, wo Blischke und Völkermann sich prügelten.

»Polizei! Aufhören und hinlegen!«, schrie Hohstedt.

Blischke versetzte Völkermann noch einen rechten Haken, dann setzte er sich schwer atmend auf den Boden.

»Dieser Wahnsinnige ist reingekommen und über mich hergefallen. Nehmen Sie ihn fest! Er hat Verena gestalkt und sie umgebracht.«

Volkermann war zu Boden gegangen, hatte sich aber schnell wieder aufgerappelt. Sein Gesicht war blutunterlaufen.

»Du Schwein«, presste er hervor. »Du hast ihr die Drogen beschafft! Du hast sie umgebracht!«

»Der labert doch kompletten Blödsinn.«

»Jetzt beruhigen wir uns mal. Sie kommen beide mit zur Polizeidirektion. Da können wir das in Ruhe klären.«

Hohstedt legte beiden Handschellen an, und Bergheim rief einen Streifenwagen, der Volkermann zum Zentralen Kriminaldienst bringen sollte. Blischke würden sie selbst mitnehmen. Bergheim wollte sofort beide befragen und nicht warten, bis sie sich beruhigt hatten. Er hatte das Gefühl, dass sie wütend genug waren, um einiges auszuplaudern. Er rief zunächst Meyer-Bast an, die umgehend informiert werden wollte, und Petersen, der sich schon auf die Ablösung eingestellt hatte. Dann informierte er Charlotte, die merkwürdigerweise noch unterwegs war und sofort im ZK vorbeikommen wollte.

Volkermann tobte in seiner Zelle, Blischke verhielt sich ruhig. Um kurz nach zweiundzwanzig Uhr kam Charlotte an. Sie und Bergheim nahmen sich Volkermann vor, Hohstedt und Petersen Blischke.

»Sie haben Lukas Blischke beschuldigt, Ihre Frau umgebracht zu haben. Glauben Sie das nur, oder haben Sie Beweise dafür?«, begann Charlotte.

»Ich weiß es! Sie hat doch schon in Hamburg bei dem das Zeug gekauft. Ich hab ihn gesehen und wollte ihn mir vornehmen, aber der hat mich mit seinen Gorillas verprügelt!«

»Wann war das?«

»Weiß ich nicht mehr, da war Verena noch bei mir.« Plötzlich hörte sich Volkermann weich an. Dann brach er in Tränen aus.

»Sie wissen ja nicht, was diese Frau mir angetan hat.«

Charlotte verdrehte die Augen. Jetzt ging das wieder los!

»Nun hören Sie aber auf«, sagte sie ungehalten. »Sie sind nicht der erste Mann, den seine Frau sitzen lässt, und nicht der letzte.«

»Ich meine nicht meine Frau. Ich rede von meiner Schwester.«

Aha. Charlotte und Bergheim warfen sich einen Blick zu.

»Was meinen Sie?«

Volkermann stellte seine Ellbogen auf den Tisch und presste seine Handballen auf die Augen.

»Meine Schwester hat mich zwei Jahre in dem Glauben gelassen, meine Frau wäre tot. Und ich hätte sie umgebracht.«

Dazu fiel zunächst weder Charlotte noch Bergheim etwas ein. Beide ließen diese Information eine Weile in ihrem Kopf fußfassen, während Volkermann eine Packung Tempotücher aus seiner Gesäßtasche kramte, eines herausfischte und sich damit übers Gesicht fuhr.

Dann fragte Bergheim nach. »Was genau meinen Sie?«

Volkermann fummelte mit seinem Taschentuch herum und winkte dann ab. Offensichtlich bereute er seine Äußerung schon.

»Wie kann Ihre Schwester Ihnen so etwas erzählen, und Sie glauben es ihr?«, hakte Charlotte nach.

Volkermann betrachtete sein Taschentuch. »Ich … Sie wissen sicherlich, dass ich manchmal die Nerven verliere.« Er sah Bergheim an und brachte ein Grinsen zustande. Bergheim nicht.

»Na ja … es ist zwei Jahre her, da … hatten wir auch Streit. Verena und ich.« Volkermann blickte Charlotte flehentlich an.

»Es ging nur um diese Drogen! Glauben Sie mir. Ich wollte sie einfach nur von den Drogen wegbringen, aber sie wollte ja nicht hören!« Er sammelte sich eine Weile. »Wissen Sie, Verena war ein … geheimnisvoller Mensch. Sie sprach selten über sich. Ich wusste nur, dass sie ihre Eltern nicht kannte und mit ihrer Pflegefamilie keinen Kontakt wollte. Sie wollte ihre Vergangenheit einfach vergessen, hat sie immer gesagt, und ganz neu anfangen. Als wir uns kennenlernten, da war sie zweiundzwanzig Jahre alt und benahm sich wie eine Dreißigjährige. So still … und vernünftig. Sie hat mich einfach fasziniert.« Er schniefte wieder, sodass Charlotte die Zähne zusammenbiss. »Nach vier Monaten hab ich sie gefragt, ob sie mich heiraten will. Ich wollte und konnte für sie sorgen, unserer Firma ging es damals ziemlich gut.« Volkermann schwieg. Eine Träne tropfte auf seine Jeans. Er ignorierte es. »Und wir waren glücklich, zumindest in der

221

ersten Zeit. Sie war meistens zu Hause, und das war okay. Ich war ja im Firmenbüro, gleich nebenan. Manchmal ist sie nach Hamburg gefahren. Und das ist ja auch normal für eine junge Frau. Sie hat gesagt, dass sie sich mit einer Freundin trifft. Das ging eine Weile, bis ich dann merkte, dass etwas nicht stimmte. Sie war immer so abwesend, manchmal hat sie die Musik ganz laut aufgedreht und ist durch die Wohnung getanzt. Dann war sie glücklich. Aber es gab auch Momente, wo sie einfach nur auf dem Sofa lag, in die Luft starrte und mich gar nicht wahrnahm. Und dann das Problem mit ihrem Essen. Ich hatte das Gefühl, dass sie überhaupt nie Hunger hatte. Und sie war ja auch viel zu dünn. Und dann kam diese Allergie dazu. Sie hatte eine Wahnsinnsangst vor Nüssen. Sie muss da mal ein übles Erlebnis gehabt haben, aber sie hat das sie nie genau erzählt. Jedenfalls … ich hab immer versucht, sie zum Essen zu bewegen, aber sie hat mich nur angelächelt, hat einen Bissen genommen, und das war's.«

Volkermann schwieg, steckte sein Taschentuch weg und faltete die Hände. »Irgendwann hab ich's nicht mehr ausgehalten und bin ihr gefolgt. Sie hat immer den Zug genommen, hatte keinen Führerschein. Ich hab mich ein bisschen verkleidet, hab mir eine Perücke gekauft und eine Brille aufgesetzt.« Er lachte kurz auf. »Das wäre gar nicht nötig gewesen, sie hat nichts um sich herum wahrgenommen. War wie in Trance. Und dann hat sie sich dort mit diesem Typen getroffen. Das war in Sankt Pauli in der Nähe der Reeperbahn. Und ich hab gesehen, wie der ihr was zugesteckt hat.« Volkermann neigte den Kopf. »Leider hab ich dann den Fehler begangen, die beiden zur Rede zu stellen. Ich hab den Mistkerl am Kragen gepackt …«, er sah Bergheim an, »wirklich nur am Kragen gepackt, und er hat mir sofort eine reingezimmert. Ich bin umgefallen, und die Typen sind weg.« Volkermann befühlte seine blutunterlaufene Wange. »Und heute Abend wollte ich mir endlich Verenas Arbeitsplatz angucken. Und wen sehe ich da? Den Typen, der mir in Hamburg eine reingehauen hat. Und bei dem hat Verena also gearbeitet, während ich gedacht hab, sie ist tot, weil ich sie umgebracht hab!«

Volkermann wurde immer lauter. Charlotte befürchtete

schon einen neuen Ausbruch, aber der Mann beruhigte sich wieder.

»Na ja, ich hab gedacht, ich revanchier mich mal.« Sein Blick wanderte zwischen Bergheim und Charlotte hin und her. »Ich bin sicher, dass er sie getötet hat.«

Charlotte überlegte, ob es sinnvoll war, ihn darauf hinzuweisen, dass seine Frau eine Prostituierte und Erpresserin war. Bergheim schwieg, und seine Miene verriet nicht, was er dachte. Sie beschloss, dem Mann noch eine Schonfrist zu geben, obwohl sie nicht recht wusste, ob er sie verdient hatte.

»Sie hatten also Streit, und Sie haben Ihre Frau geschlagen. Das haben Sie ja bereits ausgesagt«, sagte sie dann.

»Ja, ich war ziemlich betrunken. Ich hab ihr eine Ohrfeige gegeben, und sie ist hingefallen … glaub ich jedenfalls.« Volkermann hielt inne.

»Wie ging es weiter?«, drängte Charlotte. »Ihre Frau lag am Boden, und dann?«

»Dann hab ich den größten Fehler meines Lebens gemacht. Ich bin einfach abgehauen und hab mir in der Kneipe bei uns im Ort die Kante gegeben.«

Charlotte und Bergheim schwiegen. Sie gaben Volkermann etwas Zeit. In Charlottes Kopf arbeitete es. Ein bestimmtes Szenario entwickelte sich. Was, wenn? Aber nein, der Gedanke war zu abwegig. Sie rief sich zur Ordnung.

»Wie ging es weiter?«, fragte Bergheim.

»Tja, am nächsten Morgen bin ich im Auto aufgewacht. Es war schon gegen neun Uhr, ich muss ziemlich einen im Tee gehabt haben. Jedenfalls bin ich dann nach Hause gefahren, und da hat meine Schwester auf mich gewartet. Verena war weg.«

Charlotte wunderte sich immer wieder über die Selbstherrlichkeit mancher Menschen. Volkermann war auch so ein Doppelmoralist. Seine Frau wollte er von den Drogen wegbringen, und er selbst setzte sich betrunken hinters Steuer. Man sollte der örtlichen Polizeidienststelle mal einen Tipp geben, bevor jemand zu Schaden kam.

Die beiden Ermittler warteten gespannt auf die Fortsetzung dieser abstrusen Erzählung.

»Ihre Schwester hat also auf Sie gewartet …«, half Charlotte Volkermann auf die Sprünge.

»Ja, und dann sagte sie, sie hätte Verena gefunden. Tot, ich hätte sie erschlagen. Sie hätte sie weggeschafft, niemand würde ihre Leiche je finden. Wenn ich nicht wegen Mordes im Gefängnis landen wollte, sollte ich allen erzählen, Verena sei abgehauen, weil ich sie verdroschen hätte. Das würden alle sofort glauben.«

Diese Geschichte musste erst mal verdaut werden.

Volkermanns Selbstmitleid war mittlerweile einem tiefen Zorn gewichen. Das konnte Charlotte nachvollziehen, Bergheim auch.

»Und dann«, fuhr Volkermann fort, während er zornig mit der Faust auf den Tisch schlug, »kommt zwei Jahre später ein Anruf aus Hannover, und die Bullen erzählen mir, meine Frau sei ermordet worden, und zwar vor ein paar Tagen.« Er blickte die beiden Ermittler fragend an. »Wie würden Sie wohl auf so einen Anruf reagieren?«

»Und«, fragte Bergheim, »wie haben Sie reagiert?«

Volkermann guckte böse. »Ich hab gedacht, ihr wollt mich verarschen! Aber dann hat meine Schwester rumgedruckst und mir schließlich erzählt, was damals passiert war. Verena war nämlich gar nicht tot!« Den letzten Satz sagte er wie ein besserwisserischer Schuljunge, der seinen Mitschülern den Stinkefinger zeigt. »Nein, sie war nur abgehauen und hat mit meiner liebenswürdigen und loyalen Schwester den Deal ausgehandelt, dass man den armen Carsten mal ein bisschen fertigmachen könnte. Zur Strafe und damit Verena in Zukunft ihre Ruhe hat – vor mir. So hat meine nette Schwester sich ausgedrückt!«

»Warum hat sie sich nicht einfach scheiden lassen?«, fragte Bergheim, nachdem er seine Verblüffung überwunden hatte.

»Ja, das hab ich meine Schwester auch gefragt, und sie hat gesagt, das wollte Verena nicht. Immerhin …«

»Aha, warum nicht?«

Charlotte hatte für einen Moment ihre Ermittlerrolle vergessen. Sie wollte einfach nur verstehen, was in diesen Menschen vorging.

»Das wusste Inka auch nicht, auf jeden Fall hat sie in diesen Plan eingewilligt, weil Verena mich sonst verklagt hätte. Ob mir das lieber gewesen wäre? Sie hatte sich gedacht, auf diese Weise wäre allen am besten geholfen. Außerdem hätte Verena geklaut, und treu wäre sie auch nicht gewesen, und sie wäre gesundheitlich sowieso schwer angeschlagen gewesen, ob mir das nicht aufgefallen wäre. Wenn sie nicht unter Drogen gestanden hätte, dann hätte sie vielleicht sogar überlebt.« Volkermann lachte auf. »So nach dem Motto: Sie war selbst schuld, dass sie an den Prügeln gestorben ist. Das sollte mich wohl trösten.« Er kicherte irre. »Wie auch immer, sie hat mich mit dem Gedanken leben lassen, ich hätte meine Frau getötet. Zwei Jahre Knast wären bestimmt leichter zu ertragen gewesen.«

Als Charlotte und Bergheim diese Geschichte wenig später der Kriminalrätin, Petersen und Hohstedt erzählten, waren sich alle einig. So was war ihnen in ihrer bisherigen Laufbahn noch nicht untergekommen.

Die Vernehmung von Blischke war hingegen weniger fruchtbar verlaufen. Der Mann hatte ausgesagt, Volkermann sei im Studio aufgetaucht und habe ihn grundlos angegriffen. Darüber hinaus habe er seinen bisherigen Aussagen nichts hinzuzufügen.

Wenn Blischke tatsächlich der Mörder von Verena war, mussten sie ihm anders auf die Schliche kommen. Fragte sich nur, wie. Meyer-Bast wollte sofort am nächsten Morgen die Kollegen aus Hamburg kontaktieren. Vielleicht würde sie das weiterbringen. Immerhin war Blischke nach Hannover gekommen. Vielleicht war er ja in Hamburg vor etwas oder jemandem geflohen. Außerdem mussten sie sich noch mal ausführlich mit Inka Volkermann unterhalten.

Allerdings, dachte Charlotte, die hatte jeden an der Nase herumgeführt, und das sah Charlotte gar nicht gern.

Meyer-Bast dankte ihnen für ihren nächtlichen Einsatz und schickte sie alle nach Hause.

Um kurz nach zwei Uhr betraten Charlotte und Bergheim die Wohnung in der Gretchenstraße, wo Diva auf dem Sofa auf sie wartete. Als Charlotte die Katze erblickte, erschrak sie, und ihr schlechtes Gewissen meldete sich. Sie hatte das Tier ganz vergessen. Glücklicherweise hatte sie ihr heute Morgen ihr Futter hingestellt. Aber Diva würde auch einen Tag mit Nulldiät ohne Probleme überstehen, tröstete sie sich.

Trotzdem ging sie schnell in die Küche und stellte ihr noch eine Dose Futter hin. Die Katze schien aber gar keinen Hunger zu haben, denn sie bewegte sich nicht vom Sofa weg. Nachdem Charlotte bemerkt hatte, dass die Kühlschranktür einen Spalt breit offen stand, schwante ihr auch der Grund. Sie inspizierte den Inhalt des Kühlschranks, konnte aber nichts Ungewöhnliches feststellen.

Erst als Diva mit halb geöffneten Augen in die Küche stolzierte, sich vor dem Wassernapf niederließ und etwa eine Minute lang schlabberte, hatte sie einen Verdacht. Sie ging ins Wohnzimmer, warf die Sofakissen beiseite, und da lag sie. Die Eichsfelder Stracke, die sie selbst am Vorabend in den Kühlschrank gelegt hatte. Zumindest ein Teil davon. Daran fanden sich Einstichspuren.

Aha, dachte die Kriminalistin in ihr. Da hat sie die Mettwurst festgehalten und vorn abgeknabbert, wie bei einem Butterbrot. Mit einer gewissen Erleichterung legte Charlotte ihr schlechtes Gewissen ad acta. Es war ihr allerdings ein Rätsel, wie eine Katze eine Kühlschranktür öffnen sollte. Jemand musste sie heute Morgen offen gelassen haben. Wahrscheinlich Bergheim, schlussfolgerte Charlotte vorsichtshalber. Bergheim, der sich kurz unter die Dusche gestellt hatte und dann ins Bett wollte, rief vom Schlafzimmer her irgendwas zu ihr herüber.

»Was ist hier passiert?«

Charlotte eilte ins Schlafzimmer.

»Was meinst du?«

Bergheim sagte nichts, starrte nur aufs Bett. Charlotte folgte seinem Blick und wusste im nächsten Moment, dass sie nie mehr ein schlechtes Gewissen haben würde. Zumindest nicht wegen dieses Katzentiers. Ihr Kissen war zerfleddert und das Bett mit Daunen übersät.

»Ach du Scheiße«, entfuhr es ihr.

Bergheim sagte nichts, wischte die Daumen beiseite und legte sich schlafen. Auch keine schlechte Idee, dachte Charlotte. Sie ging ins Bad, putzte sich im Schnelldurchgang die Zähne und tat es Bergheim gleich. Als sie sich niederließ, wirbelten weiße Flöckchen um sie herum. Es war ihr egal, darum würde sie sich morgen kümmern.

Keine zwei Minuten nachdem sie das Licht gelöscht hatte und sich schon im Halbschlaf befand, spürte sie, wie die Matratze am Fußende niedergedrückt wurde und sich etwas Schweres weiter Richtung Kopfende bewegte. Sie konnte es kaum glauben, aber sie lächelte.

Und sie lächelte immer noch, als sich die schwere, schnurrende Katze auf ihre Brust legte. Das Epizentrum des Brummens lag direkt über ihrem Herzen. Eine feuchte Nase stupste an ihr Kinn, und ein warmes, flauschiges Etwas legte sich auf ihre Schulter und rieb sich an ihrer Wange. Charlottes ganze Wahrnehmung war erfüllt von diesem betörenden Gebrumm und der weichen, liebevollen Belagerung. Sie streichelte die Katze und stieß einen glücklichen Seufzer aus. Bergheim murmelte irgendwas.

»Was ist?«, fragte sie schläfrig.

»Ich wollte wissen, ob ich hinterher auch noch mal dahin darf«, sagte Bergheim jetzt laut und deutlich.

Sie kicherte, sagte aber nichts, wollte diesen Zustand der wohligen Zufriedenheit noch eine Weile still genießen, bevor das Gewicht des Tieres sie zwang, sich zu befreien. Diva wechselte dann auf Bergheims Seite.

Es war kurz nach neun, als Bergheims Handy sie weckte.

»Oh nein«, sagte Charlotte, drehte sich um und drückte ihr Kissen auf ihren Kopf. Im Nu war sie hellwach, weil etwas Weiches auf ihr Gesicht rieselte. Daunen. Verdammt, die Katze hatte ja ihr Kissen zerfleddert. Sie hörte Bergheim fluchen, wahrscheinlich aus ebendiesem Grund.

»Was ist?«, blökte er ins Handy, während Charlotte sich langsam aufrichtete. Es rieselte Federn. »Ja, ich mach mich gleich auf den Weg«, hörte sie Bergheim sagen. Er legte das Handy weg, sah Charlotte an und grinste breit. »Steht dir gut, die Federboa.«

Er stand auf und ging lachend ins Bad. An seinen Shorts und auf seinem Haupt klebten Federn.

Charlotte schälte sich langsam aus dem Bett und holte den Staubsauger. Diva war nicht zu sehen.

Eine halbe Stunde später spülte Bergheim im Stehen seinen Toast mit einem Schluck Kaffee hinunter. Charlotte betrat die Küche und zog ihr T-Shirt über den Kopf. Draußen verkündete der blaue Himmel einen heißen, sonnigen Tag.

»Bist du so weit?«

»Nur einen Schluck Kaffee noch, dann kann's losgehen.« Bergheim reichte ihr eine Tasse.

»Was genau liegt eigentlich an?«, fragte Charlotte.

»Es war die MHH. Ich hatte darum gebeten, benachrichtigt zu werden, falls sich etwas Neues bei Inka Volkermann ergeben würde. Na ja, sie sollte heute in die Psychiatrische verlegt werden, aber sie ist verschwunden. Jemand vom Hotel hat ihre Sachen vorbeigebracht, und ihre Reisetasche ist auch noch da. Allerdings nicht ihre Handtasche. Aber sie hat sich umgezogen, denn das Nachthemd lag auf dem Bett. Was sonst noch fehlt, kann niemand sagen, weil die ihre Sachen nicht kennen. Es hat sich nämlich keiner um sie gekümmert, hat die Schwester ganz vorwurfsvoll gesagt.«

»Die wissen ja nicht, weshalb. Wenn ich ihr Bruder wäre, würde ich sie auch nicht mehr angucken«, meinte Charlotte und leerte ihre Tasse.

»Stimmt. Sie ist also weg, ohne Bescheid zu geben, und die Schwester hält das für kein gutes Zeichen. Sie meint, die Frau wäre akut suizidgefährdet und ginge nicht an ihr Handy.«

»Na, dann nichts wie los.«

Charlotte stellte ihre Tasse weg, und sie verließen die Wohnung nur, um eine Minute später zurückzukehren und eine Dose Futter für die Katze hinzustellen. Charlotte fragte sich noch, wo Diva sich eigentlich herumtrieb, hatte aber keine Zeit, weiter darüber nachzudenken.

228

Zwanzig Minuten später trafen sie im ZK mit Meyer-Bast, Hohstedt und Petersen zusammen. Unterwegs hatte Bergheim mehrfach versucht, Inka Völkermann über Handy zu erreichen. Ohne Erfolg, sodass die Chefin die Ortung des Handys anordnete.

Bremer, Wulf und Kramer sahen sich die Vernehmungsvideos von Völkermann und Blischke an.

»Sie ist in der Ernst-August-Galerie«, teilte Meyer-Bast kurz darauf zur Verblüffung aller mit. »Hm, vielleicht hatte sie ja bloß keine Lust mehr auf Krankenhaus und will einfach nur shoppen gehen«, sagte Hohstedt.

»Unter diesen Umständen?«, zweifelte Charlotte, die mehr und mehr zu der Überzeugung kam, dass das Szenario, das ihr in der letzten Nacht durch den Kopf gegangen war, so abwegig vielleicht gar nicht war.

Bergheims Handy klingelte. Es war wieder die Schwester aus der MHH, mit der Bergheim schon am Morgen telefoniert hatte. »Ich habe einen Brief gefunden!«, sagte sie aufgeregt. »In ihrem Nachttischschrank. Sie hat ihr Testament gemacht. Tun Sie doch was!«

Alle hatten es gehört.

»Was will sie denn in der Ernst-August-Galerie? Sich für ihren Abgang ein neues Outfit kaufen?«, ulkte Hohstedt.

Die anderen tauschten einen Blick und machten sich sofort auf zur großen Einkaufsgalerie am Bahnhof, wo sie sich auf die drei Verkaufsebenen verteilten und unauffällig Ausschau hielten. Es war Dienstagmorgen, und die Galerie hatte noch nicht lange geöffnet, also war es noch nicht so voll.

Bergheim durchkämmte die erste Etage, aber wenn Inka Völkermann wirklich vorhatte, was er befürchtete, dann musste er die oberen Stockwerke, die zu den Parkdecks führten, im Blick behalten. Er stand vor den Rolltreppen, die in einem offenen Turm bis zur vierten Parkebene hinaufführten, also zum sechsten Geschoss, wenn man das Untergeschoss mitrechnete. Von dort oben konnte man bis auf den Boden des Untergeschosses spucken – und stürzen.

Bergheims Augen glitten die Rolltreppen hinauf, suchten die Balkone mit den gläsernen Geländern ab, und dann sah er sie. Sie stand ganz oben unter dem Glasdach über das Geländer gebeugt und blickte nach unten. Dort oben, jenseits des dritten Geschosses, gab es nur die Ausgänge zu den jeweiligen Parkebenen, aber keine Verkaufsflächen mehr.

Volkermann hatte ihn nicht gesehen, sie betrachtete wie in Trance das Treiben unter ihr. Bergheim gab die Info über Funk an die anderen weiter.

»Ich nehme das Treppenhaus und rede mit ihr. Ihr sorgt dafür, dass da oben keine Leute aufkreuzen, und sichert das Untergeschoss. Ach ja, und ruft die Feuerwehr und einen Krankenwagen, für alle Fälle.«

Während er diese Anweisungen gab, hechtete Bergheim die Stufen zur vierten Parkebene hinauf, verließ das Treppenhaus und begab sich langsam in den weiten, hellen Turm der Galerie. Inka Volkermann stand immer noch am selben Fleck und starrte nach unten. Er näherte sich langsam und lautlos, doch sie spürte, dass sie nicht mehr allein war.

Sie drehte sich um und schrie im selben Moment: »Halt! Bleiben Sie, wo Sie sind, sonst lasse ich mich sofort fallen.«

Bergheim hob beschwichtigend die Hände und wich langsam zurück. Er stand jetzt etwa drei Meter von ihr entfernt.

»Okay«, sagte er um Ruhe bemüht, »ist in Ordnung, Frau Volkermann. Sie waren verschwunden, und wir haben uns Sorgen gemacht.«

»Ha!«, rief sie und nestelte an ihrer Goldkette. »Sorgen! Dass ich nicht lache.«

Bergheim schwieg und hoffte, dass die anderen alles im Griff hatten und sich hier oben zurückhielten.

»Ja, die Schwester hat Ihr Testament gefunden. Da ist es natürlich, dass Menschen sich Sorgen machen.«

Sie legte ihre Hand auf den Handlauf des gläsernen Geländers und sah wieder nach unten, doch bevor Bergheim die Chance nutzen konnte, hob sie den Kopf.

»Denken Sie nicht mal dran«, ermahnte sie ihn ruhig. »Sie können mir nicht helfen, und ich weiß, wann es vorbei ist.«

»Wann was vorbei ist?«

»Na, alles. Mein Leben, die ganze leidige Geschichte. Alles.«

»Welche Geschichte? Erzählen Sie.«

Sie kicherte. »Sie wollen Zeit schinden, ich durchschaue Sie. Aber verlassen Sie sich drauf, ich bin schneller unten aufgeschlagen, als Sie hier bei mir sind. Haben wir uns verstanden?«

»Absolut.«

»Ich werde Ihnen erzählen, was sich zugetragen hat in der Nacht vom Freitag auf Samstag vorletzter Woche.«

Bergheim schwieg, er wollte sie nicht drängen. In dieser Situation konnte jedes Wort ein falsches sein.

»Um es gleich vorwegzunehmen, ich habe Verena getötet. Es steht sowieso alles in meinem Testament«, ich malte Gänsefüßchen in die Luft. »Verena war nämlich wirklich ein Luder«, Sie nickte, um ihre Worte zu bekräftigen. »Sie hat meinem Bruder dermaßen den Kopf verdreht, dass er nicht mehr klar denken konnte. Außerdem war sie drogenabhängig und ist mit halb Ellerbek ins Bett gestiegen.«

Sie blickte ihn mit überheblichem Grinsen an. Ihre linke Wange war immer noch leicht geschwollen und fleckig. »Woher ich das weiß?«, fuhr sie fort. »Na, weil ich einen Privatdetektiv auf sie angesetzt hatte. Und nicht nur das, in Hamburg hatte sie einen Geliebten, der sie mit Drogen versorgt hat.«

Sie machte eine Pause, streichelte das Geländer. »Nun ja, ich weiß nicht, ob Sie mitlerweile wissen, dass ich meinem Bruder seinerzeit ... sagen wir, einen kleinen Bären aufgebunden habe.«

»Allerdings.« Bergheim fand diese Wortwahl reichlich zynisch.

»Glauben Sie mir, es war unvermeidlich und das Beste für alle. Verena wollte Carsten anzeigen, da hab ich ihr den Vorschlag gemacht, das anders zu regeln. Sie war sofort einverstanden. Für sie war es ein lukratives Geschäft. Mein Bruder hat sie nämlich ziemlich knappgehalten, jedenfalls nachdem er wusste, dass sie ihr Geld für Drogen ausgab. Allerdings hat er ihr jeden anderen Wunsch von den Augen abgelesen. Teure Reisen, Klamotten. Er wollte ihr sogar ein Apartment auf La Palma kaufen. Und das überstieg eindeutig unsere finanziellen Möglichkeiten. Dieses kleine Luder war dabei, uns in den Ruin zu treiben. Und außerdem hat sie geklaut. Ich habe von meiner Mutter sehr wertvollen Diamantschmuck geerbt. Der ist weg, und Verena hat ihn gestohlen. Woher ich das weiß? Nun, mein Detektiv hat es herausgefunden. Sie hat die Sachen in Hamburg verkauft. Ich hab sie zurückgekauft.«

Bergheim stand immer noch an Ort und Stelle, die Hände in den Jeanstaschen vergraben. Das gab dem Ganzen den Anschein eines gewöhnlichen Plausches. Jedenfalls bildete er sich das ein. Niemand war hier oben zu sehen, die Kollegen hatten wohl schon alles abgeriegelt. Und sie hielten sich zurück, das war bestimmt Charlotte zu verdanken. Hohstedt hätte sich wahr- scheinlich mit Wonne in eine Rettungsaktion gestürzt.

»Es ist so still da unten. Sie haben wohl Vorsorge getroffen für meinen Sturz, was? Na ja, verständlich, wir wollen ja nicht, dass sonst noch jemand zu Schaden kommt, nicht wahr? Wo war ich stehen geblieben? Ach ja, bei unserem Familienschmuck. Ja, ich hab ihn zurückgekauft und sie nicht angezeigt. Dafür hab ich etwas bekommen, nämlich ihre Zusage, dass sie aus dem Leben meines Bruders verschwindet. Dafür wollte sie, dass er sie für tot hält. Sozusagen zur Strafe für die Prügel. Okay, am Anfang fand ich das ziemlich perfide, hab aber ziemlich schnell eingesehen, dass es so am besten für alle war. Carsten hätte niemals Ruhe gegeben und alles darangesetzt, sie wiederzufinden. Das wäre bei einer Scheidung genauso gewesen.«

Sie sah Bergheim fragend an. »Ich brauche Ihnen wohl nicht zu erklären, was ein Stalker ist. Und mein Bruder war so einer in Reinkultur. Das wusste ich, und das wusste auch Verena. Aber wenn sie tot war, würde sie ihre Ruhe haben und wir auch. Carsten würde sich schon damit abfinden und vielleicht sogar zur Vernunft kommen. Hatte ich gedacht. Leider hab ich ihn überschätzt. Er ist eine solche Memme. Hat danach nichts mehr auf die Reihe gekriegt, ich hab den Betrieb allein geführt. Und das war nicht das Schlechteste. Wir stehen jetzt ziemlich gut da.« Sie schluckte und nestelte wieder an ihrer Kette. »Jetzt, wo alles vorbei ist.«

»Aber wieso haben Sie sie dann umgebracht?«
Sie zog die Brauen hoch.

»Wieso?« Weil dieses kleine Miststück mich erpresst hat. Sie hat mir Briefe geschrieben, per Post, und darin hat sie sich so … dezent ausgedrückt. Ich sollte die ›Schulden‹ zurückzahlen. Ha, sie hatte wohl Angst, ich würde sie auch noch wegen Erpressung anzeigen. Wohl damit ihr niemand draufkommt. Na ja, sie hat dann in den Briefen immer einen Treffpunkt angegeben. Zur Geldübergabe. Schließlich wolle sie ja nicht in Ellerbek vorbeikommen. So ein kleines Biest.«

Volkermann kicherte. Dann wurde ihr Gesicht hart. »Zweimal hab ich mitgespielt, einmal haben wir uns hier in der Galerie getroffen.« Sie lachte auf. »Ich fand die Höhe hier schon damals beeindruckend. Aber ich schweife ab. Bei ihrem dritten Versuch hab ich gedacht, das muss ein Ende haben. Sie hatte als Treffpunkt den Maschsee vorgeschlagen, an der Löwenbastion. Ich wollte sie eigentlich ins Auto locken, aber dann hab ich diese Plakatwände gesehen, man konnte sie ganz leicht zur Seite ziehen. Und dann die Container. Da habe ich umdisponiert und hab sie einfach reingeschoben, da waren wir ganz unter uns. Und draußen tobte die Party. Es ist keinen Menschen was aufgefallen, wieso auch. Was ist schon dabei, wenn zwei Frauen mal kurz zu den Containern verschwinden. Sie wollen eben einfach mal in Ruhe quatschen und nicht angerempelt werden.«

Sie hielt einen Moment inne. »Und dann ging alles ganz schnell. Ich hab ihr das Zeug in den Mund gestopft und ihn zugehalten.« Sie schüttelte sachte den Kopf. »Meine Güte, sie war echt schwach wie ein Küken. Und … es ging erstaunlich schnell. Sie schnappte nach Luft und ruderte herum.«

Volkermann wedelte mit den Armen, um ihre Erzählung zu unterstreichen. Als ob man sie nicht auch ohne Gestik ganz genau verstehen würde, dachte Bergheim, dem die Frau zunehmend zuwider war. Aber er ließ sich nichts anmerken.

»Ich hab sie eine Weile so festgehalten und dann einfach hochgeschoben in den Container. Ich hab gewartet, bis sie sich nicht mehr gerührt hat, und sie dann so gut es ging mit den Mülltüten zugedeckt. Hat ein bisschen gedauert. Am Anfang hat sie ziemlich gekeucht, aber sie wurde immer stiller. Es war

233

perfekt. Ich hab nur endlich das herbeigeführt, was für meinen Bruder schon lange Realität war.«

Bergheim antwortete nicht sofort.

»Aber ... haben Sie denn nicht darüber nachgedacht, was passiert, wenn man ihre Leiche findet?«, fragte er dann. »Dann wäre doch alles aufgeflogen.«

Zum ersten Mal machte Volkermann ein unzufriedenes Gesicht. Bisher schien sie mit sich selbst und ihren Aktivitäten durchaus im Reinen gewesen zu sein.

»Ich hatte doch nicht vermutet, dass jemand in den Mülltüten herumwühlt. Wenn alles nach Plan gelaufen wäre, hätte man die Container abgeholt, und sie wäre auf der Deponie gelandet. Kein Mensch hätte sie gefunden!«

Da war sich Bergheim nicht so sicher, aber er erwartete oder besser er hoffte auch nicht, dass das Gehirn einer Mörderin einwandfrei funktionierte. Das würde ihm Angst machen.

»Und anschließend sind Sie in ihre Wohnung und haben ihren Computer geholt«, spann er die Geschichte weiter.

»Oh ja, das hätte ich fast vergessen. War gar nicht so ungefährlich, die Aktion, aber ich hab's geschafft. Den Computer finden Sie in meiner Wohnung und auch ihren anderen Kram. Wo genau, steht in meinem Brief.«

Bergheim kam sich vor, als würde sie ihn in ihre Urlaubsvertretung einweisen.

»Das Handy hab ich sicherheitshalber in den Maschsee geworfen, falls Sie darauf scharf sind, aber ...«, sie grinste wissend, »ich nehme an, der Computer wird Ihnen alles über Verena erzählen. Sie hat ein Bordell geführt, in dem sie die einzige Nutte war. Anders kann man das nicht nennen.«

Sie blickte leicht angeekelt, was Bergheim in Anbetracht ihrer eigenen Geschichte abstoßend fand.

»So, damit wäre eigentlich alles klar, oder haben Sie noch Fragen?«

»Natürlich«, antwortete Bergheim schnell, obwohl er eigentlich keine Fragen mehr hatte.

Er war noch damit beschäftigt, das Erfahrene zu verdauen.

»Wie haben Sie mich eigentlich gefunden? Mein Handy geortet, was? Dürfen Sie das überhaupt?«, kicherte Volkermann. »Sie sehen, ich kenne mich aus. Aber glauben Sie mir, Sie haben mich nur gefunden, weil es mir egal war, ob Sie mich finden!« Sie betrachtete ihn mit wohlwollendem Lächeln. »Eigentlich kann ich mich jetzt verabschieden.« Ihr Blick wurde trüb. »Wissen Sie, ich mag Sie. Und ich glaube, Sie mögen mich auch, wenigstens ein bisschen, stimmt's?«

Noch vor einem Tag hätte Bergheim diese Frage ohne Zögern mit Ja beantwortet, aber jetzt wollte ihm dieses Ja einfach nicht über die Lippen.

»Ein bisschen«, sagte er stattdessen. »Wie wär's, wenn wir jetzt gehen und das Ganze in Ordnung bringen?«

Sein Herz tobte in seiner Brust. Er hatte Angst vor Höhen und konnte es kaum ertragen, sie dort so nahe am Abgrund stehen zu sehen. Er hatte keine Vorstellung, wie er ihren Sturz verhindern sollte.

»Ja, Sie haben recht«, sagte sie, »ich sollte das Ganze jetzt in Ordnung bringen.«

Und dann ging alles ganz schnell. Sie stemmte sich hoch, setzte sich mit einem Lächeln auf das Geländer und wollte sich nach hinten fallen lassen, aber Bergheim flog auf sie zu, erwischte ihren Arm und hing im nächsten Moment über dem Geländer, beide Hände fest um Volkermanns Handgelenk gekrallt. Dabei schrie er aus Leibeskräften. Er hatte keine Ahnung, wie lange das Geländer das Gewicht halten würde.

Nach wenigen Sekunden waren Charlotte und Hohstedt zur Stelle, und mit vereinten Kräften hievten sie die jammernde Inka Volkermann zurück in Sicherheit. Was danach passierte, konnte Bergheim nicht mehr genau rekonstruieren. Er wusste später nur, dass Charlotte sich schreiend und schlotternd an ihm festgeklammert hatte, während er sich nicht rühren konnte.

Später war ihm klar, dass er natürlich unter Schock gestanden hatte. Immerhin hatte er tief in den Abgrund geschaut und Charlotte ebenfalls. Er fühlte sich jetzt noch ganz schwach, wenn er daran dachte.

Nur Hohstedt schien das Ganze gefallen zu haben. Das sollten seine Kollegen in den nächsten Tagen seinem Dauergrinsen entnehmen. Auf jeden Fall war diese aufsehenerregende Rettungsaktion danach Thema in aller Munde und in allen Netzwerken.

Gegen vierzehn Uhr saßen alle erschöpft, aber glücklich im Besprechungsraum. Meyer-Bast spendierte eine Runde Streuselkuchen und bedankte sich bei allen für die gute Zusammenarbeit. Carsten Volkermann und Lukas Blischke waren wieder auf freien Fuß gesetzt worden. Volkermann weigerte sich zunächst, die Fakten zu akzeptieren, doch als er den Brief seiner Schwester, auf dessen Umschlag fett und in Versalien »Testament« stand, gelesen hatte, hatte er schweigend den ZK verlassen.

Bergheim und auch Charlotte waren hin- und hergerissen zwischen Mitleid und Abneigung für diesen Mann, der seine Frau und seine Schwester verloren hatte und obendrein von den Menschen, die er am meisten liebte, nach Strich und Faden belogen und betrogen worden war, der aber diese Frauen auch brutal geschlagen hatte.

Gegen Blischke würde man weiter ermitteln, irgendetwas sollte sich gegen ihn finden lassen. Vielleicht hatte ja der Privatdetektiv von Inka Volkermann noch ein paar nützliche Hinweise.

Charlotte und Bergheim machten früh Feierabend. Gegen sechzehn Uhr schlossen sie die Wohnungstür auf und freuten sich auf einen störungsfreien Nachmittag auf dem Sofa.

Charlotte kochte Spaghetti und kippte Basilikum-Pesto darüber. Sie hätte zwar eine Ratatouille mit Hühnchenbrust vorgezogen, aber das war ihr heute Abend zu aufwendig. Man musste sich seinen körperlichen Möglichkeiten anpassen, und mit frisch gehobeltem Parmesan waren Spaghetti mit Pesto köstlich und unkompliziert. In den nächsten Tagen würde sie wieder einkaufen und kochen, nahm sie sich vor.

Sie saßen auf dem Sofa und aßen.

»Lecker«, mümmelte Bergheim mit vollem Mund.

Für Charlotte war das heutige Abenteuer ein heilsamer Schock gewesen. Wenn sie an den Moment dachte, als Bergheim über dem Geländer gehangen hatte, fing sie an zu zittern. Sie war glücklich, ihn heil und lebendig neben sich auf ihrem Sofa zu wissen anstatt mit zerschmettertem Körper auf dem Boden der Ernst-August-Galerie. Auch die Lust auf Beziehungsexperimente war ihr gründlich vergangen.

Als sie fertig gegessen hatten, stellte Bergheim seinen Teller weg und sah seine Lebensgefährtin und Kollegin fragend an.

»Was war das nun mit diesem Arzt, ist da irgendwas dran?« Charlotte fand, er guckte durchaus besorgt. Irgendwie freute sie das.

Sie leckte ihre Fingerspitzen ab. »Dieser Arzt hat mir ein wunderschönes Menü gekocht«, erklärte sie dann.

»Aha.« Bergheim wartete.

»Also, er hatte eine sehr nette Schürze um, beim Kochen, aber darunter war er nackt.«

»Aha.« Bergheim musterte sie misstrauisch.

Charlotte grinste vielsagend und blickte ihn schräg an. »Du weißt, dass ich auf so was überhaupt nicht stehe.«

»Gott sei Dank«, sagte Bergheim und legte erleichtert seine Hand auf die Herzgegend. »Also muss ich mir keine Schürze kaufen und brauche über diesen Doktor nicht weiter nachzudenken?«

»Nein, warum solltest du über ihn nachdenken?«, fragte Charlotte unschuldig.

»Das weiß ich nicht so genau.«

In diesem Moment trat Diva wieder in ihr Leben. Im Maul trug sie etwas, das sie ihnen sachte zu Füßen legte. Es war eine Maus.

Wo zum Teufel hatte sie die her?

Danksagung

Wie immer danke ich meiner Lektorin Marion Heister und dem Team im Verlag für die gute Zusammenarbeit und besonders Achim für seine unermüdliche Unterstützung.

Lesen Sie weiter:

Marion Griffiths-Karger
INSPECTOR BRADFORD
SUCHT DAS WEITE

Leseprobe

Was war denn bloß geschehen? Sie lag da, die nackten Beine seltsam verdreht. Auf den Fußnägeln schimmerten noch Reste von Nagellack. Rosa Nagellack, einfach scheußlich! Sie trug einen Morgenmantel. In der letzten Zeit hatte sie dauernd diesen Morgenmantel getragen. Alt war er, abgewetzt und schmuddelig weiß. Sie hatte sich gehen lassen, ohne Zweifel. Immer wieder war es deswegen zum Streit gekommen zwischen ihnen. Und dann das Kind. Ständig hatte es geschrien. Jetzt schrie es auch. Es war nicht auszuhalten! Dabei hatten sie nur über alles reden wollen, jetzt, wo *er* abgehauen war. Aber sie wollte sich ja einfach nicht überzeugen lassen! Stattdessen war sie furchtbar wütend geworden! Hatte geschrien und gedroht, alles zu sagen. Und das ging doch nicht! Das war ganz und gar unmöglich! Und dann war die ganze Situation völlig aus dem Ruder gelaufen. Deswegen war es geschehen! Nur deswegen lag sie jetzt da, den Kopf mit den dunklen Locken auf dem Teppich, während das Blut langsam aus ihr heraussickerte.

Aber vielleicht war es am besten so. Eine andere Lösung war eben unmöglich. Es war so vieles falsch gelaufen. Und das mit dem Kind hätte nicht sein dürfen. Das war einfach zu viel gewesen! Ja, bestimmt war es am besten so!

Draußen dunkelte es bereits. Es war zu gefährlich hier! Weg! Nichts wie weg! Bevor jemand etwas mitbekam. Durch die Hintertür und den Garten. Noch war Zeit, alles zu regeln. Es musste nur schnell gehen. Dann würde alles gut.

239

EINS

Carolinensiel, Ostfriesland, Dienstag, 7. Oktober

Heike Bornum ärgerte sich wie immer, dass sie nicht den Mut fand, dieses lästige Geschwätz zu unterbinden.

»Man bedenke die luzide Sprache, die komplexen Satzgebilde und die philosophische Abhandlung menschlicher Unzulänglichkeiten …«, drang es dumpf und träge wie klebriger Honig in ihr Bewusstsein, »… ganz zu schweigen von der Mannigfaltigkeit der Charaktere …«

»Ach, du immer mit deinem wissenschaftlichen Besteck. Hier geht's um Gefühle!«

Heike seufzte innerlich. Wenigstens Bendine traute sich, Knut in die Parade zu fahren. Wieso musste der sich bloß immer so aufspielen? Okay, er war Deutschlehrer gewesen, in Wittmund in der Oberstufe, aber war das ein Grund, in diesem Kreis ständig die eigene Überlegenheit zu demonstrieren? Sie selbst hatte vor acht Jahren den Lesekreis in Carolinensiel ins Leben gerufen.

Anfangs waren sie nur zu viert gewesen und ausschließlich Frauen. Sie trafen sich jeden ersten Dienstag im Monat im Groot Hus des Sielhafenmuseums und sprachen über Literatur. Manchmal stellte eine von ihnen ein Buch vor, das ihr besonders gefallen hatte, manchmal wurde einfach nur vorgelesen. Sie hatte weder Zeit noch Mühen gescheut, um ihren Kreis zu erweitern. Hatte Lesungen veranstaltet und einmal sogar eine Art literarisches Quartett.

Das war der Köder für Knut gewesen. Mittlerweile war ihr Leseclub auf dreizehn Personen angewachsen, fünf davon waren Männer. Und dass Knut Besemer, der der Chance, sein sprachwissenschaftliches Know-how öffentlich präsentieren zu dürfen, nicht hatte widerstehen können, sich dazugesellt hatte, war für sie eine besondere Freude gewesen. Heike hatte nun mal ein Faible für gebildete Männer. Und das war Knut ohne Zweifel.

Seit ihrer Scheidung vor sechs Jahren und auch schon lange davor hatte Heike die Nähe und Fürsorge eines männlichen Partners vermisst. Und Knut war nicht nur gut aussehend und gebildet, er war auch noch wohlhabend. Sehr wohlhabend, nannte ein großes Haus und eine geräumige Yacht sein Eigen. Die hatte er sich vor ein paar Jahren gekauft, da war seine Frau schon eine Weile tot. Er hätte schon viel eher in Pension gehen können, hatte er Heike mal anvertraut. Das hatte er einigen klugen Transaktionen an der Börse zu verdanken.

Wie auch immer, Heike hatte nichts gegen Geld. Und sie selbst, als Bibliothekarin auch nicht ungebildet und für ihr Alter äußerlich noch recht annehmbar, würde wunderbar zu ihm passen. Silke Husemann sah das allerdings anders. Es war ja schon fast peinlich, wie die sich Knut an den Hals warf. Und ihm gefiel das offenbar. Er war ein eitler Pfau, das ließ sich nicht leugnen. Aber glücklicherweise hatten sich die Dinge mittlerweile geändert. Sie hatte jetzt noch ein weiteres Eisen im Feuer, auch wenn das nur die zweitbeste Lösung war und sie außerdem in Schwierigkeiten bringen konnte. Nun, das musste sie eben für sich behalten.

»Ich finde, Knut hat recht« sagte Lothar Semmler, »es geht beim Geschichtenerzählen nicht nur um den Inhalt der Geschichte, sondern auch um die Sprache, also das Mittel, mit dem ich diese Geschichte erzähle ...«

»Ja, aber dann sollte man sich über die Sprache in einer Sprache unterhalten, die auch jeder versteht.« Lore Berglin eilte ihrer Freundin Bendine zu Hilfe. »Das solltest du auf jeden Fall bedenken, wenn du deinen Krimi unter die Leute bringen willst. Dieses hochgestochene Gedöns will ich jedenfalls nicht lesen.«

»Natürlich«, stimmte Lothar Semmler eifertig zu. »Ich schreibe so, dass mich alle verstehen.«

»Wollen wir's hoffen«, brummte Else Tudorf. »Und wehe, ich komme in deinem Geschreibsel vor! Werde mir das ganz genau angucken, was du da verzapfst.«

»Mach das, mach das«, frohlockte Lothar Semmler, der seinen noch zu realisierenden Krimi bereits in den Bestsellerlisten wähnte. Allerdings hatte er seine umfangreiche Recherche bis dato noch nicht beendet, und der Plot war ebenfalls noch nicht in trockenen Tüchern. Das hinderte ihn allerdings nicht daran, alle Welt von seinen Plänen in Kenntnis zu setzen.

»Wir wollten doch über Jane Austen sprechen«, meldete sich Heike endlich zu Wort. Sie fand Lothars Pläne pietätlos, und noch pietätloser fand sie es, dass er sie in diesem Kreis überhaupt thematisierte.

Hilde Thomassen war blass geworden, als er sie darauf angesprochen hatte. »Du hast doch nichts dagegen … ich meine, sie war ja deine Tochter, aber die Psychologen sagen doch immer, es ist sinnvoll, über diese Dinge zu reden.«

»Ja, aber nicht mehr nach zwanzig Jahren!«, hatte Tomke Drillich Lothar zurechtgewiesen. Tomke und Hilde hatten gemeinsam den kleinen Boje, Hildes Enkel, großgezogen, nachdem seine Mutter unter tragischen Umständen ums Leben gekommen war. Boje war mittlerweile einundzwanzig Jahre alt und studierte Kommunikationswissenschaften in Bamberg. Er war der ganze Stolz seiner Großmutter. Die beiden hatten ein enges Verhältnis, denn sie hatten niemanden mehr außer einander.

»Du hast recht, Bendine«, sagte Heike jetzt etwas lauter als nötig, »hier geht es um Gefühle, wobei man natürlich die geniale Sprache von Jane Austen durchaus erwähnen darf.«

»Ja, sagt ja keiner was dagegen, aber ich finde die Figuren viel bemerkenswerter«, mischte sich Silke Husemann jetzt ein, während Wilko Reinert, der Silkes Enthusiasmus für »Stolz und Vorurteil« nicht teilte, die Augen verdrehte.

»Überlegt doch mal«, schwärmte Silke, »die Bennets haben fünf Töchter, und alle sind irgendwie … besonders.«

Heike hörte nicht mehr hin, sie war froh, die Gruppe von Lothars Krimiplänen abgelenkt zu haben. Nicht nur, weil sie Hilde die Erinnerung nicht zumuten wollte. Nein, sie wollte auch sich selbst die Erinnerung nicht zumuten, konnte nur hoffen, dass niemand ihre Zerstreutheit und ihre zitternden Hände bemerkt hatte, als Lothar davon angefangen hatte. Und das gerade jetzt, wo die Vergangenheit sie sowieso wieder eingeholt hatte.

Vielleicht hätte sie das mit den schlafenden Hunden nicht erwähnen sollen. Nun ja, zu spät, sich darüber Gedanken zu machen. Das war allerdings leichter gesagt als getan. Heike neigte zum Grübeln. Sie beneidete die Menschen, die sich rigoros von einem Problem, das nicht zu ändern war, ablenken konnten. Wie machten sie das nur? In ihrem Kopf drehten sich die Gedanken wie in einem Karussell wieder und wieder um dieselbe Angelegenheit, ohne dass sie zu einer Lösung kommen würde.

Und in diesem Fall war es genauso gewesen. Damals. Sie hatte viele Jahre gelitten, litt immer noch, wenn sie ehrlich war. Und jetzt kam Lothar und wühlte im Schlamm herum. Gott weiß, was er alles ausgraben würde in seiner Besessenheit.

Sie plauderten noch eine Weile über die große englische Schriftstellerin, und dann beendete Heike den Abend, etwas früher als sonst. Sie hatte sich nicht mehr am Gespräch beteiligt und als Lektüre für das nächste Treffen Theodor Fontanes »Effi Briest« vorgeschlagen.

»Der schreibt doch genauso gefühlsduselig wie Jane Austen«, murrte Wilko Reinert. »Was findet ihr Frauen bloß an der? Können wir nicht mal was von Håkan Nesser oder Tess Gerritsen besprechen?«

Heike antwortete nicht, und die Clubmitglieder machten sich langsam auf den Heimweg. Das war um kurz vor zweiundzwanzig Uhr.

Bendine Hinrichs ließ sich von Heini Sammers noch bis zu ihrer Pension begleiten, die nicht weit vom Museumshafen entfernt Richtung Harlesiel in einem malerischen Garten lag.

Heini Sammers, ein stämmiger Friese, der sich selbst als einen Mann in den besten Jahren bezeichnete, obwohl er die sechzig bereits überschritten hatte, war unwesentlich kleiner als seine zwei Jahre jüngere Freundin Bendine. Aber vielleicht lag das auch nur an seinem stets etwas geneigten Kopf und seinem leicht gebeugten Gang. Der Wind wehte schwach an diesem milden Abend im Oktober. Die Sommergäste waren in ihre Stadtwohnungen oder ihre bergische Heimat zurückgekehrt, bis sie sich im nächsten Sommer wieder an die Küste begeben würden. Hierher, wo der Wind alle schweren Gedanken auf die weite See trieb. Bendine und Heini schlenderten im trüben Licht der Laternen an der Harle entlang.

»Dass du mir bloß nicht mit so einem Blödsinn anfängst«,

knurrte Bendine. »Krimi schreiben! Als ob's davon noch nicht genug gäbe. Man weiß ja schon gar nicht mehr, was man kaufen soll. Wenn man in einen Buchladen geht, wird man ja regelrecht erschlagen von dieser Büchermasse.«

»Nein, Bendine, ganz bestimmt nicht«, versicherte Heini beflissen. »Auf so einen blöden Gedanken würde ich nie kommen. Und außerdem hab ich ja auch gar keine Zeit, ich hab ja den Kiosk.«

»Stimmt allerdings«, murmelte Bendine, die sich fragte, wie lange Heini sich an seiner Brötchentheke noch die Beine in den Bauch stehen wollte. Und im Winter lief das Geschäft sowieso schlecht. Glücklicherweise bezog Heini eine kleine Unfallrente, die ihm ein akzeptables, wenn auch nicht gerade respektables Auskommen sicherte. Außerdem verdienten seine fünf Kinder aus einer gescheiterten Ehe mittlerweile ihr eigenes Geld.

»Heike war heute irgendwie komisch, findest du nicht auch?«, fuhr Bendine fort.

»Was meinst du mit komisch?« Heini legte die Hände auf den Rücken und beugte den Kopf noch ein bisschen weiter nach vorn, um Bendine ins Gesicht sehen zu können.

»Na, irgendwie … fahrig.«

»Nö, sie war doch wie immer.«

Bendine seufzte leise. Meine Güte, dachte sie, Männer merkten aber auch gar nichts. Das war bei ihrem verstorbenen Friedhelm auch schon so gewesen. Bei dem waren alle Sensoren nur auf sein Boot gerichtet gewesen. Seine Ludmilla. Bendine hatte sie immer nur die Heilige Kuh genannt. Friedhelm hatte das gar nicht gerne gehört, hatte ihr sogar Eifersucht unterstellt. Ph, Eifersucht, sie war ja froh gewesen, wenn er beschäftigt war! Und das möglichst weit entfernt von ihrem eigenen Dunstkreis.

»Ist ja auch egal«, nahm sie das Gespräch mit Heini wieder auf, »jedenfalls finde ich, dass Lothar langsam ein bisschen tüdelig wird. Aber irgendwie muss sich ein Mann, der so eine hohe Meinung von seiner Intelligenz hat, ja beschäftigen als Rentier. Und was liegt da näher, als ein Buch zu schreiben.«

»Wirklich?«

Bendine verdrehte die Augen. »Jo, Heini, wir sind da. Den

Rest kann ich alleine gehen.« Sie drückte dem verdutzten Heini einen Kuss auf die Wange und ging dann schnellen Schrittes über den Weg an der Cliner Quelle vorbei Richtung Nordseestraße zu ihrer Pension, wo hoffentlich ihre Nichte und eine heiße Tasse Tee auf sie warteten.

Als sie den Haustürschlüssel ins Schloss steckte, hörte sie Stimmen und Musik. Ach ja, Fenja und ihr Kochclub hatten ja heute wieder die Küche vereinnahmt. Das hatte sie ganz vergessen. Im Grunde mochte sie das Quartett aus drei Damen und einem Herrn ja auch gerne, aber die Art und Weise, wie sie ihre gemeinsamen Treffen gestalteten und dabei Bendines Küche in ein Waterloo verwandelten, missfiel ihr doch manchmal. Heute zum Beispiel. Sie hängte ihre schwarze Outdoorjacke an die Garderobe und warf den Schlüssel in den Schlüsselkasten. Immerhin, es roch gut, auch wenn Bendine nicht allzu viel von den Kochkünsten der Belagerer hielt. Sie betrat die Küche, wo eine der drei Frauen hektisch eine Zigarette in die Spüle warf und mit den Händen vor ihrem Gesicht herumwedelte.

»Das hilft jetzt auch nicht mehr«, sagte Bendine und öffnete das Fenster über der Spüle.

Fenja, ihre Nichte, saß am Tisch, auf dem abgegessene Teller und leere Weingläser herumstanden. »Oh, hey, Bendine, du bist ja schon da«, sagte sie und rappelte sich auf. Dabei fiel eine Gabel auf die Fliesen. Die anderen waren ebenfalls aufgesprungen und guckten betreten.

Bendine sah auf die Uhr. »Es ist fast halb elf, später komm ich selten. Wo ist Nele?«

»Schläft«, antwortete Fenja, und alle begannen hektisch die Teller zusammenzustellen.

»Willst du noch was essen? Es gibt Tofu-Auflauf.« Fenja nahm mit spitzen Fingern die Kippe aus der Spüle und warf sie in den Mülleimer.

Deshalb sind alle betrunken, dachte Bendine. Ihnen fehlte die Grundlage. »Nein, danke«, sagte sie laut. »Möchte jemand Tee?«

Erstaunlicherweise wollte niemand außer Fenja. Die beiden

Frauen und der Mann, Bendine vergaß immer die Namen, verabschiedeten sich und verließen eilends Bendines Haus.

»Wer von denen kann denn noch fahren?«, fragte Bendine, während sie Wasser in den Kessel füllte.

»Die machen jetzt einen Spaziergang zum Sielhafen und lassen sich dort von einem Taxi abholen. Jedenfalls hoffe ich das.« Fenja klappte die Tür der Spülmaschine zu und nahm zwei Becher aus dem Schrank. »Wie war dein Leseabend?«

»Ach, eigentlich wie immer, bisschen langweilig. Allerdings …« Bendine kicherte. »Der Lothar Semmler, du weißt doch, der seit einem Vierteljahr in Rente ist …«

»Der mit dem missratenen Sohn, der ihn nie besucht?«, unterbrach Fenja.

»Genau, er jammert zwar immer, aber ehrlich gesagt, mich wundert's nicht, dass der Junge nicht öfter kommt. Der Semmler kriegt doch schon einen Anfall, wenn die Enkel seine Fernsehzeitung anfassen. Das hätte es zu Brigittes Lebzeiten nicht gegeben.«

Bendine goss kochendes Wasser über die Teebeutel – das Teesieb mit losem Tee gab's nur für die Touristen.

»Naja«, fuhr Bendine fort, »Lothar will einen Krimi schreiben. Stell dir das vor.«

Fenja bearbeitete unsanft mit dem Löffel den Teebeutel. »Nun gib dem Beutel eine Chance, okay?« Bendine zog die Stirn kraus. »Mir wird immer ganz anders, wenn ich sehe, wie du mit dem Tee umgehst.«

»Tut ihm nicht weh, glaub mir. Was war das mit dem Krimi vom Lothar?«

»Ach, eigentlich unwichtig. Er will einen Todesfall, der sich hier vor ungefähr zwanzig Jahren zugetragen hat, verarbeiten. Klar, dass er sich nichts ausdenken kann.«

»Ach ja? Was war denn das für ein Todesfall, etwa Mord?« Fenja Ehlers, Erste Hauptkommissarin bei der Kripo in Wittmund, interessierte sich schon von Berufs wegen für Mordfälle, und wenn sich diese auch noch im beschaulichen Carolinensiel zutrugen, waren sie umso interessanter. Auch wenn sie sich lange vor ihrem Umzug dorthin ereignet hatten.

246

Bendine trank einen Schluck Tee, den sie mit ein paar Trop-
fen Sahne angereichert hatte. Den Kandis sparte sie sich aus
Eitelkeit. Ob das nun wirklich ihrer Figur zugutekam, wusste
sie nicht, aber es beruhigte ihr Gewissen. In den letzten Jahren
hatte sie ein bisschen zugelegt.

»Ja, ein Mann hat damals seine Frau erschlagen. Sie haben ihn
verurteilt und eingesperrt, irgendwo bei Hannover, ich glaube,
Celle heißt die Stadt. Soll sehr hübsch sein. Das hat mir Tomke
erzählt. Was jetzt mit ihm ist, weiß ich nicht.«

»Aber dann ist doch alles klar, was will denn der Lothar noch
darüber schreiben? Ich denke, Krimis liest man nur zu Ende,
weil man wissen will, wer der Mörder ist.«

Bendine trank ihren Tee aus und stand auf. »Der Mann hat
immer behauptet, er sei unschuldig, aber keiner hat ihm geglaubt. War wohl ein ziemlich komischer Typ.«

»Gut möglich, Mörder sind meistens komische Typen.« Fenja
stellte ihre Tasse in die Spülmaschine und gähnte. »Ich geh schlafen, muss morgen zum Gericht.«

»Na dann, gute Nacht«, sagte Bendine. »Ich räum noch ein
bisschen auf.« Sie blickte ihrer Nichte vorwurfsvoll hinterher,
aber die war schon verschwunden.

* * *

Mittwoch, 8. Oktober

Meine Güte, nun beweg dich doch mal, dachte Werner Karlssen
und zerrte an der Hundeleine, an der ein betagter Dackel mit
Hängebauch in Zeitlupe hinter seinem Herrchen herschlich.
Der Hund war auch einfach viel zu dick, kein Wunder, dass der
so lauffaul war. So langsam bekam er eine gewisse Ähnlichkeit
mit seinem Namen, Herkules. Wenn Ilse, Karlssens Frau, bloß
mal auf ihn hören würde, aber nein! Sie konnte es einfach nicht
lassen, den Hund auch vom Tisch zu füttern. Dabei bekam er
doch schon seine tägliche Ration Dosenfutter. Wahrscheinlich
schloss Ilse von ihrem eigenen Appetit auf den des Hundes.
Aber Ilse war ja schon immer eine Wuchtbrumme gewesen.

Eine rundum gesunde, überaus wendige Wuchtbrumme. Sie erklomm die Treppen in ihrer Doppelhaushälfte immer noch flinker als Karlssen, der schon nach den ersten vier Stufen nach Luft schnappen musste. Dabei war er doch so dünn.

Alles Quatsch, was die Ärzte erzählten, fuhr es ihm durch den Kopf. Er fröstelte. Es war früh am Morgen, die Sonne warf ihre ersten Strahlen auf den Alten Hafen, der Himmel war milchig blau. Die Schiffe lagen still im trüben Wasser, außer ihm und Herkules war noch niemand unterwegs. Wehmütig betrachtete er die alten Segelschiffe, dachte an vergangene Segeltouren mit seinem Freund Rudi. Aber der war ja nun auch schon tot.

Nutzlose Gedanken, wieder zerrte er am Halsband, und plötzlich sah er es. Es dümpelte neben dem Schiffsrumpf, hatte sich in einem der Seile verfangen. Werner Karlssen legte den Kopf schräg und kniff die Augen zusammen. Das sah ja aus wie …

Er schluckte. Das sah nicht nur so aus wie ein Mensch, das war einer. Der Mensch lag auf dem Bauch, das Gesicht im Wasser, und er rührte sich nicht. Dieser Mensch war mit Sicherheit tot.

Karlssen schnappte nach Luft, wusste zunächst nicht, wohin, dann klemmte er sich den strampelnden Herkules unter den Arm und trabte los.

Lust auf mehr? Laden Sie sich die »LChoice«-App runter, scannen Sie den QR-Code und bestellen Sie weitere Bücher direkt in Ihrer Buchhandlung.

Marion Griffiths-Karger
TOD AM MASCHTEICH
Broschur, 224 Seiten
ISBN 978-3-89705-711-1

»Marion Griffiths-Karger sind lebendige, kontrastreiche Milieustudien gelungen. Die Handlung ist nüchtern und präzise formuliert, die Dialoge sind lebensnah.« Hannoversche Allgemeine

www.emons-verlag.de

Marion Griffiths-Karger
DAS GRAB IN DER EILENRIEDE
Broschur, 256 Seiten
ISBN 978-3-89705-797-5

*»Spannender Krimi um einen packenden Fall, mit sehr mensch-
lichen Ermittlern und mit ein bisschen Lokalkolorit.«*   ekz

Marion Griffiths-Karger

DER TEUFEL VON HERRENHAUSEN

Broschur, 256 Seiten

ISBN 978-3-89705-923-8

»*Teuflisch gut.*«   Ciao! Magazin für individuelles Reisen

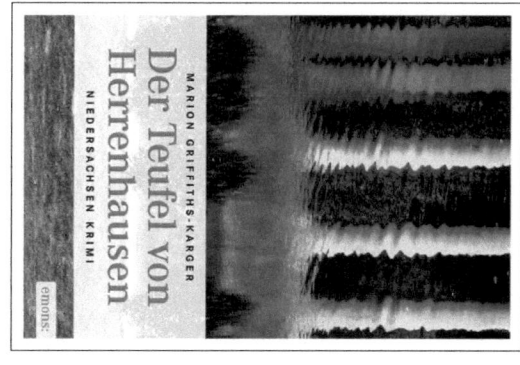

www.emons-verlag.de

Marion Griffiths-Karger
DIE TOTE AM KRÖPCKE
Broschur, 240 Seiten
ISBN 978-3-95451-147-1

»Im neuesten Roman der hannoverschen Schriftstellerin Marion Griffiths-Karger hat die Ermittlerin alle Hände voll zu tun. Geschickt baut die Autorin die Handlung auf und nimmt den Leser mit auf eine Reise zu Hannovers dunklen Seiten. Ein spannender Krimi, nicht nur für Hannoveraner.«   Norddeutsches Handwerk

www.emons-verlag.de

Marion Griffiths-Karger
RATHAUSMORD
Broschur, 256 Seiten
ISBN 978-3-95451-683-4

»Spannender-Hannover-Schmöker. Bereits seit 2010 lässt Schriftstellerin Marion Griffiths-Karger ihre taffe Kommissarin in Hannover
ermitteln und zeichnet in ihren Romanen ein sehr authentisches
Bild unserer Stadt.«   Bild Hannover

www.emons-verlag.de

Marion Griffiths-Karger
INSPECTOR BRADFORD TRINKT FRIESENTEE
Broschur, 304 Seiten
ISBN 978-3-95451-551-6

Was verbindet den Mord an einer reichen deutschen Witwe mit dem Tod eines charmanten englischen Tunichtguts? Auf den ersten Blick erst einmal nichts. Doch dann vereinen Inspector Bradford und Hauptkommissarin Fenja Ehlers englischen Spürsinn und deutsche Kombinationsgabe und enthüllen Stück für Stück ein dunkles Familiengeheimnis.

Marion Griffiths-Karger
INSPECTOR BRADFORD SUCHT DAS WEITE
Broschur, 352 Seiten
ISBN 978-3-95451-973-6

Im Hafenbecken des malerischen Küstenorts Carolinensiel schwimmt eine Frauenleiche. Die Tote war die Leiterin des örtlichen Leseclubs. Wenig später verschwindet ein Krimiautor, der über einen lange zurückliegenden Mordfall in Carolinensiel recherchierte. Hauptkommissarin Fenja Ehlers vermutet, dass der damalige Todesfall mit den Vorkommnnissen von heute zusammenhängt. Doch welch grausigem Geheimnis sie wirklich auf der Spur ist, ahnt sie erst, als auch Inspector Bradford in einem mysteriösen Mordfall zu ermitteln beginnt.